# La croisière d'une infirmière

*

# Le rêve d'Abby

ALISON ROBERTS

# La croisière d'une infirmière

*Traduction française de*
FRANÇOISE PINTO-MAÏA

BLANCHE

HARLEQUIN

*Collection :* Blanche

*Titre original :*
AWAKENING THE SHY NURSE



**HARPERCOLLINS FRANCE**
83-85, boulevard Vincent-Auriol, 75646 PARIS CEDEX 13
Service Lectrices — Tél. : 01 45 82 47 47

www.harlequin.fr

ISBN 978-2-2804-4371-5 — ISSN 0223-5056

# Prologue

— Qu'est-ce que c'est ?

À la question de sa sœur, Lisa prit un air dégagé et s'efforça de remettre discrètement la lettre dans l'enveloppe.

— Rien d'important.

Mais Abby n'était pas dupe.

— C'est une enveloppe à fenêtre. Donc, une facture…

— Inutile de t'inquiéter, dit Lisa en regardant sa cadette manœuvrer son fauteuil roulant vers la table de la cuisine. Tout va bien. Je m'en occupe.

Jusque-là, elle avait réussi à faire croire à Abby que leurs finances étaient stables. De fait, elles s'en étaient toujours sorties. Mais cette fois Lisa sentait la panique la gagner.

— Tiens, il y a aussi une lettre pour toi, lança-t-elle pour donner le change. Une enveloppe sans fenêtre.

— C'est vrai ? dit Abby en posant son ordinateur portable sur la table pour s'emparer du courrier. Si ça se trouve, c'est ma convocation pour l'examen du permis de conduire.

Elle regarda Lisa en souriant et ajouta :

— Je n'en reviens pas que tu aies trouvé les fonds pour financer l'adaptation de la voiture à un conducteur paraplégique… Si tu savais comme ça me rend heureuse !

Lisa lui sourit en retour. C'était bon de partager ce moment. Abby n'avait pas besoin de savoir qu'elle n'avait pas obtenu le financement auprès d'une association d'aide aux personnes handicapées, comme elle l'avait prétendu, mais qu'elle avait fait un emprunt auprès de la banque. Pour cela, elle avait dû hypothéquer leur maison. Le premier remboursement était dû aujourd'hui même et cela ne pouvait tomber plus mal puisqu'elle se trouvait momentanément sans emploi. Elle avait dû démissionner de son dernier poste d'infirmière à la suite d'une délocalisation qui les aurait contraintes de déménager.

— Oh ! Tu ne vas pas en revenir.

À entendre l'excitation d'Abby, cette nouvelle était encore plus formidable que l'adaptation de la voiture.

— Il y a une chambre pour moi à la résidence universitaire ! s'exclama Abby en lui tendant la lettre. Une de celles réservées aux étudiants handicapés. Et écoute ça… Elle est disponible tout de suite, parce que l'étudiant a abandonné son cursus. Donc, je peux emménager la semaine prochaine !

— La semaine prochaine ? Mais…

Lisa déglutit péniblement, incapable de se concentrer sur les mots de la lettre, et encore moins d'assimiler le choc de cette nouvelle.

Sa sœur dut comprendre sa réaction car elle ajouta gentiment :

— Tu savais que ça arriverait, Liz… Dès que j'ai commencé mes études, je me suis inscrite pour obtenir une chambre là-bas. Ça fait des années que j'attends ça.

— Oui, bien sûr… Et c'est merveilleux. Toi qui rêvais d'être indépendante. Je suis fière de toi et… Veux-tu une tasse de thé ?

En proie à une vive émotion, Lisa se leva pour échapper au regard aigu de sa cadette.

— Attends, non, il faut fêter ça, déclara-t-elle. Avons-nous du vin ?

— Nous n'avons pas ouvert la bouteille de mousseux

que nous réservions pour ton prochain poste. Comme tu ne commences pas avant un bon mois, tu préférais la garder au frais, mais aujourd'hui c'est l'occasion parfaite.

— Hum... Oui, sans doute.

Lisa alla prendre la bouteille dans le réfrigérateur et deux verres à pied dans le haut du buffet puis elle déboucha le vin pétillant. Oui, c'était certainement une bonne idée, se dit-elle, désabusée. Elle boirait juste un verre, et Abby ne saurait pas qu'au lieu de se réjouir elle noierait sa tristesse. Et sa panique ! Mon Dieu, comment allait-elle faire face à ces nouveaux frais ?

Abby devait se douter cependant que quelque chose la tracassait. Comment ne l'aurait-elle pas deviné puisque Lisa s'occupait d'elle depuis toujours et qu'elle était sa seule famille depuis le décès de leur grand-mère dix ans auparavant ?

— Qu'est-ce qui te chagrine, Liz ? demanda-t-elle d'une voix douce.

Que répondre ? Qu'elle comprenait qu'elle avait commis une erreur en acceptant un travail de bureau dans un foyer pour personnes âgées parce qu'il se trouvait près de chez elles et qu'il offrait des horaires réguliers ? Que vivre seule dans la modeste maison héritée de leur grand-mère lui semblait soudain une perspective bien sombre ? Parce qu'elle aurait trop de temps pour penser à Abby et à sa propre culpabilité.

*Non !* Elle ne devait pas songer à cette douleur-là, se dit Lisa avec fermeté. D'ailleurs, elles en étaient convenues, ce passé était si loin qu'il était inutile d'en parler.

— Tu vas me manquer, répondit-elle enfin.

— Je serai seulement de l'autre côté de la ville. Et je viendrai te voir si souvent que ça te rendra folle !

— N'oublie pas de m'appeler. Tu sais, au cas où...

La gorge nouée, Lisa s'interrompit et se hâta d'avaler une gorgée de vin.

— Si je tombe du fauteuil, tu veux dire ? dit Abby en riant. Oh ! Liz, arrête. Je me débrouille et je n'ai plus besoin que tu me couves.

Elle dut s'apercevoir que ses paroles étaient blessantes car elle tendit la main pour toucher le bras de Lisa.

— Ce n'est pas que je n'apprécie pas tout ce que tu as fait pour moi, tu le sais.

Lisa hocha la tête et avala une nouvelle gorgée de vin.

— Tu as été, et tu es toujours, la meilleure sœur qu'on puisse souhaiter, poursuivit Abby. Mais il est temps que nous fassions notre vie chacune de notre côté. La prochaine étape pour moi, c'est cette chambre à l'université. Plus tard, je serai vraiment en mesure d'avoir mon appartement, où j'inviterai mon petit ami et…

Lisa retint son souffle.

— Tu as un petit ami ?

— Mais non, voyons ! Quand il y aura un homme dans ma vie, tu seras la première à le savoir. J'étais beaucoup trop occupée à obtenir mon master en ergothérapie pour m'encombrer d'un amoureux. Maintenant que j'ai entamé ce cours de troisième cycle, je donne toujours la priorité à mes études. Mais parlons un peu de toi, Liz. Tu as presque trente ans et pas de compagnon. J'ai l'impression que c'est en partie parce que tu te sens toujours obligée de t'occuper de moi.

— J'ai eu des amoureux, répliqua Lisa en prenant un ton léger. Et même beaucoup. Il y a eu Michael, Stephen… et comment s'appelait l'autre ? Ah, oui… Geoffrey. Mais je suppose qu'il ne compte pas vraiment…

Abby se mit à rire.

— Pas plus que les autres. Ils étaient tous ennuyeux comme la pluie ! Stephen portait des chaussettes dans ses sandales et ne parlait que de son élevage de vers de terre. Michael était immense, maigre et chauve au point de ressembler à un tube à essai de son laboratoire. Et…

Oh ! j'avais oublié le fameux Geoffrey. Celui dont la mère est arrivée à votre premier rendez-vous ?

— Je le soupçonne d'avoir réservé la table pour trois dès le début. Mais tu as raison, j'ai le chic pour dégoter des hommes ennuyeux.

*Ils semblaient agréables, pourtant. Sécurisants, surtout...*

— Le problème, c'est que tu n'as pas grand-chose à faire en attendant de commencer ton prochain travail, dit Abby. Tu devrais te changer les idées, partir en vacances...

Lisa laissa échapper un rire désabusé. *Comme si c'était possible !* Elle n'était jamais partie en vacances de sa vie et ce n'était sans doute pas le bon moment maintenant. Pas quand elle avait si peu d'argent qu'elle en avait des sueurs froides.

*Ce qu'il me faut, c'est un emploi pour quelques semaines.*

Elle comprit qu'elle avait exprimé cette pensée à voix haute quand elle vit sa sœur froncer les sourcils.

— Pourquoi ? Oh ! c'est à cause de la voiture ? Je savais que ça coûtait trop cher.

— Non, dit Lisa en hâte. J'ai seulement besoin de m'occuper, sinon je vais devenir folle ici quand tu auras déménagé. Je risque de passer te voir tous les jours.

— Ah non, pas ça ! s'exclama Abby en feignant d'être horrifiée. Remplis donc les verres pendant que je consulte les offres d'emploi pour une infirmière super douée.

Ouvrant son ordinateur, elle se mit à pianoter sur le clavier.

— Hum... D'abord, s'adresser à une agence d'intérim spécialisée dans le médical.

Lisa venait de verser le mousseux quand Abby poussa un cri de triomphe.

— J'ai ce qu'il te faut ! Du sur-mesure. C'est à la fois du travail et des vacances. Cette agence, London Locums, est très bien cotée apparemment.

— De quoi s'agit-il ?

— D'une croisière ! En Méditerranée, en plus. Oh là là… Le bateau part d'Espagne et fait des escales dans le sud de la France, en Italie et dans les îles grecques. Romantique, non ?

Tous ces pays étaient des destinations de rêve. Partir en croisière était aussi un rêve pour beaucoup de gens, mais Lisa n'avait jamais été attirée par ce genre de villégiature.

— Une croisière ? Il n'y a que des gens prétentieux sur ces bateaux de luxe. Ils ont trop d'argent à dépenser et ne pensent qu'à manger, à boire et à s'amuser. Ça doit être écœurant.

— Il n'y a rien de mal à vouloir prendre du bon temps. Écoute un peu : ils ont besoin d'une infirmière à bord d'un de leurs navires pour compléter une équipe de deux médecins et de deux infirmiers. La croisière dure deux semaines avec quartier libre lors des escales. L'hébergement et les repas sont compris, et ils sont prêts à offrir un très haut salaire à la personne adéquate. Pourquoi n'appellerais-tu pas la responsable demain ? Une certaine Julia…

La description avait capté l'intérêt de Lisa. Bien sûr, la perspective d'excursions dans des lieux de légende et la nouveauté de travailler dans un tel environnement la tentaient. Mais quelque chose d'autre la poussait à poser sa candidature. La mention du très haut salaire, sans doute.

— Fais voir, dit-elle en s'approchant tandis qu'Abby tournait l'écran vers elle. Oh ! waouh ! Ils payent *tant que ça ?* Et la croisière ne commence que la semaine prochaine. Donc, j'aurais le temps de t'aider à faire tes cartons.

Elle prit une profonde inspiration.

— Je crois que tu as raison. C'est le job parfait.

# 1.

Quelle mauvaise idée d'avoir mis un jean ! pensa Lisa en descendant du taxi qui la déposait au port de Barcelone.

En cette fin d'été, il faisait beaucoup plus chaud qu'elle ne l'aurait imaginé. Sa peau était moite, et même son chemisier blanc à manches courtes l'insupportait. Restait à espérer que l'uniforme qu'on lui fournirait serait plus approprié au climat méditerranéen.

Le chauffeur de taxi alla ouvrir le coffre et posa la petite valise rouge à terre.

— Voilà, *señorita*, dit-il avec un sourire aimable.

— Merci beaucoup, répondit-elle en fouillant dans son sac à la recherche de son porte-monnaie. Sauriez-vous par hasard lequel de ces bateaux appartient à la compagnie maritime Aquamarine ?

— Vous voyez ce grand immeuble circulaire sur la jetée ? C'est le World Trade Centre. Votre bateau est forcément ancré à l'un de leurs terminaux.

Lisa regarda les navires gigantesques qui ressemblaient à des villes flottantes. Dire qu'elle allait vivre sur l'un d'eux pendant les deux prochaines semaines ! Elle sentit des frissons lui parcourir le dos. La nervosité sans doute, mais aussi une émotion qu'elle n'avait pas l'habitude de ressentir. De l'exaltation ?

Comme elle s'apprêtait à régler la course, son regard capta la scène qui se déroulait derrière le chauffeur. Un autre taxi s'était arrêté, et un homme en descendait. Grand, mince et séduisant en diable… Le soleil accrochait des reflets dorés dans ses cheveux châtains. Il portait une tenue décontractée et arborait l'air satisfait de quelqu'un qui vient de passer une agréable journée.

En voyant les longues jambes hâlées de sa compagne émerger de la voiture, Lisa sut qu'elle ne s'était pas trompée. Il s'était offert un moment de détente, en effet ! Les bras fins de la jeune femme s'enroulèrent autour de son cou, et il se pencha pour l'embrasser avec une passion avide. De toute évidence, ce n'était pas leur premier baiser.

— Hum… Voilà votre pourboire. Est-ce suffisant ?

Lisa triait maladroitement billets et pièces. Certes, elle n'avait aucune idée du montant des pourboires en Espagne, mais ce qui la gênait davantage, c'était ce baiser qui se déroulait à quelques mètres d'elle. Car il se prolongeait en une étreinte torride à présent, les deux partenaires s'enlaçant sans retenue.

Une telle démonstration en plein jour et dans un lieu public… Il y avait des chambres pour cela, non ? Mais peut-être ces deux-là venaient-ils de quitter leur hôtel.

— Profitez un peu de l'ambiance de Barcelone avant d'embarquer, *señorita*, dit le chauffeur. Allez vous promener sur Las Ramblas. D'ici, vous y serez en moins de quinze minutes. Ou faites un tour de ville en bus. Vous êtes dans la plus belle cité du monde !

Lisa le remercia, mais elle savait qu'elle ne visiterait pas Barcelone aujourd'hui. Un retard dans les démarches pour obtenir son passeport lui avait fait rater le départ de la croisière à Malaga deux jours plus tôt, de sorte qu'elle arrivait après tout le monde. Elle devait être à bord à 16 heures pour prendre ses nouvelles fonctions, ce qui lui laissait, quoi… ?

*Moins de 20 minutes*, constata-t-elle en consultant

sa montre. À peine le temps de repérer le paquebot sur lequel elle allait embarquer.

*Pas question de te mettre en retard, Lisa Phillips !*

Comme le taxi s'éloignait, elle vit que les deux tourtereaux avaient enfin mis un terme à leurs embrassades et que la blonde sexy remontait en voiture. Son compagnon agita la main en signe d'adieu avant de se détourner, juste au moment où Lisa tirait la poignée de sa valise à roulettes. L'espace d'une fraction de seconde, le regard de l'homme accrocha le sien.

Il devait avoir conscience qu'elle avait surpris son moment d'intimité, mais il ne semblait pas embarrassé le moins du monde. Et même, son haussement de sourcils légèrement narquois ressemblait presque… à une invite ? Comme pour dire : « Envie de savoir comment j'embrasse une femme ? »

Lisa se hâta de saisir son bagage pour le traîner derrière elle. À présent, elle avait une idée plus précise de ce qui poussait des vacanciers à choisir une croisière. Ce n'était pas seulement l'attrait des visites, la nourriture et la boisson à volonté. Certains trouvaient là l'occasion d'aventures sentimentales illimitées. Et en toute impunité, car ce qui se passait à bord restait à bord, c'était bien connu.

— Puis-je vous aider ?

Oh là là… La voix de cet homme était aussi sensationnelle que son physique. Profonde, sexy, avec un soupçon de rire sous un vernis de bonnes manières.

Lisa sentit une vive chaleur envahir ses joues. C'était sans doute à cause de l'air étouffant qu'elle respirait, songea-t-elle. Mais la sensation se prolongeait jusqu'au creux du ventre. Et peut-être qu'une partie de son cerveau fondait aussi dans cette atmosphère brûlante, sinon, pourquoi lui venait-il l'idée qu'il lui plairait assez de découvrir comment cet homme embrassait ?

— Non, répondit-elle sans lever les yeux pour ne pas lui laisser voir son embarras. Merci, mais ça ira. Mon bagage n'est pas si lourd et je suis parfaitement capable de me débrouiller.

— Aucun problème, dit-il avec une intonation rieuse. Bonne croisière.

Un groupe de femmes vêtues de longues robes d'été et de capelines venait vers eux en riant. Soudain, une voix aiguë domina les rires.

— Hugh ! Il faut que vous voyiez les photos que nous avons prises à la plage aujourd'hui. Il y a Scout dans son nouveau bikini !

Il avait ralenti le pas et Lisa en profita pour le devancer, le laissant avec les jeunes femmes. Des touristes en croisière, se dit-elle. Pourvu qu'elle n'embarque pas sur leur bateau.

Elle se dirigea vers le premier navire qui lui parut plus impressionnant à mesure qu'elle approchait. Au pied de la passerelle, un auvent était dressé et des employés en uniforme bavardaient autour d'une table. Sûrement des personnes susceptibles de la renseigner.

*Tiens, tiens...* Il existait encore des femmes capables de rougir ?

Tout en longeant la marina, Hugh Patterson dut admettre qu'il était intrigué. Il avait finalement réussi à échapper au groupe de jeunes femmes exubérantes. Après le long déjeuner avec Carlotta, son amie espagnole, il ne s'était pas senti la force de les affronter. Depuis deux ans qu'il fréquentait ce circuit touristique, il pouvait se targuer d'avoir des amies dans chaque port. Ce n'était plus l'apanage des marins. Les médecins de bord étaient aussi privilégiés dans ce domaine, du moins s'ils aimaient s'amuser. C'était une vie sentimentale enviable, où chacun des partenaires savait que la relation ne risquait pas de devenir sérieuse et qu'elle consistait juste à prendre du bon temps par intermittence.

Justement, la jeune femme qu'il avait fait rougir sur l'aire de taxis aurait bien besoin d'apprendre à lâcher prise et à savourer l'instant présent. Comment pouvait-on rembarrer quelqu'un qui vous proposait de l'aide ? Ou ne pas regarder en face la personne qui s'adressait à vous ? Il n'était pas habitué à être traité de cette façon.

— Ah, Hugh... Bonne journée ? dit l'un des membres d'équipage qui accueillaient les passagers à leur retour d'excursion.

— Fabuleuse... Merci, Simon. J'adore Barcelone. J'ai pique-niqué avec une amie au parc Güell.

— Oh... Tu as bien de la chance de ne pas avoir été de garde aujourd'hui. Je n'aurai pas une journée de libre avant Santorin ou Mykonos.

— Quand nous faisons escale, il n'y a besoin que d'un médecin à bord. Comme nous sommes deux, nous faisons un roulement.

Effectivement, il se sentait chanceux. Quel médecin pouvait exercer en ayant le sentiment d'être en vacances ? En plus, il pratiquait suffisamment la médecine pour ne jamais s'ennuyer. Bien entendu, un jour ou l'autre, il choisirait de s'établir, mais ce moment-là n'était pas encore arrivé. Et peut-être n'arriverait-il jamais. Il avait failli opter pour cette vie-là une fois et cela s'était soldé par un désastre.

— Il est temps que je prenne la relève de Peter, ajouta-t-il en se dirigeant vers la passerelle. Pour lui laisser le temps de descendre à terre et de se dérouiller les jambes...

Une fois à bord, Hugh prit l'escalier pour gagner l'atrium, l'un des espaces les plus impressionnants du navire avec son sol en marbre, ses lustres étincelants et ses gigantesques palmiers en pots. Sur le grand piano à queue, on jouait toujours une musique d'ambiance pour les passagers qui s'attardaient devant les boutiques et les bars, aménagés sur plusieurs niveaux.

Mais pourquoi Harry, le vieux pianiste, ne jouait-il pas son répertoire ? Debout près du tabouret, il observait un groupe de personnes massées au pied d'un des majestueux escaliers. Que se passait-il ?

Hugh accéléra le pas, s'approchant suffisamment pour voir une silhouette allongée à même le sol. Celle d'une vieille dame qui avait perdu une de ses chaussures. Une jeune femme était accroupie et se penchait au-dessus d'elle.

— Laissez-moi passer, s'il vous plaît, dit-il d'une voix ferme. Je suis médecin. Que s'est-il passé ?

La jeune personne accroupie releva la tête, et Hugh reconnut avec surprise la demoiselle rougissante de l'aire de taxis. Elle soutenait la tête de la vieille dame, et ses gestes suggéraient qu'elle savait évaluer une blessure cervicale potentielle.

— Elle est tombée, répondit-elle. Elle se trouvait à mi-hauteur de l'escalier environ. Je pense que sa nuque n'a rien.

— Vous l'avez vue chuter ?

— Oui. Je montais et j'étais presque à son niveau.

— S'il vous plaît..., dit la victime en levant les mains. Aidez-moi à me relever... Je ne veux pas causer d'embarras.

— Je vais d'abord m'assurer que vous allez bien, madame. Je m'appelle Hugh et je suis médecin. Et voici...

Il se tourna vers la jeune femme. Elle avait vraiment des yeux extraordinaires, d'une jolie teinte noisette tirant sur le doré, avec un cercle plus sombre autour de l'iris, comme pour souligner l'effet mystérieux de son regard.

— Mon nom est Lisa. Je suis infirmière.

*Pas étonnant qu'elle ait l'air de s'y connaître*, pensa Hugh avant de se concentrer sur la patiente.

— Comment vous appelez-vous, madame ?

— Mabel.

— Avez-vous mal, Mabel ?

— Je… Je ne suis pas sûre, docteur. Je ne crois pas.

— Et si vous respirez fort, sentez-vous une douleur ?

— Non.

— Quelqu'un vous accompagne ?

— Frank… Mon mari. Il va ve-ve… nir. Nous irons voir n… notre…

Hugh fronça les sourcils. Mabel avait-elle bu ? Mais sa voix pâteuse pouvait aussi être le signe de quelque chose de grave, comme une hypoglycémie consécutive à une crise de diabète ou un traumatisme crânien. Vu la dureté du sol, cette dernière hypothèse n'était pas à exclure.

— A-t-elle perdu connaissance ? demanda-t-il à Lisa.

— Je ne crois pas, ou alors cela n'a duré que quelques secondes, car j'étais près d'elle presque aussitôt. J'ai bien essayé de la retenir dans l'escalier, mais je n'en ai pas eu le temps.

Hugh l'imaginait volontiers se précipiter au-devant de quelqu'un pour lui venir en aide. Elle donnait l'impression d'être dévouée.

— Elle n'a pas simplement chuté, ajouta-t-elle. Elle semblait avoir un vertige. Elle se cramponnait à la rampe, puis, brusquement, elle a lâché prise.

Lisa baissa les yeux vers la vieille dame.

— Mabel, vous vous rappelez ?

— N… Non. S'il v… vous plaît. Relevez-moi…

Hugh lui prit le poignet. Son pouls était rapide, mais les battements étaient nets. Rien qui expliquât un étourdissement, donc.

— Reculez, s'il vous plaît. Laissez-leur un peu d'espace.

C'était Harry, le pianiste, qui essayait d'éloigner les badauds. Son regard rencontra celui de Hugh.

— Je vais au centre médical demander de l'aide ?

— Oui, merci.

Mabel commença à s'agiter comme si elle voulait se redresser.

— Ne bougez pas, dit Lisa. Laissez-nous vous examiner, si vous voulez bien.

Mais un cri de douleur échappa à la vieille dame qui s'efforçait de rouler sur le côté.

— Où avez-vous mal ? s'enquit Hugh.

— Regardez, dit Lisa en secouant la tête. Il y a un raccourcissement de la jambe gauche et une position en rotation. Qu'en pensez-vous ? Fracture du col du fémur ?

C'était effectivement une possibilité. Une blessure de ce genre n'était pas douloureuse jusqu'à ce que le patient tente de bouger. Il était impressionné que cette infirmière l'ait repérée d'un simple coup d'œil.

— Essayez de rester tranquille, Mabel. Tout ira bien. Nous allons prendre soin de vous, dit-elle.

La chaleur et la sincérité imprégnaient sa voix, songea Hugh. Elle était habituée à prendre soin des autres et le faisait très bien. Comme Mabel semblait avoir de plus en plus de mal à s'exprimer, il remarqua l'affaissement d'un côté de son visage. Il était urgent d'évacuer la patiente vers l'hôpital le plus proche.

Ce fut avec soulagement qu'il vit apparaître l'autre médecin du navire, son collègue Peter, qui arrivait avec une trousse de secours. L'une des infirmières le suivait, portant oreiller, couverture et cylindre d'oxygène.

Heureusement que le bateau n'avait pas encore appareillé et qu'il se trouvait dans un grand port. Ils avaient beau être bien équipés à bord, une personne victime probablement d'une attaque et d'une fracture de la hanche devait être admise dans un hôpital à terre le plus vite possible.

— Nous avons besoin d'une ambulance, déclara-t-il à l'adresse de Peter. Fracture de la hanche et AVC probable.

— Nous les appelons immédiatement.

— Mabs ? dit soudain un vieil homme qui se frayait un passage parmi les badauds. Oh ! mon Dieu… Que t'est-il arrivé ?

Il s'accroupit, et Lisa s'écarta pour qu'il puisse être au plus près de sa femme.

Hugh prit ce qu'il fallait dans la trousse. Il devait mettre la patiente sous oxygène, vérifier son taux de glucose, mettre en place une perfusion et immobiliser la hanche. Avoir aussi une conversation avec le mari pour découvrir les antécédents médicaux…

Quand, enfin, il put parler à Frank, Hugh s'aperçut que la jeune infirmière avait disparu. S'était-elle sentie de trop maintenant que le personnel médical du navire était sur place ? Dommage. Il aurait aimé la remercier et lui dire combien son aide avait été précieuse.

Elle aurait dû se présenter au médecin du navire et à l'infirmière qui l'avait accompagné, pensa Lisa en se mordillant la lèvre inférieure. Mais, après s'être écartée pour permettre au mari de Mabel de réconforter sa femme, l'infirmière s'était placée devant elle et Lisa avait préféré ne rien dire pour ne pas gêner leur intervention. Elle s'était donc mise en retrait, pensant que le séduisant passager qui s'avérait être médecin s'écarterait lui aussi, afin de laisser le personnel en uniforme faire son travail. Mais non, il restait sur place comme s'il voulait diriger les opérations.

Lisa recula jusqu'à l'escalier et monta quelques marches avant de se tourner pour voir comment la situation évoluait. Ce qu'elle ferait bientôt officiellement, habillée d'une blouse vert pâle et armée d'un stéthoscope, comme l'infirmière qui prenait la tension de Mabel. Le médecin en uniforme blanc, avec une chemise ornée d'épaulettes, appliquait des électrodes pour surveiller le cœur de la vieille dame. Quant à l'autre médecin, Hugh, il préparait une perfusion.

Elle ne le voyait que de profil, à présent, mais elle l'avait côtoyé de près pendant quelques minutes et il lui était apparu très différent de l'homme qui avait quelque peu flirté avec elle sur l'aire de taxis.

Non qu'il fût moins séduisant, bien sûr. Mais il arborait cette fois une attitude professionnelle qui inspirait confiance. Cet homme savait ce qu'il faisait et Lisa respectait cela. Elle lui pardonnait facilement ses airs de play-boy. Après tout, les médecins étaient des gens comme les autres et aucune loi ne leur interdisait de partir en vacances et de prendre du bon temps à l'occasion.

Les badauds furent priés de s'écarter pour laisser passer les ambulanciers espagnols qui apportaient une civière. Entraînée par la foule qui refluait, Lisa se retrouva au premier palier qui surplombait l'atrium.

Il était temps de prendre un ascenseur ou un autre escalier et de trouver sa cabine, où on avait déjà dû déposer sa valise, se dit-elle. Après s'être rafraîchie, elle s'aventurerait jusqu'au centre médical et se présenterait à ses nouveaux collègues.

Elle regarda autour d'elle, essayant de s'orienter. Il fallait sûrement descendre au niveau inférieur car le personnel ne bénéficiait pas de cabine avec balcon, ni même de hublot parfois. Restait à espérer qu'elle n'était pas sujette au mal de mer. Mais la Méditerranée était une mer calme, n'est-ce pas ?

Une heure plus tard, après avoir demandé son chemin à un steward, Lisa se dirigea vers le centre du pont 2. Elle avait eu le temps de prendre une douche, de mettre une jupe et de brosser ses boucles auburn.

Une croix rouge peinte sur une porte en fer lui apprit qu'elle était arrivée à destination. Un panneau indiquait les horaires d'ouverture et les numéros de téléphone pour joindre l'infirmière de garde. Dire qu'elle serait l'une d'elles pendant deux semaines ! Elle comprenait mieux ce frisson intérieur qui la tenaillait depuis son arrivée. L'impatience de prendre son service, de relever un nouveau défi…

Le cœur battant la chamade, elle pénétra dans une salle d'attente déserte. Personne non plus derrière le bureau placé au fond.

— Il y a quelqu'un ?

Elle fit quelques pas dans un couloir. Il y avait des salles de consultation, un laboratoire qui contenait des équipements sophistiqués, et une pièce fermée qui, d'après l'écriteau, était la pharmacie. Tout au bout, une porte ouverte donnait sur ce qui ressemblait à une petite salle d'opération.

Surprise, elle s'approcha de la table étroite au centre de la pièce, repéra un appareil de radiographie portatif et un moniteur cardiaque. Les placards vitrés qui couvraient les murs semblaient renfermer un stock impressionnant de médicaments.

Comme elle rebroussait chemin, Lisa perçut un mouvement dans la salle d'attente. Quelqu'un se tenait devant le bureau. Elle reconnut de dos l'uniforme blanc du médecin de bord.

— Bonjour, dit-elle. Je commençais à croire que j'étais toute seule ici.

Le médecin se tourna vers elle, et Lisa reçut un choc. Si elle avait trouvé cet homme séduisant quand il avait embrassé sa petite amie sur le port, cette fois, il était irrésistible dans l'uniforme d'un blanc immaculé qui rehaussait son teint hâlé et son regard brun. Il paraissait aussi étonné qu'elle et ils se mirent à parler au même moment.

— Que faites-vous ici ? demanda-t-elle d'une voix horriblement aiguë.

— C'est *vous* ? dit-il au même moment d'un ton presque jovial.

Lisa ne savait que penser. Pourquoi Hugh portait-il le même uniforme que le médecin de bord ? Pour tout arranger, l'image de ce baiser torride s'incrusta dans son esprit et une brusque chaleur envahit ses joues.

Ce fut lui qui, le premier, brisa le silence embarrassant.

— Vous rougissez encore, dit-il en ébauchant un sourire nonchalant.

*Oh ! Seigneur…* Sur le quai, elle avait gardé les yeux baissés pour lui dissimuler ses joues écarlates, mais cela n'avait servi à rien apparemment.

— Je suis rousse. Mon teint rougit facilement, dit-elle très vite. Mais… vous n'êtes pas un passager ?

— Vous savez que je suis médecin. Nous venons de travailler ensemble.

— Oui, mais… Je vous prenais pour un médecin en vacances.

Le regard qu'il lui jeta suggérait qu'il était déconcerté lui aussi. La prenait-il pour une idiote ?

— Je m'appelle Lisa Phillips. Je suis…

— Infirmière. Oui, je me rappelle. Et même une infirmière très compétente. Merci pour votre aide tout à l'heure avec Mabel.

— Je vous en prie, répondit Lisa que le compliment emplissait d'une fierté incongrue. Avez-vous de ses nouvelles ?

— On doit l'opérer de la hanche dans la soirée, mais la bonne nouvelle est que ses symptômes neurologiques avaient pratiquement disparu à son arrivée à l'hôpital.

— Alors, c'était un accident ischémique transitoire ?

Des symptômes semblables à ceux d'un AVC, mais temporaires. Plus un avertissement qu'une crise grave, en fait.

— Oui, il semblerait.

Il haussa un sourcil, et Lisa sut qu'il était impressionné par son diagnostic. Puis son sourire reparut.

— Maintenant, que puis-je faire pour vous, Lisa Phillips ? J'espère que vous n'êtes pas malade ou blessée ?

Il y avait une inquiétude réelle dans sa voix, mais l'étincelle qui brillait dans ses beaux yeux sombres rappela à Lisa la scène sur le quai, ou plutôt le moment où leurs regards s'étaient croisés juste après. Cette petite flamme révélait autre chose aussi : une attirance peut-être ?

*Oh là là… Qu'est-ce que tu vas chercher ? Ressaisis-toi !*

— Je suis infirmière…

— Oui, je sais. En vacances.

— Non, justement. Je suis ici pour travailler. C'est l'agence London Locums qui m'envoie. Je remplace une certaine Amanda, partie s'occuper de sa mère qui vient d'être opérée.

— Vous êtes notre remplaçante ? s'exclama Hugh. Pourquoi ne pas l'avoir précisé plus tôt ?

— Mais je viens de vous dire que je vous prenais pour un passager.

— Vous n'avez pas pensé à prévenir Peter quand il est arrivé sur place ?

— Peter ?

— L'autre médecin de bord. Et Janet, notre infirmière, était là aussi.

— Ce n'était pas exactement le bon moment pour les présentations.

— Exact. Si nous prenions le temps maintenant ? Je suis Hugh Patterson, dit-il en lui tendant la main. Ravi de vous rencontrer, Lisa. Je suis impatient de travailler avec vous sur cette croisière. Vous ferez équipe avec moi. Nous interviendrons sur les urgences cardiaques.

— Oh…

Lisa avait accepté sa poignée de main d'un geste automatique. Mais Hugh gardait sa main dans la sienne, et elle sentit une vibration le long de son bras, pareille à une décharge électrique. Elle se dégagea en hâte comme si elle venait de se brûler.

Ce qui lui arrivait était déstabilisant. Et ce Hugh Patterson qui se disait impatient de travailler avec elle. À quoi devait-elle s'attendre ?

— Peter est chargé des évacuations, ajouta-t-il. Nous aurons probablement le même jour de congé, et vous aurez l'occasion de faire des excursions à terre. Y a-t-il un endroit que vous préférez sur la côte méditerranéenne ?

— En fait, c'est la première fois que je quitte l'Angleterre…

— Vraiment ? répondit-il, étonné. Vous n'aimez pas voyager ?

— C'est juste que… je n'en ai pas eu l'occasion, c'est tout.

Lisa n'allait pas lui confier ses raisons. Il n'avait pas besoin de connaître ses responsabilités familiales, et encore moins ses difficultés financières. Hugh Patterson semblait appartenir à cette classe privilégiée qui n'avait pas à se faire le moindre souci. Ils venaient de deux mondes différents. Réussiraient-ils à collaborer ?

Peut-être se faisait-il la même réflexion car le regard qu'il promenait sur elle indiquait clairement qu'il la considérait comme une personne étrange. Une personne qui l'intéressait ?

Quoi qu'il en soit, il semblait vouloir défier les limites qu'elle s'était imposées en ce qui concernait les hommes. N'importe quelle femme ayant affaire à Hugh Patterson devait avoir l'impression de jouer avec le feu, se dit-elle en exhalant lentement l'air qu'elle retenait dans ses poumons. Bah, elle n'avait rien à craindre. Elle était trop prudente pour prendre ce genre de risques. Hugh représentait une tentation, et cela lui suffisait comme avertissement.

— J'ai hâte de commencer, reprit-elle. Si vous avez un moment, pourriez-vous me faire visiter les locaux ? J'aimerais me mettre au fait le plus vite possible, avant mon premier service demain.

Elle s'écarta un peu. Même si leurs mains ne se touchaient plus, elle sentait encore la chaleur de sa peau. Cet homme la troublait, c'était indéniable.

— Aucun problème, répondit-il.

Néanmoins, ses yeux sombres continuaient de la dévisager, et Lisa eut la nette impression qu'il savait exactement ce qu'elle ressentait et qu'elle le considérait comme dangereux.

— Je suis à vous, infirmière Phillips. Venez avec moi.

Le sourire nonchalant qui accompagnait ses paroles suggérait qu'il trouvait l'idée de cette visite amusante et qu'il n'allait pas bouder son plaisir.

# 2.

Tout en déambulant à travers le cabinet médical, Hugh songea que c'était tentant de taquiner un peu cette nouvelle collègue. Il y avait quelque chose chez elle qui la faisait paraître plus jeune qu'elle ne l'était sans doute. Sa première impression d'elle était intéressante : il avait affaire à une jeune femme qui avait de l'éducation, qui était à la fois intelligente et un peu naïve peut-être. S'il avait eu une petite sœur, c'était ainsi qu'il se la représentait. Il appréciait aussi le fait qu'elle soit ravissante, sans pour autant être attiré par elle, et il admirait ses capacités professionnelles tout en sachant qu'il lui apprendrait certaines choses. Comme un grand frère bienveillant qui aurait le devoir de la guider. Et de la convaincre qu'elle trouverait la vie nettement plus agréable si elle se détendait un peu ? Elle était si stressée, si désireuse de faire bonne impression…

— Suivez-vous un protocole standard pour la réanimation ? demanda-t-elle en observant l'appareil prévu à cet effet. Une alternance de trente compressions pour une ventilation jusqu'à ce que les voies aériennes soient dégagées ? Puis défibrillation et reprise du massage cardiaque ?

Hugh acquiesça.

— Vous avez obtenu récemment une qualification en assistance cardiaque, n'est-ce pas ? C'est l'un des impératifs requis pour exercer à bord d'un bateau.

— Oui, je sais utiliser le masque laryngé, administrer l'adrénaline. Mais je ne suis pas encore qualifiée pour les antiarythmiques ou l'intubation.

Quelque chose dans sa voix attisa la curiosité de Hugh. L'emploi du mot « encore » peut-être ?

— Qu'est-ce qui vous a poussée à devenir infirmière plutôt que médecin ?

Il vit un éclair de surprise traverser le joli regard noisette.

— Pourquoi cette question ?

— J'ai l'impression que vous aimeriez apprendre davantage. Comme savoir intuber un malade en arrêt cardiaque…

Lisa détourna les yeux.

— J'ai toujours voulu travailler dans le milieu médical, répondit-elle. Devenir infirmière était l'option la plus pratique à l'époque. Cet équipement permet de faire des radios numériques ?

Il était clair qu'elle évitait sa question, se dit Hugh. Était-elle devenue infirmière parce qu'elle n'avait eu ni les moyens ni le temps de faire médecine ?

— C'est très utile pour obtenir un autre avis ou pour que le traitement soit disponible le plus rapidement possible si nous transférons un patient vers un hôpital à terre, expliqua-t-il.

— Vous accompagnez le malade dans ces cas-là ?

— Parfois, si le malade est dans un état critique. Si un médecin local n'arrive pas avec l'équipe chargée de l'évacuation, nous envoyons Tim, qui est à la fois infirmier et ambulancier et qui assure nos services de nuit à bord. Vous pouvez aussi être envoyée comme assistante médicale.

Hugh capta une lueur d'intérêt dans les prunelles fascinantes de Lisa Phillips, et cette petite flamme ardente l'atteignit jusqu'au plus profond de lui-même. Sa jolie collègue avait beau être psychorigide, elle avait envie de connaître un peu d'aventure. C'était bon signe. La taquiner n'en serait que plus amusant.

— On dirait plus une salle d'opération qu'un centre de soins. Vous pratiquez vraiment la chirurgie ici ?

— Oui, cela arrive, répondit-il. Nous devons être capables de faire face à toutes les éventualités car l'évacuation peut s'avérer impossible. Nous disposons d'appareillages pour l'anesthésie, l'échographie et toute une gamme d'instruments chirurgicaux, même si je n'ai pas eu l'occasion de les utiliser souvent jusqu'à présent.

— Vous avez une formation de chirurgien ?

— Je suis plus spécialisé en médecine d'urgence et en soins intensifs, mais oui, j'ai mes diplômes de chirurgien et d'anesthésiste. Et vous ? Quel est votre parcours ? demanda-t-il en sortant le premier du cabinet médical.

— J'ai d'abord travaillé dans des services d'urgences et de traumatologie, et j'ai vraiment aimé ça. Puis, dans mon dernier poste, j'étais infirmière en chef d'un centre de long séjour. J'évaluais une grande diversité de situations médicales et c'était très intéressant aussi. En ce moment, je suis temporairement sans emploi, raison pour laquelle ce remplacement est idéal.

Lisa s'arrêta à la porte du laboratoire.

— Quel genre de tests réalisez-vous à bord ?

Hugh se sentait de plus en plus curieux à son sujet et avait envie de l'interroger davantage. Pourquoi, par exemple, avait-elle quitté un service d'urgences, alors qu'elle aimait travailler dans cet environnement ? Et si elle avait tant d'expérience professionnelle déjà, pourquoi dégageait-elle cette impression… d'innocence ou de manque de sophistication ? C'était si rare chez les femmes qu'il fréquentait. Force lui était de constater qu'il était plus intrigué que d'ordinaire lors d'une première rencontre.

— Nous analysons des enzymes cardiaques, des infections, des glycémies… Janet est notre biologiste attitrée.

D'ailleurs, elle se trouve dans notre petite infirmerie en ce moment car nous avons admis une dame avec une forte migraine. Allons-y et je vous présenterai.

— J'en serais ravie, merci.

Hugh la vit jeter un dernier coup d'œil par-dessus son épaule, comme pour mémoriser ce qu'il lui avait montré. Il fut tenté de lui faire passer un test, rien que pour le plaisir. Mais, juste à cet instant, elle se détourna et le regarda d'un air légèrement réprobateur. À l'évidence, elle attendait qu'il la conduise sur-le-champ auprès de Janet, comme il l'avait proposé.

Sans plus tarder, il la guida vers la zone des hospitalisations. Cette fille pouvait donc s'avérer autoritaire, se dit-il. Mais « autoritaire » n'était peut-être pas le mot juste. « Farouche » lui convenait nettement mieux.

Il sourit intérieurement. Il appréciait les femmes dotées d'un tel tempérament.

Lisa devinait que l'impression de décontraction, d'assurance et d'humour que Hugh Patterson dégageait n'était en fait qu'un aspect de sa personnalité. Elle l'avait vu à l'œuvre sur une scène d'accident, et ce fut de nouveau en grand professionnel qu'il pénétra dans l'infirmerie.

L'espace se composait de deux sections de quatre lits, séparés par le bureau où se trouvait l'infirmière et biologiste. Celle-ci, plus âgée qu'elle, avait un visage sympathique et un accent écossais. Les présentations furent brèves car Hugh s'emparait déjà de la fiche de la patiente.

— Elle a bien répondu au traitement, déclara Janet. Elle a pu dormir, et l'échelle de la douleur est tombée à deux. Aucun vomissement depuis la prise de médicaments antiémétiques.

Hugh s'approcha du lit et arbora un sourire rassurant.

— Rita, n'est-ce pas ? Je suis le Dr Hugh Patterson. Mon collègue Peter vous a reçue ce matin.

La femme alitée, qui pouvait avoir dans les quarante ans, acquiesça.

— Je me sens tellement mieux, docteur. Ces comprimés ont agi merveilleusement… Excusez-moi, nous sommes-nous déjà rencontrés ?

Hugh esquissa un sourire bref.

— Je ne crois pas avoir eu ce plaisir, mais je suis heureux que vous vous sentiez mieux. Les médicaments vous ont aussi aidée à combattre la déshydratation qui aggravait votre état. Ce n'est pas votre première migraine, je suppose ?

— Non, mais la dernière remonte à longtemps. Je sais que le chocolat et le vin rouge sont des éléments déclencheurs et je n'en consomme pas.

— Les lumières clignotantes et le bruit très fort peuvent aussi être à l'origine des migraines. Vous êtes peut-être allée en discothèque ? dit-il.

— Oh ! je n'ai pas eu cette chance !

Rita souriait, à présent. Et même… elle battait des cils ! nota Lisa, stupéfaite. Voulait-elle flirter avec le médecin ? En tout cas, Hugh ne répondait pas à ses avances. C'est à peine si ses lèvres esquissaient l'ombre d'un sourire poli.

— Ce serait une bonne idée de continuer à éviter ce genre d'endroit pendant un jour ou deux, dit-il. Je suis sûr que vous ne voulez pas rester enfermée ici et manquer d'autres excursions.

— Non. Mes amis sont partis faire un trek à cheval, aujourd'hui. J'avais tellement envie de les accompagner ! Oh…, fit-elle soudain en écarquillant les yeux. Je me rappelle maintenant. Vous êtes bien ce Hugh Patterson…

Hugh eut l'air à la fois surpris et méfiant.

— Lequel suis-je censé être ?

— Votre mère était Diane Patterson, administratrice du poney club de Windsor, n'est-ce pas ? Chaque année, il y avait une grande fête organisée sur votre propriété familiale. J'y ai participé plus d'une fois. C'était il y a longtemps, remarquez, mais je me souviens de vous enfant. Vous circuliez en quad sur le domaine et vous apportiez le café aux juges.

*Waouh…* Sa famille possédait une propriété à Windsor ? Bizarrement, Lisa n'en était pas surprise. Il avait cette disposition d'esprit à profiter des bonnes choses de la vie et cela allait souvent de pair avec une fortune colossale.

— C'est de l'histoire ancienne.

Le ton bref indiquait clairement qu'il n'avait pas l'intention de poursuivre cette conversation. Lisa comprenait parfaitement qu'il pût être embarrassé à l'idée que la situation financière de sa famille soit rendue publique. Elle-même n'aimait pas que des inconnus connaissent la sienne.

— Nous allons ôter votre perfusion et vous donner des médicaments, déclara Hugh en complétant la fiche médicale. N'hésitez pas à nous appeler si vous ne voyez pas d'amélioration. Un membre de notre merveilleuse équipe médicale sera à votre disposition.

Ce disant, il se tourna vers elle en souriant. Il y avait tant de sincérité dans son expression qu'elle se surprit à sourire en retour. Il tenait vraiment à lui donner le sentiment d'être un véritable atout pour son équipe, même s'ils venaient tout juste de faire connaissance. C'était peut-être pour lui un moyen d'échapper à une conversation fâcheuse, se dit-elle, réaliste.

Janet était chaleureuse, elle aussi. Après avoir ôté la perfusion à la patiente et lui avoir fourni les médicaments que Hugh venait de prescrire, elle emmena Lisa choisir un uniforme.

Ce faisant, Lisa prit conscience d'un bruit diffus et d'un mouvement étrange autour d'elle.

— Nous appareillons, expliqua Janet en souriant. J'adore ce moment quand nous quittons le port pour gagner la haute mer. C'est ce qui me faire revenir sur cette croisière à chaque saison.

Lisa ressentait les vibrations des puissants moteurs dans tout son corps. Elle réalisa alors, non sans crainte, que ce gigantesque vaisseau avec ses milliers de passagers et son personnel d'équipage se trouverait bientôt loin de la côte et que tout ce monde dépendrait d'une équipe médicale qui lui paraissait très réduite face à toutes les urgences qui pouvaient survenir.

Mais ils étaient en route vers des destinations fabuleuses qui lui étaient totalement inconnues, et ce mélange d'aventure et de défis était incroyablement… excitant ? Oui, c'était le mot. La sensation de mouvement et le bourdonnement ambiant lui causaient un drôle de frémissement au creux du ventre auquel il lui faudrait s'habituer. Mais ces trépidations étaient aussi bienvenues parce qu'elles signifiaient que sa vie professionnelle à bord démarrait enfin.

Quoi que ce poste assez exotique lui réservât au cours des deux prochaines semaines, elle allait faire son travail de son mieux. Comme toujours, bien sûr, mais il y avait une stimulation différente ici. Cependant, ce qui la déroutait le plus, c'était qu'elle était aussi déterminée à remplir son rôle pour le bien des passagers qu'à impressionner son nouveau patron.

J'ai trouvé ton bateau sur Internet. fabuleux !

Lisa sourit en découvrant le message de sa sœur. Pelotonnée sur sa couchette, elle écrivit rapidement dans la messagerie de son ordinateur.

C'est complètement irréel ! Il y a des bars et des restaurants ouverts toute la nuit, des spectacles tels qu'on peut en voir à Broadway, des clubs de fitness, de danse… Le nombre d'activités à bord est absolument incroyable.

La réponse d'Abby ne se fit pas attendre.

J'ai aussi trouvé une page de photos de l'équipage. En uniforme avec épaulettes !

Comprenant qu'Abby était avide de nouvelles, elle expliqua :

Les médecins y étaient, car ils sont considérés comme officiers. Mais les infirmières ont aussi des privilèges. Nous pouvons prendre nos repas dans tous les restaurants. Nous ne sommes pas cantonnés au quartier réservé au personnel.

Abby continua son interrogatoire :

Qui est le médecin avec une barbe ? Et l'autre… Celui qui est beau à tomber ?

Lisa secoua la tête en souriant avant de faire les présentations.

Le barbu, c'est Peter. L'autre médecin est Hugh. Je fais équipe avec lui.

Ooooh… Chanceuse, va !

Une suite de cœurs ponctuait le message. Qu'allait-elle s'imaginer ? Lisa se hâta de pianoter sa réponse.

Tu es aussi incorrigible que toutes les autres femmes à bord ! Nous avons accueilli quatre passagères à l'infirmerie hier et toutes rivalisaient pour attirer son attention. De toute façon, il y a des règles strictes.

Le personnel ne doit pas avoir de relations privées avec les passagers.

Lisa appuya sur la touche « Envoi » et attendit la réponse, devinant que sa sœur ne manquerait pas d'insister sur le sujet.

Et si les membres du personnel sympathisent entre eux ?

L'émoticône était un clin d'œil, cette fois. *Oh ! Abby…* Comme si ce qu'elle imaginait était possible. Lisa répondit brièvement :

Aucune chance que ça arrive. Je ne suis pas intéressée.

Oh ! je vois ! Parce qu'il est trop beau et qu'il ne porte pas de chaussettes dans ses sandales ?

Se renversant contre l'oreiller, Lisa ferma les yeux un instant. Elle avait été très occupée ces derniers jours. Pendant les heures d'ouverture du centre médical, elle était chargée de trier les patients, de soigner les blessures légères ou les troubles du mal de mer, des cas mineurs qui ne requéraient pas l'avis d'un médecin. En dehors de ces horaires, en plus des tâches administratives, il fallait répondre aux appels pour des interventions en cabine ou dans les endroits publics du navire. Des situations sans gravité, néanmoins.

Mais, maintenant qu'Abby la taquinait, elle était bien forcée de reconnaître que, malgré ses occupations, elle ne restait pas totalement insensible au charme du Dr Patterson, même si elle était sûre de pouvoir y résister. Non qu'il lui eût fait des avances. Non, Hugh était simplement charmant, cordial, et travailler avec lui était une expérience formidable. Mais elle ne pouvait s'empêcher d'être curieuse à son sujet.

*Oh ! arrête… Tu n'es pas son style de femme. Tu ne risques pas de ressembler à cette blonde sophistiquée qui l'accompagnait au port de Barcelone et qu'il embrassait avec une telle sensualité…*

Elle ressentit de nouveau ce frisson d'exaltation qu'elle pensait avoir surmonté depuis deux jours qu'elle travaillait. Hélas non.

Elle soupira. Elle avait décidément besoin de se distraire.

Rouvrant les yeux, elle se remit à pianoter un nouveau mail à Abby.

Comment ça se passe pour toi ? Tu te plais à la résidence ?

Oui, j'adore ! Tellement plus facile d'être près du campus et la nourriture est extra. Mais tu me manques.

Tu me manques aussi. As-tu reçu une convocation pour le permis ?

La semaine prochaine. Et puis je vais intégrer une équipe de basket en fauteuil roulant !

Vraiment ? Promets-moi de faire attention.

Lisa pressa la touche « Envoi » avant de se dire qu'Abby n'apprécierait pas la recommandation.

Elle entendit presque le soupir qui accompagna la réponse de sa sœur.

Arrête d'être une mère poule. Dis-moi plutôt où tu es. Es-tu déjà allée faire une excursion à terre ?

Pas encore. J'étais de garde quand le bateau a accosté en Corse et à Marseille. La prochaine étape est Nice et nous y serons demain. Mais le bateau accostera à Villefranche-sur-Mer, car le port de Nice est inaccessible aux gros navires. Je travaille au cabinet médical le matin, mais je profiterai de l'après-midi et de la soirée pour visiter.

Sur la Côte d'Azur ? Quel rêve !

Oui, je sais. Je t'enverrai des photos.

Profite du rêve, Lisa. Et envoie-moi une photo de toi et de ce séduisant médecin, attablés dans un bistrot romantique. Et buvant du champagne, de préférence !

Laisse tomber, Abby. Ça ne risque pas d'arriver.

Mais, en dépit de sa ferme résolution, Lisa ne put s'empêcher de rêvasser dès qu'elle referma l'ordinateur. Un peu plus tard, elle se mit au lit, un sourire rêveur aux lèvres.

Du champagne… Un délicieux plat français sur une terrasse abritée par une tonnelle couverte de vigne vierge. Un musicien jouant de l'accordéon non loin, et un compagnon qui n'attendait que le moment de l'embrasser follement…

Lisa sentit un élan d'excitation la gagner à cette perspective. Du désir ?

*Non… Bien sûr que non !*

Elle roula sur le côté, cherchant un coin un peu frais sur son oreiller. Elle ne ferait sans doute jamais l'expérience d'un baiser répondant à ses attentes. On ne voyait cela que dans les romans ou les films, pas dans la vraie vie. C'était si facile de fantasmer pendant qu'elle vivait un voyage de rêve sur un luxueux bateau voguant sur la Méditerranée vers un pays réputé pour son romantisme…

Mais, de nouveau, elle s'imagina recevant un baiser. Pas nécessairement de Hugh, bien sûr… Juste ce genre de baiser.

Oh… Qui voulait-elle leurrer ? Bien sûr que ce serait Hugh qui l'embrasserait ainsi. Qui d'autre ? pensa-t-elle en dérivant doucement vers le sommeil.

Le son strident de son bipeur la tira brutalement de sa torpeur. Lisa alluma le plafonnier et s'empara de l'appareil.

Code 1. Urgence sur le pont Lido.

En une seconde, elle fut hors du lit et enfila son uniforme. Pas le temps de penser à sa coiffure ! La cabine qu'elle occupait était la plus près du centre médical. Elle devait s'y rendre pour prendre le chariot de réanimation et foncer vers le pont où se trouvaient les piscines. Le code 1 était l'alerte d'extrême urgence. Avait-on bipé les autres ou serait-elle seule pour évaluer la situation ?

Lisa courut le long de l'étroite coursive. *Cette fois, tu es bien dans la vie réelle, et en première ligne en plus.*

Il était un peu plus de minuit quand elle atteignit l'ascenseur de service qui la mena au pont Lido. C'était une soirée cinéma et un écran géant avait été déployé au bord de la grande piscine. Des passagers regardaient le film, enveloppés dans des couvertures sur leur transat.

Lisa passa devant des restaurants qui étaient encore ouverts. Des gens riaient et dansaient dans la zone qu'elle devait atteindre, là où se trouvaient l'autre piscine et deux spas. Enfin, elle repéra un attroupement autour d'une silhouette recroquevillée contre le bord d'un des jacuzzis.

Quand elle s'accroupit auprès du jeune homme seulement vêtu d'un maillot de bain, elle nota immédiatement qu'il respirait difficilement. Elle tâta son pouls. Il était rapide et très faible.

— Je suis Lisa, l'une des infirmières à bord, lui dit-elle. Quel est votre nom ?

Il ouvrit la bouche, mais elle n'entendit qu'un râle inquiétant, tandis qu'il essayait désespérément de faire passer de l'air dans ses voies respiratoires.

— Il s'appelle Alex, dit quelqu'un au-dessus d'elle. Nous l'avons sorti de la piscine car il toussait sans pouvoir s'arrêter.

— Êtes-vous asthmatique, Alex ? demanda-t-elle en ouvrant les tiroirs du chariot de réanimation.

*Vite !* Elle avait besoin de le mettre sous oxygène. Il faudrait aussi un nébuliseur pour l'aider à respirer.

— Il est allergique.

Lisa releva la tête vers la jeune femme en bikini rouge qui venait de parler.

— À quoi ? Vous le savez ?

— Aux fraises. Il me l'a dit quand je lui ai proposé de goûter mon daiquiri.

— J'ai cru comprendre qu'il portait toujours un auto-injecteur d'adrénaline sur lui, ajouta un steward. Mais nous ignorons où il a laissé ses vêtements.

Lisa ajusta un masque à oxygène sur le visage d'Alex.

— Je vous fais une piqûre, dit-elle.

Avec des gestes rapides, elle remplit une seringue d'une dose d'adrénaline et fit l'injection, en espérant que ce serait suffisant pour stabiliser le gonflement effrayant de sa gorge. Mais son état pouvait aussi s'aggraver et engager le pronostic vital.

*Du calme !*

Comme il fallait attendre quelques minutes pour juger de l'effet de la piqûre, elle en profita pour vérifier les autres constantes vitales. Ce fut alors qu'elle découvrit l'éruption cutanée. Des plaques rouges couvraient tout le corps du jeune homme.

— Vous avez goûté le daiquiri, Alex ?

Il secoua la tête, et ses yeux au-dessus du masque étaient terrifiés. À travers la coque en plastique, Lisa voyait ses lèvres enfler. Alors, comment se faisait-il… ?

— Je l'ai embrassé, intervint la jeune femme en bikini avant d'éclater en sanglots. C'est ma faute… Dites, il ne va pas mourir ? Vous devez faire quelque chose…

Lisa en avait conscience et elle réfléchissait à toute vitesse. Normalement, l'adrénaline nébulisée était la prochaine étape, en même temps qu'une nouvelle injection. Mais même si le traitement s'avérait efficace, elle aurait besoin d'aide.

Comme pour répondre à sa prière silencieuse, une haute silhouette fendit la foule des badauds. Hugh Patterson !

Elle laissa échapper un soupir de soulagement. Son apparition était la meilleure chose qu'elle pût souhaiter en cet instant.

— Mettez-moi au courant, dit-il. J'ai fait le nécessaire pour qu'on apporte une civière.

— Anaphylaxie due aux fraises, répondit Lisa. Éruption cutanée, tachycardie et obstruction des voies respiratoires. Saturation en oxygène de 88. Il a reçu une première dose d'adrénaline il y a trois minutes, mais il n'y a pas d'amélioration.

— Compris, répondit Hugh en hochant la tête.

Il avait parfaitement analysé la gravité de la situation, mais sa voix gardait une décontraction délibérée. Il était clair qu'il ne voulait alarmer personne.

— Donnons-lui une nouvelle dose. Voulez-vous préparer aussi un nébuliseur ?

Pendant que Lisa s'affairait, Hugh posa une main sur l'épaule du patient.

— Nous savons ce qui vous arrive, dit-il, rassurant. Tout se passera bien. Par précaution, nous allons vous descendre au centre médical. Pendant qu'on attend de vous transporter, je vais vous faire une intraveineuse.

Lisa remit à Hugh ce qu'il fallait : garrot, coton imbibé d'alcool, canule et pansement. Puis elle mit en place la poche de perfusion et vérifia que le liquide s'écoulait. Hugh fixait la tubulure quand des stewards arrivèrent, portant la civière. Ils l'aidèrent à soulever Alex.

— Lisa, tenez la poche et pressez-la, dit-il. Nous devons lui administrer le fluide rapidement.

— Entendu.

Ils traversèrent le pont parmi les passagers encore nombreux à cette heure, puis pénétrèrent dans l'ascenseur. Lisa était soulagée à l'idée qu'ils atteindraient bientôt la salle de soins bien équipée. Ils avaient stabilisé le patient. La situation était sous contrôle.

— Prêts ? Nous levons à trois, dit Hugh aux deux brancardiers. Un, deux… *trois.*

Ils allongèrent Alex sur la table de soins. Lisa alluma le puissant éclairage et orienta la lampe.

*Oh ! mon Dieu…*

Elle ravala son souffle en voyant que la tête du patient avait roulé sur le côté et que son menton s'était affaissé. Il avait perdu connaissance.

Le regard de Hugh rencontra le sien. Cela ne dura qu'un instant, mais ce fut suffisant pour communiquer l'essentiel. L'état d'Alex s'était considérablement dégradé jusqu'à devenir critique, et Hugh voulait s'assurer son aide. Elle lut aussi dans ses yeux sombres une lueur de détermination.

D'un bref hochement de tête, Lisa lui fit savoir qu'il pouvait compter sur elle. Puis elle prit une profonde inspiration et croisa les doigts.

# 3.

Le reste de l'équipe médicale était sûrement en route pour leur prêter main-forte, mais Hugh envoya les deux stewards s'assurer que Peter était prévenu de la situation. En attendant, l'état d'Alex n'avait cessé d'empirer. Lisa sut qu'elle et Hugh seraient seuls à faire face et que la vie du jeune homme était entre leurs mains.

La poche de perfusion était maintenant vide. Comme elle s'occupait de la changer, elle avait une conscience aiguë des gestes sûrs de Hugh. D'une main, il renversa la tête du patient pour dégager ses voies respiratoires et, de l'autre, il dirigea son stéthoscope sur la poitrine du jeune homme, guettant un flux d'air.

— Il y a une ventilation, mais elle est insuffisante, déclara-t-il d'un air sombre.

Lisa vérifia que le tensiomètre était bien placé au doigt d'Alex, puis regarda le moniteur.

— La saturation en oxygène est tombée à 75, dit-elle. Sa pression sanguine baisse encore.

— Venez prendre le relais, dit Hugh. Nous allons changer le nébuliseur pour un masque et 100 % d'oxygène. Je vais injecter une autre dose d'adrénaline. Mais il y a un temps d'attente et on ne peut pas risquer une aggravation. Nous allons l'intuber.

Lisa hocha la tête. Une minute plus tard, Hugh avait pris sa place et essayait d'insérer le tube à travers la bouche et la gorge enflées d'Alex. Une intense concentration marquait ses traits. Des médecins auraient peut-être paniqué à sa place quand les deux premières tentatives échouèrent, mais Hugh conservait un calme olympien et une détermination sans faille. Il capta son regard quand elle approcha le masque du visage du patient.

— La saturation en oxygène est tombée à 70 annonça-t-il. Impossible de l'intuber et de l'oxygéner. Avez-vous déjà assisté à une cricotomie ?

— Non, dit Lisa dans un souffle.

Elle savait néanmoins qu'il s'agissait d'une opération périlleuse pratiquée sur un patient en détresse respiratoire. Ne se sentant pas de taille à le seconder efficacement, elle se proposa pour aller chercher Tim ou Peter.

— Pas le temps, répondit Hugh en la fixant d'un regard grave. Vous êtes capable de le faire, Lisa. Je vous expliquerai les étapes pendant l'opération.

Elle ne protesta pas. Étant donné l'importance de l'enjeu, avait-elle le choix ? En quelques secondes, ils enfilèrent les gants. Après avoir désinfecté la zone sur le cou d'Alex, Hugh palpa la gorge au niveau de la pomme d'Adam.

— Je sens le cartilage de la thyroïde et voici le cartilage cricoïde. Je vise l'espace entre les deux et je maintiens bien en place.

De sa main libre, il prit un bistouri et réalisa l'incision. Comme Alex était dans un coma profond et qu'il s'agissait d'une urgence absolue, l'anesthésie locale s'avérait inutile. Néanmoins, Lisa, retenant son souffle, maîtrisa son angoisse en observant les gestes vifs et précis de Hugh.

— Vous entendez le léger « pop » ? Ça veut dire que je suis dans la trachée, dit-il d'une voix étonnamment calme. J'introduis un doigt en retirant le bistouri. Maintenant, prenez ce crochet trachéal, insérez-le et relevez le tout pour que je puisse manœuvrer.

Lisa n'avait jamais été aussi impliquée dans un procédé

invasif, mais, bizarrement, sa main ne tremblait pas et elle n'eut aucun mal à suivre les instructions de Hugh. Elle le regarda ensuite mettre la sonde en place et gonfler le ballonnet situé à son extrémité.

— Bon mouvement thoracique, annonça-t-il peu après. Je vais écouter pour être sûr. Ensuite, nous retirerons le crochet et nous maintiendrons la sonde.

Lisa savait que tout avait parfaitement fonctionné. Un coup d'œil au moniteur lui apprit que la concentration en oxygène remontait déjà et que les battements cardiaques étaient moins rapides.

Ils avaient gagné ! Quand Hugh releva la tête et lui sourit, elle sut qu'il était aussi heureux qu'elle.

Il y eut des bruits de pas. Des personnes accouraient dans le centre médical, puis vers la salle de soins. Mais cette victoire leur appartenait : ils avaient partagé la tension folle de cette course contre la montre et le stress terrible d'un sauvetage en urgence. Ce moment était empreint de soulagement et de joie, et de quelque chose d'autre aussi. Ils savaient maintenant qu'ils étaient capables de travailler ensemble dans des circonstances critiques, qu'ils se faisaient confiance mutuellement et que leur duo fonctionnait parfaitement. Cet instant de connexion ne dura qu'une fraction de seconde avant que leurs collègues ne surgissent dans la petite salle, mais Lisa en ressentait encore l'effet, quand elle se recula pour laisser Peter et Tim approcher. Tim fut chargé de maintenir la sonde et Peter aida Hugh à mettre en place le ventilateur de réanimation.

— Nous allons le transférer vers l'hôpital le plus proche. Il doit être admis en soins intensifs.

— Par hélicoptère ?

— Possible. Nous sommes peut-être assez près de la côte pour que les garde-côtes nous rejoignent. Je vais voir le commandant.

— Je peux accompagner le malade si une escorte médicale est nécessaire, dit Tim.

Hugh acquiesça d'un hochement de tête, puis son regard dériva vers Lisa.

Qu'attendait-il d'elle cette fois ? se demanda-t-elle, le cœur battant plus vite. Qu'ils accompagnent tous les deux le patient qu'ils venaient de sauver ? Ne sachant quelle conduite tenir, elle chercha en hâte une option sûre.

— Nous avons besoin de plus d'informations à son sujet, n'est-ce pas ? dit-elle. Je peux remonter sur le pont Lido où nous l'avons trouvé. On a dû mettre la main sur ses vêtements et sur son médicament à l'heure qu'il est. Il aura aussi besoin de rechange.

— Bien pensé, Lisa, commenta Peter. Demandons au personnel de ménage d'ouvrir sa cabine et de mettre quelques affaires dans un sac. J'envoie quelqu'un pour vous accompagner.

Quand elle revint un instant plus tard avec la valise d'Alex, Lisa trouva toute l'équipe prête à escorter le patient jusqu'à l'héliport situé à l'arrière du navire, face à la passerelle.

— Finalement, aucun de nous ne partira avec lui, dit Hugh, tenant un bloc-notes à la main. Ils envoient un médecin de leur unité de soins intensifs et un ambulancier pour le prendre en charge.

— Viens, Lisa, intervint Janet. Ça n'arrive pas si souvent et c'est quand même spectaculaire, surtout au beau milieu de la nuit.

— Le bateau va devoir s'arrêter ?

— Il a ralenti, mais j'ai déjà vu l'hélicoptère atterrir par gros temps, quand le bateau maintenait son allure. Quand c'est trop dangereux, ils font un hélitreuillage. Spectaculaire, je te dis…

Lisa, qui ne voulait pas manquer l'événement, suivit

donc ses collègues. Bientôt, l'hélicoptère apparut au-dessus de la plate-forme éclairée et descendit lentement sur le pont. Deux membres de l'équipage français coururent tête baissée sous les pâles qui tournoyaient et se dirigèrent vers Hugh.

Il se tenait près de la civière d'Alex. Son bloc-notes à la main, il leur fit un rapide compte rendu en haussant la voix à cause du bruit des rotors.

— Bonjour, messieurs. Voici Alex qui a eu une réaction anaphylactique sévère…

Hugh s'exprimait en français ? Lisa en resta stupéfaite et admirative. Cet homme était incroyablement beau et charmant, mais le fait qu'il parlât couramment la plus belle langue du monde le rendait encore plus séduisant. Puis elle repensa à la complicité qu'ils avaient partagée durant la nuit. Ils avaient beau être à l'opposé sur l'échelle sociale, leurs planètes respectives n'étaient peut-être pas si éloignées l'une de l'autre finalement.

Des sensations peu familières naissaient au fond d'elle-même et elle se demanda si elles étaient seulement dues aux vibrations des rotors qui résonnaient dans son corps, tandis que l'appareil s'élevait dans la nuit, emportant leur patient. N'étaient-elles pas plutôt à mettre au compte de l'homme qui se tenait auprès d'elle ?

Après les émotions intenses de ces dernières heures, elle sut qu'elle ne trouverait pas le sommeil, même s'il était presque 3 heures du matin. Marcher lui ferait du bien, se dit-elle. Cela l'aiderait à évacuer l'adrénaline qui parcourait encore son corps et calmerait le tumulte de son esprit qui repassait en boucle les instants dramatiques de la nuit et ses pensées concernant Hugh. Oui, elle avait vraiment besoin de marcher et de respirer à fond l'air frais du large.

Aussi se dirigea-t-elle vers l'escalier qui menait au pont supérieur où se trouvait la piste de jogging. Comme elle passait devant une batterie d'ascenseurs, les portes d'une cabine s'ouvrirent et elle entendit le rire vulgaire d'une femme manifestement ivre.

— Tu viens dans ma cabine, chéri ? Tu m'as promis…

— Oui, je vais le faire. Oh… Attention ! Vous feriez mieux de vous cramponner à moi…

La voix de l'interlocuteur était profonde, sexy, avec une intonation amusée qui lui était familière. Malgré elle, Lisa tourna la tête et demeura bouche bée.

Un long moment, elle regarda fixement Hugh Patterson. Puis elle se rua dans l'escalier, en proie à une déception sans nom.

*Déçue ?*

Mais elle n'avait pas l'intention d'analyser ses sentiments maintenant. De peur de découvrir ce qui ressemblait étrangement à… de la jalousie ?

Mince… Il ne manquait plus que cela ! Hugh devinait trop bien ce que Lisa Phillips s'était imaginé en le voyant tenir une femme ivre dans ses bras. À coup sûr, elle refuserait d'entendre la vérité.

Il était allé au bar du pont Lido pour rassurer le personnel toujours inquiet au sujet d'Alex et, voyant cette femme en état d'ébriété, il avait jugé plus sûr de la raccompagner jusqu'à sa cabine.

Mais que faisait Lisa ici à cette heure ? Lui avait au moins l'excuse d'avoir attendu des nouvelles de l'hôpital. Mais elle aurait dû dormir depuis longtemps.

Le croyait-elle vraiment capable de profiter d'une femme ivre ? D'une passagère, en plus. Bon, ce n'était pas déplaisant d'être constamment entouré de jolies femmes, jamais les mêmes de surcroît, qui lui faisaient ouvertement savoir qu'elles mettraient bien un peu de piment dans leur croisière en ayant une aventure avec lui. Mais il avait rarement été tenté d'aller au-delà du flirt inoffensif.

*Bon sang !* Il vivait pratiquement comme un moine sur les croisières. À part la première, celle qu'il avait faite en tant que touriste, rectifia-t-il. Parce qu'il avait eu besoin d'autres distractions que celles proposées à bord pour oublier la trahison de la femme qu'il avait aimée.

Son amitié avec Carlotta de Barcelone qui datait de cette époque était ce qui se rapprochait le plus d'une relation sentimentale. Mais leur bonne entente – et les plaisirs occasionnels qu'elle procurait – n'irait jamais plus loin.

C'était d'ailleurs en embrassant Carlotta qu'il avait vu Lisa. S'il avait choqué la jeune Anglaise ce jour-là, cette fois, il l'avait vraiment scandalisée. Oui, elle avait été clairement dégoûtée en le voyant dans l'ascenseur en compagnie de la passagère. Il essaya de se voir à travers les yeux de Lisa et, il lui fallut l'admettre, le portrait n'était guère flatteur.

Elle le prenait pour un jouisseur invétéré qui pratiquait un genre de médecine privée pour une catégorie de gens privilégiés.

S'il n'appréciait pas que son infirmière eût une telle opinion de lui, il ne supportait pas non plus qu'elle se permette de le juger. Au fond, que savait-elle de lui ? Elle n'était là que pour une mission de deux semaines. Alors, à quoi bon s'inquiéter de ce que Lisa Phillips pensait ?

Mais cela lui importait justement.

Ayant remis la passagère aux mains d'une hôtesse de cabine, Hugh hésita à rentrer se coucher. Il avait besoin de respirer un peu et de chasser de son esprit le souvenir du regard de Lisa.

En débouchant sur le pont, il regretta sa décision en voyant que sa collègue s'y trouvait. Appuyée au bastingage à l'arrière du navire, elle contemplait le long sillage d'écume sous le clair de lune. Hugh s'en voulut davantage encore quand il entendit le commentaire de la jeune femme.

— Cela a été rapide, dites donc.

Le sourire ironique qui étirait ses lèvres le hérissa. De quel droit se permettait-elle de juger ses performances sexuelles ?

— Je vous demande pardon ? dit-il en s'arrêtant net. Vous supposez que j'ai partagé le lit de cette femme avec laquelle vous m'avez vu ?

— L'invitation était claire, non ?

Il prit une profonde inspiration, tâchant de contenir son irritation sans vraiment y parvenir.

— Et vous pensez que j'aurais été incapable de lui résister ? Que je couche avec toutes les passagères qui me font ouvertement des avances, même celles qui ont trop bu, au risque de compromettre ma position de médecin sur ce bateau ?

— Ça ne me regarde pas, répondit-elle.

Elle eut tout de même la grâce de paraître embarrassée. Peut-être rougissait-elle, bien que ce fût difficile à affirmer sous cet éclairage. Pour une raison qu'il n'aurait su expliquer, Hugh refusait de la laisser s'en tirer à si bon compte. Parce qu'il ressentait autre chose que de l'irritation ? Une certaine déception ? Travailler avec Lisa cette nuit lui avait procuré une intense satisfaction, surtout à l'instant où ils avaient compris qu'ils venaient de sauver la vie de leur patient. Cette connexion muette avec une femme, il ne l'avait jamais vécue auparavant.

Il entrevoyait maintenant ce qu'on éprouvait à être avec quelqu'un en qui on avait confiance et qui pouvait partager avec vous des moments importants. Peut-être s'était-il vu dans un rôle de grand frère. Cela conférait à Lisa le statut de famille, quelqu'un dont on pouvait se soucier sans s'impliquer.

Seulement, elle jugeait son style de vie à présent et cela l'irritait. Lisa Phillips n'était pas sa famille. Elle restait une inconnue et, même si elle était douée dans son travail, elle était psychorigide au point d'en paraître prude.

— Au moins, je sais me détendre à l'occasion et m'amuser, répliqua-t-il. Quel est votre problème, Lisa ?

— Je n'ai pas de problème.

Elle était sur la défensive, tout autant que lui. Hugh nota aussi que ses mains agrippaient le bastingage si fermement que ses doigts fins étaient blancs. De quoi avait-elle peur ?

Il s'approcha et, à son tour, contempla l'écume bouillonnante au-dessous d'eux. Peu à peu, il sentit ses pensées négatives s'envoler.

Se détournant, il s'adossa au bastingage pour observer la jeune femme. Il y avait quelque chose de touchant et de vulnérable chez Lisa. Elle avait besoin d'être rassurée, encouragée même, mais elle n'en avait probablement pas conscience.

— Lisa, seriez-vous vierge ? demanda-t-il sur le ton de la taquinerie.

Comme il s'y attendait, il la vit se raidir, horrifiée. C'était exactement l'expression qu'elle avait eue un peu plus tôt quand il avait soutenu la passagère ivre.

— *Non !* Bien sûr que non. Qu'est-ce qui vous prend ?

— J'ai l'impression que vous n'aimez pas particulièrement l'amour physique. Je me trompe ?

Même par-dessus le bruit des machines et le bouillonnement de la mer, il perçut son soupir offusqué.

— Vous dites ça simplement parce que je n'approuve pas qu'on couche avec de parfaits inconnus ? Pour moi, la sexualité est importante dans une relation, si vous tenez à le savoir. Mais je pense qu'il y a plus que ça.

— Je ne parlais pas d'une relation.

Il était curieux de savoir quel degré d'importance

elle accordait au sexe dans une relation sentimentale, mais cela attendrait une prochaine conversation. Pour le moment, il voulait seulement découvrir jusqu'où cette femme était capable de garder son contrôle.

— Je parlais de sexe. Une activité physique comme une autre… Comme la danse, par exemple. Vous dansez, Lisa ?

— Non, répondit-elle, les yeux fixés vers le sillage infini.

Hugh se pencha vers elle et baissa la voix.

— Et déguster un fabuleux repas ou une coupe de champagne ? Vous aimez le champagne ?

Elle haussa les épaules.

— Je n'en ai jamais goûté.

Waouh… Elle n'avait pas expérimenté beaucoup de choses, apparemment. Son irritation envolée, Hugh contempla le profil de la jeune femme. Sa chevelure courte et bouclée que le vent décoiffait, les jolies taches de rousseur qu'il discernait sur ses joues pâles et le pli délicieux de sa bouche qui était un semblant de sourire, même s'il était clair qu'elle n'était pas heureuse en cet instant.

Il se pencha davantage, si près qu'une mèche soulevée par le vent lui frôla le front.

— Dans ce cas, qu'est-ce que vous aimez ? murmura-t-il.

Il n'avait pas vraiment eu l'intention d'employer ce ton langoureux que les femmes appréciaient. Mais, surtout, il ne s'attendait pas à recevoir un choc quand elle tourna la tête vers lui. Il ressentit comme un coup de poing dans la poitrine en croisant de si près ses yeux fascinants. Leur teinte était d'un brun chaud et lumineux, et ses pupilles étaient presque complètement dilatées vers le cercle sombre qui les entourait.

Hugh sut immédiatement ce que cela signifiait. Lisa ressentait exactement la même chose que lui. Qu'elle fût ou non prête à reconnaître cet élan d'excitation qui les saisissait l'un et l'autre, c'était une autre question.

Il devait s'écarter, et vite ! Dire quelque chose, invoquer l'heure tardive, n'importe quoi… Puis filer avant que la situation ne lui échappe et qu'il fasse quelque chose qu'ils regretteraient tous les deux.

Mais il laissa passer une autre seconde et, dans ce bref laps de temps, il vit Lisa entrouvrir les lèvres et, du bout de la langue, effleurer sa lèvre inférieure. Le geste le pétrifia.

Hugh n'eut pas conscience qu'ils s'étaient déplacés, pourtant leurs visages se touchaient presque, à présent. La bouche de Lisa n'était qu'à un souffle de la sienne.

Leurs lèvres se rencontrèrent si délicatement que ce contact ressembla à une caresse, celle du vent qu'il sentait sur ses bras nus. L'expérience était si étrange que Hugh ne put s'empêcher de la réitérer et, cette fois, il perçut la réponse de Lisa.

Il s'attendait à une réaction de panique, lui-même étant sincèrement stupéfait. Mais ce baiser à peine esquissé contenait quelque chose de trop puissant pour qu'ils puissent y résister l'un comme l'autre. Telle une étincelle prête à s'enflammer…

Le mieux était de l'embrasser vraiment, décida-t-il en capturant sa bouche. Mille fois déjà, il avait donné ce genre de baiser, mais aucun n'avait ressemblé à celui-là. Non, aucun…

*Oh ! mon Dieu…*

Lisa avait imaginé ce qu'une femme devait ressentir à se laisser embrasser par cet homme, et ce depuis l'instant où elle l'avait surpris en train d'enlacer la jolie blonde à Barcelone. Elle avait même rêvé d'être à la place de cette dernière. Mais elle n'avait eu aucune idée de la réalité.

Ce n'était pas la première fois qu'un homme l'embrassait. Pourtant, c'était tout comme, car jamais elle n'avait reçu un baiser pareil, décliné en une infinité de pressions délicieuses et de mouvements ensorcelants, comme la mélodie fabuleuse et changeante d'une musique. Et fermer les yeux ne faisait qu'aiguiser les sensations. La langue veloutée de Hugh virevoltait contre la sienne, lui causant un vertige inconnu et délicieux qui la faisait fondre.

En même temps, elle percevait sa force vibrante et le contrôle inébranlable qu'il exerçait sur lui-même. Elle voulait plus, tellement plus... Le désir qui montait en elle était comme le besoin désespéré de découvrir quelque chose qu'elle risquait de ne plus jamais revivre.

Au-dessous d'eux, le rythme des machines changea brusquement, brisant la magie. Ils mirent fin à leur baiser. Haletante, Lisa rouvrit les paupières.

Hugh la regardait en souriant.

— Je révise mon opinion.

Lisa se raidit. L'idée qu'il regrettait déjà leur baiser lui fit l'effet d'une douche froide !

— Pardon ?

— Je pensais que vous étiez terriblement coincée. Qui vous a appris à embrasser comme ça, Lisa ?

Horriblement vexée, elle recula d'un pas. Elle n'allait pas lui avouer que ce baiser inoubliable l'avait bouleversée. S'était-il bien amusé en l'embrassant ? Parce que ce n'était pas elle qui avait pris l'initiative de ce baiser, n'est-ce pas ?

À cette hypothèse, elle sentit ses joues s'enflammer – *encore cette réaction puérile et incontrôlable !* Vivement, elle se détourna pour offrir son visage à la brise fraîche.

— Le bateau ralentit, dit Hugh, rompant ainsi le silence embarrassant qui s'était installé. Nous ne tarderons pas à accoster. Dans quelques heures, nous aurons de nombreuses consultations à assurer car, quand les passagers descendent à terre, le personnel en profite pour nous rendre visite.

Il parlait d'un ton professionnel et Lisa reporta son attention sur lui. Voulait-il déjà oublier ce baiser ? Le reléguer comme quelque chose qui n'aurait pas dû arriver entre deux personnes travaillant ensemble ? Ou la prévenait-il ainsi que cela n'irait pas plus loin ? Mais son regard sombre contenait plus une interrogation qu'un avertissement, nota-t-elle. Peut-être se demandait-il s'il devait s'excuser. À moins qu'il n'attendît quelque signe de sa part montrant qu'elle avait apprécié ce moment.

Et lui laisser entendre qu'elle n'était pas si « coincée » qu'il le pensait ? Mais elle n'avait pas à prouver quoi que ce soit, n'est-ce pas ? Et certainement pas à un homme qui comparait le sexe à une activité physique ou à une coupe de champagne ! Elle avait évolué à ce sujet maintenant qu'elle savait à quel point il était facile d'y céder, mais elle n'était pas assez folle pour franchir les limites raisonnables qu'elle s'était fixées.

Lui demandait-il implicitement de faire comme si ce baiser n'avait aucune importance ? Bien sûr, pour un homme comme lui, cela n'en avait pas évidemment. Raison pour laquelle il lui était si facile de parler de travail.

En tout cas, c'était exactement la planche de salut qu'elle attendait quand son esprit n'était qu'un maelström de sensations et d'émotions aussi fortes que contradictoires au point qu'elle risquait de se noyer.

— Vous avez raison, il est tard, dit-elle en se détournant. Je ne sais pas pour vous, mais j'ai vraiment besoin de sommeil avant de reprendre le travail. À plus tard.

Puis elle s'éclipsa vers l'intérieur du bateau.

# 4.

Hugh laissa échapper un soupir de frustration. Bon sang ! Qu'est-ce qui lui avait pris d'embrasser Lisa Phillips ? Ce qu'elle avait insinué sur ses pratiques sexuelles avait écorné son ego et il avait voulu la pousser dans ses retranchements afin de percer cette barrière qu'elle semblait avoir érigée autour d'elle. Mais, il n'avait pas prévu que cela finirait par un baiser ! Elle n'était même pas son style de femme, pour commencer. Était-ce pour cette raison que ce baiser avait été si différent au point de hanter le peu de sommeil qu'il avait pu s'offrir ?

Ce matin, ce souvenir rôdait encore aux confins de sa conscience, constata-t-il, irrité contre lui-même. Il était arrivé tôt au centre médical, espérant que l'environnement familier le calmerait. Mais, tandis qu'il vérifiait que tout avait été soigneusement nettoyé et rangé, il était bien forcé d'admettre qu'une tension persistait au fond de lui. Même s'il ne comprenait pas comment il en était arrivé à embrasser son infirmière, c'était une réalité indéniable, et travailler avec elle aujourd'hui risquait d'être délicat. Comment se comporterait-elle ?

La plupart des femmes qu'il côtoyait ne se formaliseraient pas pour un baiser et prendraient ce moment d'égarement avec légèreté. Au pire, elles savoureraient l'aura sensuelle qui subsisterait entre eux pendant quelque temps.

Seulement, Lisa Phillips n'était pas comme elles. Sa

réaction serait forcément moins décontractée et leurs rapports professionnels s'en ressentiraient. Quant à lui, il n'était pas sûr de savoir comment faire face à ce changement.

Elle arriva quelques minutes avant l'ouverture du cabinet. Comme Hugh l'avait prévu, elle évita son regard quand il la salua d'un ton cordial.

— J'espère que vous avez eu assez de sommeil après nos heures supplémentaires de cette nuit, Lisa.

En guise de réponse, elle ébaucha un bref signe de tête et prit un stéthoscope.

— Je m'installe dans la deuxième salle de consultation ? Pour faire les premiers examens d'usage.

— Oui, très bien.

Ainsi, elle allait faire comme si ce baiser n'avait jamais existé ? Soit. Si elle préférait se mettre la tête dans le sable… En tout cas, leur travail de la matinée n'en pâtirait pas. Il appréciait d'avoir une première idée des symptômes que le patient présentait et qui le renseignaient sur une infection ou des pathologies potentiellement sérieuses. En infirmière compétente, Lisa s'occuperait aussi des petites plaies et des soins courants qui ne requéraient pas son avis de praticien.

Les visites au centre médical étant libres, Hugh savait par expérience que les deux prochaines heures seraient denses. Tant mieux. L'affluence l'aiderait à garder sa concentration.

Cependant, il se rendit compte très vite qu'une partie de son esprit était ailleurs. Pendant les quelques minutes qui suivirent, il ne put s'empêcher d'observer Lisa du coin de l'œil, tandis qu'elle allait et venait, rassemblant les fournitures dont elle aurait besoin. Pansements, pommade antiseptique, recharge de papier pour électrocardiogramme, thermomètres tympaniques…

Trouvait-elle difficile de faire comme si de rien

n'était ? Repensait-elle à ce baiser autant que lui ? Car les images indésirables continuaient de l'assaillir par bribes et elles étaient si fortes qu'elles détournaient sans cesse son attention. Était-elle aussi tiraillée par l'idée de réitérer l'expérience de cette nuit ? Mais si Lisa refusait de le regarder en face, n'était-ce pas plutôt parce qu'elle cherchait à tout prix à l'oublier ?

Agacé par ces questions sans fin, Hugh se leva pour se rendre dans la pièce du fond et allumer les équipements électroniques afin de s'assurer de leur fonctionnement. Bientôt, Janet arriva pour s'occuper de la réception et du triage des patients et il ne put s'empêcher de tendre l'oreille dans l'espoir de surprendre la conversation des deux femmes de l'autre côté de la paroi.

— Tim m'a expliqué que la nuit a été mouvementée…, déclara Janet. Il faut toujours qu'un truc pareil arrive quand je ne suis pas de garde.

— C'était mémorable, on peut le dire, répondit Lisa. Le genre de choses qu'on ne vit qu'une fois.

Faisait-elle allusion à leur patient… ou au baiser ? se demanda Hugh en mettant le stérilisateur en marche. Mais la question n'était pas vraiment importante au fond, parce qu'il partageait son avis sur ces deux points.

— Ça, j'en suis sûre, dit Janet. Je n'ai jamais assisté à une cricotomie à terre, et encore moins en mer.

— Jusque-là moi non plus, et pourtant j'ai longtemps travaillé dans un service d'urgences. Hugh a été formidable. Il a sauvé la vie du passager…

— *Nous* lui avons sauvé la vie, intervint Hugh en s'avançant sur le pas de la porte.

Lisa le regarda enfin. Parce qu'elle était surprise de son apparition ou à cause du compliment implicite qu'il venait de lui faire ? Impossible de le savoir évidemment, mais il sentit quelque chose frémir au fond de lui. La dernière fois qu'il avait croisé ce regard-là, il avait été très près d'elle et ses yeux magnifiques l'avaient brûlé de leur feu…

— Lisa a été la première sur les lieux, dit-il à l'adresse de Janet. Sans sa précieuse assistance, je n'aurais pas pu réussir l'intervention.

Celle-ci les regarda tour à tour d'un air interloqué, comme si elle n'en revenait pas.

— Avez-vous des nouvelles d'Alex ? demanda Lisa comme pour dissiper le moment de gêne.

Reportant son attention sur elle, Hugh vit qu'elle baissait de nouveau les yeux. Sa façon de se mordiller la lèvre inférieure indiquait aussi qu'elle était embarrassée en sa présence.

Il sentit une vague de culpabilité le submerger. Il s'était imaginé dans le rôle de grand frère auprès de Lisa. Mais il n'était pas digne d'une telle mission. Bon sang ! Il avait quand même osé lui demander si elle était vierge ! Il avait aussi laissé entendre qu'elle n'aimait pas le sexe. Pourquoi l'avait-il insultée de la sorte ? Et il ne s'était pas arrêté là. Pour finir, il avait dit sans détour qu'il l'avait trouvée… coincée. Pas étonnant que Lisa ait préféré l'éviter ! Elle n'était certainement pas pressée de travailler avec lui et il ne pouvait lui en vouloir.

— Alex va bien, répondit-il d'un ton neutre. Ils l'ont gardé en soins intensifs le reste de la nuit. J'ai eu un médecin au téléphone il y a une heure et tout semble être rentré dans l'ordre. La plaie trachéale a été suturée, on lui a prescrit des stéroïdes et on lui a conseillé de porter un bracelet d'alerte en plus de son auto-injecteur. Il devrait être de retour avant le départ du bateau ce soir.

Puis, sans attendre sa réponse, il se détourna, tandis que Janet ouvrait la porte pour accueillir les premiers patients.

Mais une idée lui traversa soudain l'esprit. Le bateau

ne reprendrait la mer que tard dans la soirée. Après les consultations de la matinée, il serait donc libre de faire ce qui lui plaisait dans l'une des parties du monde qu'il préférait. Une occasion de se détendre et de profiter de quelques-uns des plaisirs de la vie était exactement ce dont il avait besoin en ce moment. Le genre d'expérience que Lisa ne s'autorisait jamais apparemment. Pouvait-il l'aider en cela ? Lui recommander des sites ou des activités ? C'était peut-être un prétexte à saisir pour dissiper la tension pénible qui régnait entre eux.

Il se tourna de nouveau vers elle.

— Qu'allez-vous faire de votre première journée à terre, Lisa ?

— Je ne sais pas encore, répondit-elle, le regard toujours baissé. Quelqu'un du bureau de l'information m'a parlé d'une jolie balade autour du cap d'Antibes. Mais ce que j'aimerais vraiment, c'est visiter une cité médiévale.

— Alors, vous devriez monter jusqu'à Èze. C'est un magnifique exemple de village médiéval. Ou encore à Saint-Paul-de-Vence, mais il risque d'y avoir un monde fou par une belle journée comme celle-ci. Dommage que l'on ne finisse pas le service à temps pour que vous puissiez profiter d'une des excursions en bus. Mais un taxi ne vous reviendra pas trop cher. Moins de 50 euros, je pense.

L'expression de Lisa suggérait qu'elle ne partageait pas son avis sur la question financière. Elle tourna la tête, mais Hugh eut le temps d'apercevoir un semblant de sourire sur ses lèvres. En reconnaissance de son effort pour rétablir le dialogue ?

— Je pense que je vais juste me promener dans Villefranche, dit-elle d'un ton évasif. Ou trouver un bus qui m'amènera à Nice. J'explorerai la vieille ville, puis je m'arrêterai dans un endroit typique pour déjeuner.

***

*Oh là là…*

La première fois qu'elle était entrée dans le centre médical et qu'elle avait réalisé qu'elle ferait équipe avec Hugh, Lisa n'avait pu chasser le souvenir de la scène qu'elle avait surprise sur le quai de Barcelone, quand il avait embrassé la blonde aux jambes interminables.

À présent, c'était un autre baiser qu'elle ne parvenait pas à oublier : celui que Hugh lui avait donné la nuit dernière. Elle en revivait chaque seconde, sentant encore la douce pression de ses lèvres tièdes, le goût musqué de sa bouche et la morsure brûlante du désir qui électrisait chaque parcelle de son corps.

Maintenant, se mordre durement la lèvre inférieure l'aidait quelque peu à garder son contrôle. Comme le fait d'éviter le regard de Hugh. Le mieux était, bien entendu, de concentrer son attention sur les patients qui commençaient à arriver.

Hugh avait raison sur ce point, le défilé était incessant. Et c'était aussi bien. Elle avait tant à faire qu'elle n'avait pas le temps de l'assister en quoi que ce soit.

Au bout d'une heure, elle commença à se sentir plus confiante déjà quant à leurs chances de travailler de nouveau ensemble sans que le souvenir de leur baiser ne vienne la troubler. Un peu plus tard, elle ne voyait plus d'inconvénients à communiquer avec lui sur un plan purement professionnel.

— Voici Elaine, annonça-t-elle en accompagnant sa patiente dans la salle de consultation de Hugh. Elle présente une forte température et une fréquence urinaire avec douleurs. Le test montre la présence de sang dans les urines.

Lisa lui remit la fiche où elle avait noté les symptômes

puis elle s'esquiva pour s'occuper du prochain patient, Jeff, qui travaillait dans les cuisines et s'était brûlé la main.

— Une brûlure au second degré, dit-elle en venant retrouver Hugh. Je l'ai nettoyée et j'ai appliqué une pommade antiseptique et une compresse. J'ai demandé à Jeff de revenir demain pour faire renouveler le pansement. Si tout se présente bien, je pense qu'il sera capable de reprendre le travail, du moment qu'il porte des gants et ne mouille pas sa main. En attendant, il aurait besoin d'un certificat pour aujourd'hui.

Hugh apposa sa signature sur le document.

— Comment ça se passe dans la salle d'attente ? demanda-t-il.

— Beaucoup de monde encore. J'ai quelqu'un qui se plaint de douleurs à la poitrine et je lui fais passer un électrocardiogramme en ce moment. Mais comme c'est un danseur d'une des revues de cabaret, je pense plutôt à un muscle froissé. Les autres…

— La fréquentation va bientôt diminuer, dit-il en souriant tout en lui remettant le certificat. Vous faites du très bon travail, Lisa. Merci.

Rangeant soigneusement le compliment dans un coin de son esprit, elle revint vers Jeff. Les paroles de Hugh lui mettaient du baume au cœur, mais, surtout, elle était soulagée de constater qu'ils étaient de nouveau en bons termes. Ses mots donnaient même à ce qui s'était passé la nuit dernière une sorte d'irréalité, comme si ce baiser n'avait été qu'un rêve.

Rassurée, elle accueillit son dernier patient, un touriste écossais d'une cinquantaine d'années. Grand et fort, l'homme avait des manières assez rudes et semblait peu disposé à admettre qu'il avait un problème de santé.

— Si ça empire, je ne vais plus pouvoir faire d'excursions, dit-il en traversant la salle d'attente en boitant. Vous voyez, mademoiselle, je ne peux pas m'appuyer sur mon pied.

Sa femme se tenait près de lui, la mine anxieuse.

— Nous avions projeté de faire le circuit de Saint-Jean-Cap-Ferrat qui comprend un déjeuner dans ce magnifique hôtel que nous avons vu dans un film récemment. Ce serait tellement dommage de manquer ça !

Ayant fait asseoir le patient, Lisa examina la plante du pied qui présentait une zone rouge sous les orteils.

— Je vais faire quelques vérifications, puis le Dr Patterson vous examinera, dit-elle avant d'enrouler un brassard autour du bras de l'Écossais. Avez-vous beaucoup marché en portant des chaussures neuves ? Ou pieds nus de façon prolongée ? Vous souvenez-vous d'une écorchure dont vous ne vous êtes pas soucié ?

Quelques minutes plus tard, Lisa entra avec le couple dans le bureau de Hugh.

— Voici Gordon. Il présente une douleur de neuf sur dix au pied gauche. Ses constantes sont normales. Il y a deux semaines, il s'est blessé en remplaçant des planches sur le pont de son bateau, son pied passant à travers du bois pourri. Il a été soigné aux urgences de l'hôpital local puis on l'a laissé sortir.

— Je vois. Comment vous a-t-on soigné ? demanda Hugh.

— Docteur, c'était une petite coupure de rien du tout, répondit Gordon d'un ton bourru. Pas de quoi en faire toute une histoire. Le médecin l'a nettoyée et m'a fait passer une radio au cas où il y aurait eu quelque chose de cassé. Mais ils m'ont dit que tout était normal. J'ai eu droit à une piqûre antitétanique et à des antibiotiques.

— Et cela vous fait mal seulement maintenant ?

— Non, il a toujours mal depuis, dit la femme de Gordon. Il prend sur lui pour ne pas le montrer, mais quand il s'est levé ce matin, la douleur est devenue beaucoup plus intense. Il a même failli tomber.

Lisa était sur le point de quitter la salle pour laisser Hugh à sa consultation quand il leva les yeux vers elle.

— Pouvez-vous préparer la salle de radiologie ? demanda-t-il. Nous allons voir ce qu'il en est à l'échographie.

— Pourquoi voulez-vous faire ça, docteur ? s'enquit la femme de Gordon. Je pensais que les échographies, c'était pour les femmes enceintes.

Hugh esquissa un sourire qui fit apparaître de minuscules plis au coin de ses yeux. Non, il ne se moquait pas de l'ignorance d'un patient, songea Lisa. Ce sourire était compréhensif et bienveillant, propre à donner confiance.

— Certaines choses n'apparaissent pas à la radio, expliqua-t-il. Il se pourrait qu'il y ait un morceau de verre ou une écharde à l'intérieur de votre pied, Gordon.

Quelques minutes plus tard, comme il dirigeait la sonde sur la zone douloureuse enduite de gel, Hugh désigna une zone opaque à l'écran.

Lisa hocha la tête. Aucun doute possible, il y avait bien un corps étranger.

Hugh s'adressa à Gordon.

— Vous voyez ? La peau s'est refermée dessus. Nous allons procéder à un petit acte de chirurgie pour rouvrir la plaie et voir ce que c'est. Acceptez-vous que nous le fassions ici ? Sinon, je peux vous adresser aux urgences de l'hôpital le plus proche…

— Allez-y, doc. Comme ça, ce sera fini et nous pourrons nous offrir ce repas gastronomique finalement.

— Oh…, gémit son épouse, le visage décomposé. Je ne peux pas regarder ça. Pas s'il y a du sang…

Le sourire de Hugh reparut.

— Ne vous inquiétez pas, madame. Nous allons demander à Janet de vous faire une tasse de thé pour vous réconforter. Lisa et moi, nous nous occupons du reste. Nous formons une excellente équipe, vous savez.

Lisa ne put s'empêcher de sourire en retour. Elle partageait l'optimisme de Hugh. L'intervention qui consistait à rouvrir une plaie et à l'explorer pour rechercher un corps étranger était évidemment banale, comparée à celle qu'ils avaient pratiquée la nuit dernière.

À eux deux, ils régleraient facilement le problème, et ce d'autant mieux que la gêne entre eux semblait s'être envolée.

Hugh laissa échapper un soupir de satisfaction. Cette dernière consultation de la matinée était pour le moins originale. Un défi presque amusant, comme la médecine en réservait parfois. Il savait déjà qu'il pouvait compter sur Lisa pour le seconder. Ne l'avait-elle pas prouvé lors de l'urgence vitale de cette nuit ? Heureusement, cette fois, l'ambiance serait beaucoup plus détendue et il pourrait davantage apprécier son savoir-faire.

Comme il préparait une seringue pour l'anesthésie locale, il la vit rassembler le nécessaire sur un plateau puis désinfecter le pied du patient et l'entourer d'un drap stérile.

Le visage stoïque de Gordon se contracta légèrement.

— Ça va faire mal, doc ?

— Vous ne sentirez rien une fois que l'anesthésie aura fait son effet, répondit Hugh d'une voix rassurante. Ça pique juste un peu au début. Lisa, voulez-vous maintenir le pied en place, s'il vous plaît ?

Cette partie du corps n'était pas la zone la plus facile à traiter. Hugh sentait parfaitement le corps étranger au bout de la pince, mais sans parvenir à le saisir suffisamment pour l'extraire. C'était terriblement frustrant. Il fouilla plus profondément la plaie, régla l'écarteur. De nouveau, il agrippa l'objet et, cette fois, le sentit glisser. Un morceau sombre apparut enfin entre les chairs. Délicatement, Hugh acheva l'extraction et émit un long sifflement en brandissant l'énorme écharde triangulaire au bout de la pince.

— Regardez ça !

Il croisa le regard de Lisa et lut dans ses prunelles un étonnement égal au sien. Puis une expression chaleureuse éclaira son visage. Peut-être une simple satisfaction professionnelle, pensa-t-il. Mais il ressentait un immense plaisir à contempler ce changement sur ses traits. Et, même si le regard entendu qu'ils échangèrent n'était pas la connexion intense qu'ils avaient connue dans la nuit après avoir sauvé Alex, la complicité était là. Leur gêne semblait avoir disparu pour de bon.

— Gordon, vous allez être surpris par la taille de cette écharde, annonça-t-elle d'une voix joyeuse. Vous marchiez presque avec un pieu dans le pied !

Hugh montra au patient la cause du problème.

— Ça alors ! C'est bien un morceau du pont de mon bateau, dit Gordon en esquissant un sourire incrédule. Pas étonnant si ça me chatouillait un peu.

— Nous allons nettoyer votre plaie, la panser et bander votre pied, expliqua Hugh. Évitez de vous appuyer trop souvent dessus pour aujourd'hui, mais je ne vois pas pourquoi vous ne pourriez pas apprécier ce bon repas que vous aviez prévu.

Lui aussi avait bien l'intention de passer un moment agréable à terre, se dit-il.

Il était presque 14 heures quand l'une des navettes le déposa au port de Villefranche-sur-Mer, où il constata qu'on avait suivi toutes ses dispositions. Après s'être fait remettre les clés de la superbe voiture de location – une Jaguar Type E gris métallisé des années 1960 –, il s'installa au volant. En entendant rugir le puissant moteur, Hugh esquissa un sourire de satisfaction.

C'était une belle journée, chaude et ensoleillée. Le ciel était d'un bleu pur et une lumière douce baignait cette partie de la Côte d'Azur qu'il aimait particulièrement. Il avait décidé de rouler dans l'arrière-pays, vers les montagnes, et de rejoindre l'un de ses restaurants favoris. Il pourrait même s'offrir une coupe de champagne glacé du meilleur cru.

*Lisa Phillips n'a jamais bu de champagne…*

Il n'aurait su dire d'où lui venait cette pensée incongrue. Mais elle se mit à tourner dans son esprit avec insistance, au point qu'il imagina l'expression de la jeune femme quand elle goûterait pour la première fois au précieux nectar. Il y aurait de la surprise dans son regard qui s'agrandirait de plaisir, illuminant son visage tout entier. Un peu comme ce qu'il avait lu sur ses traits après leur baiser ?

Jusqu'à ce qu'il gâche le moment en disant qu'il l'avait trouvée coincée, se dit-il amèrement. Quel imbécile ! Pourquoi avait-il fait ça ? Avait-il voulu la repousser dans un réflexe d'autoprotection ? C'était absurde car il savait parfaitement jusqu'où il pouvait s'impliquer envers une femme. Il ne commettrait pas l'erreur de retomber amoureux.

Il penserait à acheter une bouteille qu'il ramènerait à bord. Ce serait une façon comme une autre de se faire pardonner d'avoir été grossier.

Ou alors… Il y avait peut-être un moyen de se réconcilier avec Lisa et, par la même occasion, de s'assurer qu'il gardait le contrôle de ses propres sentiments.

À faible allure, il longea la rue qui montait du débarcadère. Un groupe de passagers flânait le long des boutiques de souvenirs. Beaucoup se tournèrent au passage de la luxueuse voiture, mais l'attention de Hugh se focalisait sur une silhouette solitaire.

Lisa.

Elle portait un T-shirt jaune pâle, un jean dont les jambes étaient remontées à mi-mollets et des sandales.

Coiffée d'un chapeau à larges bords, elle tenait un joli sac en toile en bandoulière et regardait autour d'elle, l'air un peu perdu.

Parvenu à sa hauteur, Hugh vit qu'elle prenait une profonde inspiration, comme si elle ne savait par où commencer sa balade. Mais il perçut en même temps sa curiosité et sa détermination à profiter au maximum de ces quelques heures de liberté.

Ayant arrêté sa décision, Hugh freina et se pencha pour ouvrir la portière du côté passager en ébauchant son sourire le plus charmeur.

— Je vous retrouve juste à temps, on dirait. Montez.

Il ne distinguait pas ses yeux à cause des lunettes de soleil, mais il devina sa surprise et son hésitation.

— Vous ne le regretterez pas, ajouta-t-il en abaissant ses propres lunettes. Je vous le promets.

# 5.

Lisa ouvrit la bouche, prête à refuser.

Revenir à une relation professionnelle avec Hugh avait été suffisamment difficile. Se distraire en sa compagnie, quand il ressemblait à une star de cinéma au volant d'une fabuleuse voiture de collection, risquait de tout remettre en cause.

Cependant, elle ne prononça pas le refus poli qui lui montait aux lèvres car une autre pensée s'infiltra dans son esprit. Puisqu'il y avait entre eux comme un accord tacite pour faire comme si ce baiser n'avait jamais eu lieu, passer du temps ensemble n'était nullement dangereux, n'est-ce pas ? Il y avait aussi cette petite voix intérieure qui la poussait à accepter l'invitation. Dans l'espoir secret de recevoir un autre baiser extraordinaire ?

Étouffant ce murmure diabolique, Lisa posa la main sur la poignée de la portière, résolue à la refermer. Mais les mots d'Abby lui revinrent soudain à la mémoire : « Profite du rêve, Lisa. Et envoie-moi une photo de toi et de ce séduisant médecin, attablés dans un bistrot romantique… »

Abby voudrait connaître tous les détails de son escale et serait heureuse pour elle. Cela effacerait aussi une part de sa culpabilité car elle avait conscience d'empêcher son aînée de faire ce qu'elle voulait vraiment. Sans compter que Lisa aurait ainsi un tas de choses à lui raconter et que cela nourrirait leurs prochaines communications. Bien entendu, elle n'avait pas l'intention de lui parler du baiser, ni de renouveler l'expérience d'ailleurs, en dépit de cette voix traîtresse au fond d'elle.

Quant à l'invitation elle-même, ce n'était rien d'autre qu'un geste amical de la part de Hugh. Son attitude décontractée indiquait d'ailleurs qu'il avait déjà oublié leur gêne de la matinée et ne se formalisait pas pour si peu.

Forte de cette analyse, Lisa cessa de tergiverser. Au lieu de refermer la portière, elle l'ouvrit et s'installa sur le siège en beau cuir rouge.

— À partir de maintenant, retenez votre chapeau, dit Hugh en souriant. Sinon, il risque de s'envoler.

L'excursion était magique, constata Lisa, ravie. Hugh semblait connaître les montagnes et leurs villages perchés aussi bien qu'un guide local et il la conduisait d'un merveilleux panorama à un autre. Au bout de quelques heures, ils s'arrêtèrent dans une citadelle médiévale. Située au sommet d'une colline, elle offrait une vue spectaculaire sur la Côte d'Azur. Au pied des vieux remparts s'étendait une pinède qui descendait jusqu'à la mer intensément bleue. Ils déambulèrent à travers un dédale de ruelles pavées aux noms pittoresques jusqu'à une petite auberge. Les tonnelles de la terrasse étaient couvertes d'une vigne vierge qui procurait une fraîcheur bienfaisante.

Lisa secoua la tête, émerveillée.

— C'est à cause de votre belle voiture qu'on vous a offert la meilleure table, avec le plus beau point de vue ? Même si vous êtes accompagné d'une femme en jean avec des cheveux ébouriffés ?

Hugh se mit à rire.

— Vous êtes superbe comme vous êtes, Lisa. C'est un établissement convivial, l'ambiance y est décontractée, et leur seule préoccupation est de servir aux clients une excellente cuisine et des vins de grande qualité. En fait, j'ai réservé cette table, ajouta-t-il en lui adressant un clin d'œil. Je suis déjà venu ici plusieurs fois.

Lisa le croyait volontiers. Il n'avait sans doute pas été seul lors de ces déjeuners. Une sensation déplaisante l'envahit soudain. Quelque chose qui ressemblait à... de l'envie ? De la jalousie ?

*Non, c'est ridicule !*

Elle était une simple collègue de Hugh. Mais même si elle avait partagé avec lui une relation intime, ce serait stupide de se sentir jalouse de toutes les autres femmes qui avaient traversé sa vie. Elles devaient se compter par douzaines, et nul doute qu'il en courtiserait encore des douzaines d'autres. Hugh était un séducteur qui aimait aller au restaurant, danser, boire du champagne... et s'adonner au sexe.

*Bon sang ! Arrête ! Ce n'est pas le moment...*

Lisa sentit ses joues s'empourprer et regarda autour d'elle, cherchant une diversion à ses pensées troublantes. N'importe laquelle.

Elle concentra son attention sur le maître d'hôtel qui s'approchait justement de leur table. Souriant, il apportait une bouteille et deux flûtes. Derrière lui, un serveur était chargé d'un seau à glace.

Lisa laissa échapper une petite exclamation de surprise tandis que le maître d'hôtel lui servait du champagne. *Du vrai champagne français !*

— Tchin-tchin..., dit Hugh. À votre première escale.

Puis il l'observa par-dessus le bord de son verre, tandis qu'elle testait sa première gorgée du vin pétillant.

Lisa ferma les yeux, laissant les bulles exploser sur sa langue et s'évaporer lentement, avant d'avaler une gorgée glacée. Elle rouvrit des paupières, le regard étonné, et rencontra l'expression amusée qui dansait dans les prunelles de Hugh.

— Je savais que ça vous ferait cet effet-là, murmura-t-il en souriant. Agréable, non ?

— C'est… absolument divin ! répondit-elle avant de savourer une nouvelle gorgée.

Puis, saisie d'une brusque impulsion, elle se pencha pour prendre son téléphone dans son sac.

— Désolée… D'habitude, je déteste quand les gens prennent en photo ce qu'ils mangent ou boivent, mais Abby ne me croira pas si je ne lui envoie pas une preuve.

Car c'était exactement la photo qu'elle lui avait réclamée, n'est-ce pas ? Tout y était : le bistrot romantique, le « séduisant médecin », le champagne…

— Abby ?

— Ma sœur… Demi-sœur en fait, mais nous sommes vraiment très proches. Et je sais combien elle aimerait cet endroit.

— Je comprends. Il faudra que vous reveniez ici un jour, Lisa. Maintenant que vous savez où se trouve ce petit paradis, vous pourrez le faire découvrir à votre sœur.

Ce serait fantastique, en effet, pensa-t-elle rêveusement. Que ne donnerait-elle pas pour qu'Abby connaisse la joie qu'elle-même avait ressentie à sillonner ces routes escarpées à bord d'une voiture incroyable, à flâner le long des ruelles pavées et sur les places de marché animées et à goûter l'ombre fraîche de quelque chapelle ancienne ?

Mais ce serait difficile de faire ce circuit en fauteuil roulant, se dit-elle, revenant à la réalité.

Le cœur serré, elle cilla en sentant l'émotion la gagner et se hâta de prendre une photo de la table où trônaient les flûtes givrées et la précieuse bouteille de champagne… une cuvée prestigieuse, supposa-t-elle.

— Laissez-moi en prendre une de vous tenant votre verre, dit Hugh.

Lisa se laissa faire et sourit à l'objectif en levant sa flûte comme si elle portait un toast.

*Tu vois, je suis là… Je vis un rêve*, pensa-t-elle, comme si elle envoyait un message silencieux à Abby.

Au moins, ce serait facile de la convaincre qu'elle n'avait pas de rendez-vous galant avec Hugh. Quelle femme porterait un T-shirt et un jean en une occasion pareille ?

Elle devait prendre aussi une photo de la vue, en capturant chaque angle et chaque détail pour Abby.

Lisa finit par ranger son téléphone quand un serveur apporta leurs commandes. Il déposa devant elle une salade niçoise joliment présentée. Le bœuf bourguignon choisi par Hugh était délicieusement odorant, comme la corbeille où s'empilaient des morceaux de baguette croustillante.

— Bon appétit ! déclara-t-il.

— Merci beaucoup.

Hugh remplit le verre de Lisa.

— Parlez-moi de votre sœur. Elle doit être plus jeune que vous, non ?

— Qu'est-ce qui vous fait penser ça ? demanda-t-elle en prenant sa fourchette.

— Vous êtes une jeune femme très organisée et vous aimez les responsabilités. Je vous imagine tout à fait en grande sœur autoritaire.

Était-ce l'effet du champagne ou le sourire de Hugh ? Toujours est-il que Lisa décida de prendre ses paroles pour un compliment.

— J'ai six ans de plus qu'elle. C'est l'âge parfait pour avoir une petite sœur, s'intéresser à elle et…

— Et ? insista Hugh quand elle laissa sa phrase en suspens.

Lisa faillit lui avouer la vérité. À savoir qu'elle avait assumé tant de fois la responsabilité d'Abby qu'elle était devenue très vite sa seconde mère et qu'elle n'avait pas été à la hauteur puisque, par sa faute, Abby devait affronter des défis souvent insurmontables. Venir dans ce charmant village de montagne en représentait un, en tout cas.

Le cœur serré, Lisa se hâta d'avaler une gorgée de champagne.

— Et je l'adore, répondit-elle enfin avec une gaieté un peu forcée. Elle me manque et je m'inquiète pour elle, voilà.

Hugh la regarda avec attention.

— Pourquoi, si ce n'est pas indiscret de vous poser cette question ?

— Nous vivons ensemble depuis toujours, mais elle vient d'emménager dans une résidence universitaire. Je sais qu'elle y est très bien et qu'elle se débrouille parfaitement sans moi, donc, il faut que j'arrête de me faire du souci, mais…

Elle s'interrompit en voyant l'expression perplexe de Hugh.

— Si Abby a six ans de moins que vous, cela lui fait… quoi, vingt-deux ans ?

— Vingt-quatre, rectifia Lisa.

Elle avait conscience du regard intense qu'il posait sur elle et devinait que son esprit de praticien s'efforçait d'assembler les pièces d'un puzzle.

— Elle est… en bonne santé ? demanda-t-il en marquant une légère hésitation.

— Elle a été gravement blessée quand elle avait à peine deux ans. Percutée par une voiture…

Inutile d'ajouter que tout était sa faute et qu'elle ne cesserait jamais de se détester pour cette négligence, pensa-t-elle en proie à un remords aigu.

Laissant échapper un soupir bref, elle ajouta :

— Depuis, elle est en fauteuil roulant. Elle a toujours eu besoin de moi, même quand nous sommes allées vivre chez notre grand-mère deux ans plus tard, à la mort de notre mère.

De nouveau, elle décida de s'en tenir à l'essentiel, gardant pour elle les détails sordides qui entouraient ce décès.

— Granny avait des problèmes de santé et ne pouvait pas procurer les soins constants que l'état d'Abby exigeait. Nous avions une aide à domicile et je faisais mon possible de mon côté.

Elle prit une profonde inspiration et reprit son verre.

— Désolée… Je ne parle jamais de ça habituellement. Je suppose que c'est parce que Abby me manque. C'est la première fois que nous sommes séparées pendant si longtemps.

Elle esquissa un sourire.

— C'est elle qui m'a persuadée d'accepter ce travail. Elle trouvait qu'il était temps que je m'amuse un peu.

— Et c'est ce que vous faites ?

Lisa était incapable de déchiffrer son expression, mais Hugh semblait… grave tout à coup. Rien à voir avec l'attitude concentrée qu'il montrait en consultation, évidemment. Mais ce n'était pas non plus ce regard ardent dont il l'avait enveloppée au moment de l'embrasser sur le pont du navire. C'était encore différent, et elle avait l'impression de découvrir une nouvelle facette de sa personnalité.

Comme elle ne répondait pas, Hugh reprit la parole.

— Vous ne pensez jamais à prendre du bon temps, je me trompe ? dit-il doucement. J'ai l'impression que vous avez passé trop de temps à vous occuper des autres pour vous soucier de vous-même, Lisa.

Voilà, elle avait trouvé ! Le respect. C'était là dans son regard, avec peut-être de la compréhension. Il était incroyablement perspicace et devinait beaucoup de choses qu'elle n'avait pas besoin d'expliquer. L'insouciance qu'elle n'avait jamais eue car, au lieu de jouer avec ses camarades après l'école, elle avait dû rentrer directement pour s'occuper de sa petite sœur. Les voyages scolaires auxquels elle n'avait jamais participé parce qu'ils l'auraient éloignée d'Abby. Et même plus tard, le choix de sa carrière, parce que réaliser son rêve de devenir médecin l'aurait obligée à aller étudier à Londres, alors qu'elle avait la possibilité de suivre une formation d'infirmière dans leur ville.

Hugh semblait comprendre que certaines décisions avaient été difficiles à prendre et il la respectait d'avoir fait les bons choix. Elle en était à la fois surprise et touchée. Elle ne méritait pas son respect puisqu'elle était responsable de cette situation en premier lieu, mais c'était néanmoins bien agréable.

Il y avait quelque chose d'autre dans son regard, et cela ressemblait à… de la tristesse ?

*Non !* Elle refusait sa compassion. Elle devait le rassurer immédiatement à ce propos et ne pas se leurrer elle-même, se dit-elle en se ressaisissant.

*Si Hugh pense tout ce bien de toi, c'est parce qu'il ne connaît pas la vérité.*

— J'ai passé une journée formidable, dit-elle pour changer de sujet. Probablement la plus belle de ma vie, jusqu'à présent.

Hugh sourit cette fois.

— Tout ce qu'il vous fallait, c'était l'exemple d'un spécialiste, dit-il d'un ton amusé.

Puis reprenant son sérieux, il ajouta :

— Lisa, je suis désolé d'avoir dit que je vous trouvais coincée. Il n'y a rien de plus faux, qui plus est. Parce que les gens psychorigides n'aimeront jamais le champagne autant que vous.

Il prit la bouteille qui rafraîchissait dans le seau et la servit.

— Vous allez être obligée de la finir parce que je conduis.

Lisa ébaucha une grimace comique en saisissant son verre.

— Quelle pénible corvée ! Mais je suppose que quelqu'un doit se dévouer…

Hugh se mit à rire.

— Quelle comédienne ! Vous me plaisez, Lisa Phillips. Nous avons beau être complètement différents, ça ne veut pas dire que nous ne pouvons pas être amis. Qu'en pensez-vous ?

Il avait raison de souligner qu'ils étaient différents, pensa-t-elle. Leurs deux personnalités étaient même diamétralement opposées. Hugh avait mené une vie de plaisirs, alors qu'elle avait appris le sacrifice pour protéger la personne qu'elle chérissait par-dessus tout. Par ailleurs, Hugh pouvait se faire plaisir sans culpabiliser le moins du monde, pas seulement parce qu'il en avait les moyens, mais parce que personne ne dépendait de lui.

Aujourd'hui, il lui avait fait goûter à cette vie-là et elle en était encore tout émerveillée.

— Comment ne pas devenir amie avec la personne qui m'a fait connaître le champagne français ? répondit-elle en souriant.

Hugh se renversa contre le dossier de sa chaise.

— Alors, mission accomplie. Ah, si tout pouvait se régler de façon aussi simple…

Amis. Et c'était tout ce qu'ils étaient l'un pour l'autre. Mais il était difficile d'en convaincre Abby. Lisa put en juger le soir même, en entendant sa sœur soupirer au téléphone après avoir reçu les photos.

— Il ne s'est rien passé ? Vraiment ? Même pas un baiser ?

— Non, je t'assure.

Lisa répondait en toute sincérité puisqu'elles discutaient de l'excursion et non de ce qui était arrivé la veille au soir.

— Enfin… Il y a eu un baiser, mais ça ne compte

pas, ajouta-t-elle. Nous étions en retard pour rejoindre la dernière navette qui devait nous ramener au bateau. Nous sommes arrivés in extremis. Cette aventure nous a fait rire et, au moment de me souhaiter une bonne nuit, Hugh m'a embrassée sur la joue. En toute amitié, je t'assure.

— Ah, mais vous avez encore le temps, dit Abby qui refusait de s'avouer vaincue. En tout cas, ça m'a tout l'air d'un premier rendez-vous.

— Bon, raconte-moi plutôt ce qu'il en est pour toi, répliqua Lisa, désireuse de changer de sujet. L'examen du permis a eu lieu aujourd'hui, non ?

Heureusement, sa sœur avait quelques bonnes nouvelles à lui apprendre et elle était si excitée qu'elle n'essaya plus de lui soutirer des informations sur sa relation avec Hugh. Non seulement Abby avait obtenu son permis de conduire, mais elle était acceptée pour faire partie de l'équipe de basket en fauteuil.

— Oh ! et je vais avoir ma première séance pratique avec un patient demain…, reprit-elle. Pour appliquer ce que nous avons appris sur les soins et la pose d'attelle. Je vais soigner un homme qui s'est cassé trois doigts dans un match de rugby. J'ai tellement hâte ! Je vais vraiment me sentir dans la peau d'une ergothérapeute spécialisée en rééducation de la main, ça devient très sérieux.

— Bonne chance alors, dit Lisa avec chaleur. Je suis impatiente de savoir comment ça s'est passé. Le bateau va accoster près de Rome demain, donc la connexion sera sûrement assez bonne pour une communication vidéo. Appelle-moi quand tu auras fini ta journée. Je serai encore de service, mais je te rappellerai plus tard, d'accord ?

Le lendemain soir, elle fut prévenue d'une urgence et n'eut pas le loisir de décrocher son portable.

Tim avait été bipé lui aussi, et ils se mirent à courir en poussant le chariot de réanimation à travers les coursives.

D'après ce qu'ils savaient, Hugh était déjà sur place puisqu'il dînait justement dans le restaurant où un client venait de s'effondrer.

— Il s'agit du restaurant où a eu lieu la soirée du commandant, expliqua Tom en pressant le bouton d'appel de l'ascenseur avec impatience. Les passagers sont attachés à cette tradition qui est un moment marquant de leur croisière car c'est l'occasion de s'habiller en tenue de soirée. Comme ce sont des gens d'un certain âge le plus souvent, l'urgence pourrait bien être un arrêt cardiaque. Comme tout l'état-major est présent, il y a toujours un médecin qui dîne parmi les convives, et c'est une chance. Peter et Hugh y assistent à tour de rôle.

Hugh portait un uniforme différent, nota Lisa comme ils se précipitaient dans la salle du restaurant. Chemise blanche, pantalon noir et cravate. D'autres personnes autour de lui portaient la même tenue formelle et elle reconnut le commandant du bateau. Quant aux dîneurs, ils avaient été priés de quitter la salle, à l'exception d'une femme qui semblait affreusement angoissée. Des serveuses s'efforçaient de la rassurer en la tenant à l'écart de l'homme inconscient qui gisait sur la moquette.

Ce n'était certainement pas un des passagers âgés dont Tim avait parlé car il semblait avoir une quarantaine d'années. Agenouillé au-dessus de lui, Hugh pratiquait des compressions thoraciques.

Il releva la tête, et une expression de soulagement se peignit sur ses traits quand il les aperçut.

— Prends le relais, Tim, s'il te plaît. J'ai commencé le massage cardiaque il y a plusieurs minutes déjà.

Hugh desserra sa cravate et s'écarta, laissant Tim auprès du patient. Se débarrassant de sa veste, il s'empara du défibrillateur qui se trouvait sur le chariot. Lisa avait déjà allumé l'appareil et avait sorti les électrodes du sac.

— Lisa, préparez masque, intraveineuse et mettez en place une solution saline. Gardez l'adrénaline et l'amiodarone sous la main, ajouta-t-il.

Les minutes s'écoulèrent dans une fébrilité dramatique. Tandis que Tim poursuivait les compressions, Hugh appliqua les électrodes puis il lui demanda d'arrêter afin de diagnostiquer le rythme sur l'écran du moniteur.

— Fibrillation ventriculaire.

Hugh poussa un bouton sur l'appareil et le bruit de la charge croissante se fit entendre.

— Maintenant, tout le monde s'écarte.

Tim et Lisa obéirent.

— Dégagé, répondirent-ils l'un et l'autre.

Le bruit de la machine se mua en alarme.

— Choc…, annonça Hugh.

Le corps du patient s'arc-bouta et retomba mollement. Il laissa échapper un gémissement, en dépit du masque laryngé qui lui couvrait sa bouche.

La femme assise en retrait poussa un cri de détresse.

*Son épouse,* pensa Lisa, le cœur serré.

— Tu te sens capable de continuer les compressions, Tim ?

— Oui.

Idéalement, les personnes pratiquant le massage cardiaque devaient se relayer toutes les deux minutes pour un haut niveau d'efficacité. Mais il y avait trop à faire pour remplacer Tim à cette tâche et le temps était très limité.

Lisa était à la bonne place pour seconder Hugh. Elle s'occupa de la perfusion.

— Préparez un milligramme d'adrénaline, Lisa.

— Compris.

Elle prit l'ampoule, tapota de l'ongle l'une des extrémités avant de la casser et de remplir une seringue.

Les mouvements de Hugh étaient vifs et assurés. Il attacha le garrot, chercha la veine et glissa l'aiguille et la canule en quelques secondes. Lisa lui tendit la seringue en lui montrant l'ampoule vide par précaution.

La première dose ne fit aucune différence. L'amiodarone fut administrée, sans plus de résultats. Le cycle de deux minutes prenait fin et le patient reçut un autre choc. Hugh prit le relais de Tim pour continuer les compressions tout en surveillant l'apport en oxygène.

— Des antécédents cardiaques, doc ? demanda Tim.

— Non. Il a quarante-six ans. Il s'appelle Carter et est directeur de société au Canada.

— Antécédents familiaux ?

— Rien à signaler. Pas de défaillance congénitale ni de syncopes qui pourraient faire penser à une arythmie. Il a fait un bilan récemment. Sa tension et son taux de cholestérol étaient parfaits. Cette croisière est son voyage de noces et sa nouvelle épouse est là-bas.

Lisa regarda par-dessus son épaule. La femme en robe de soirée gris argent pressait ses mains sur sa bouche, en état de choc. Le commandant se tenait près d'elle et avait l'air pétrifié lui aussi, devinant que la situation se présentait mal.

Le patient était à présent intubé et recevait continuellement des compressions thoraciques. Au bout de vingt minutes d'efforts pour le ranimer, on lui administra des doses répétées de médicaments et d'autres chocs. Mais Lisa voyait que la ligne tremblotante sur le moniteur s'affaissait et tendait vers l'horizontale.

Avec l'arrivée de Peter et Janet, toute l'équipe médicale était impliquée à présent et refusait d'abandonner. Vingt minutes s'écoulèrent encore, puis le tracé sur le moniteur devint continu.

Le visage fermé, les médecins se préparaient à annoncer le décès à la jeune épouse.

— C'est un infarctus ? murmura-t-elle en sanglotant.

— Non, un arrêt cardiaque, répondit Hugh en venant se placer près d'elle pendant que Peter tentait encore le tout pour le tout. Il s'agit d'une autre déficience du cœur.

Hugh n'eut pas le courage de lui expliquer la différence en détail. Pour elle, le résultat était malheureusement le même.

— Il est… Il ne va pas se remettre, n'est-ce pas ?

— Nous avons fait tout ce qu'il était possible de faire, dit-il d'un ton grave. Mais nous perdons la bataille. Je suis terriblement désolé…

Lisa se mordit la lèvre inférieure et fixa le récipient près du chariot où s'amoncelaient les ampoules brisées et les aiguilles. Tout cela n'avait servi à rien… Ils étaient allés jusqu'au bout, bien au-delà de ce qui était raisonnable et ils avaient perdu la partie.

À présent, il fallait la décision unanime de l'équipe pour cesser la réanimation. Personne ne voulut être témoin du désespoir de la jeune mariée quand cette décision fut prise.

Peter relaya Hugh auprès d'elle, tandis que Tim demanda une civière pour transporter le patient décédé jusqu'à la morgue du navire. Hugh l'accompagna.

Lisa resta avec Janet pour ranger le désordre des équipements puis elles rapportèrent le chariot au centre médical pour le réapprovisionner. C'était inimaginable, certes, mais le destin pouvait frapper deux fois au même endroit et il fallait se tenir toujours prêt à parer une autre éventualité.

— Ça va ? demanda Janet avec douceur.

Lisa secoua la tête.

— Pas vraiment. C'est toujours difficile de perdre un patient, mais là, c'est si triste. Il était jeune et en pleine lune de miel…

Janet la serra doucement contre elle.

— Je sais, dit-elle, compatissante. Il était heureux. Mais c'est arrivé si brutalement qu'il ne s'est rendu compte de rien. Crois-moi, il y a des morts bien pires à n'importe quel âge.

Lisa hocha la tête. Abby aussi aurait pu mourir à l'âge de deux ans.

— Tu aimerais parler à quelqu'un ? Hugh ne va pas tarder à revenir. Nous pouvons aller boire un café, dit Janet.

La pensée d'Abby rappela à Lisa qu'elles avaient prévu de se contacter ce soir.

— Ça va, répondit-elle à sa collègue. Merci. J'ai promis à ma sœur de lui parler ce soir. Ça me fera du bien.

En consultant son portable, elle s'aperçut qu'Abby avait essayé de la joindre plusieurs heures plus tôt. Peut-être n'était-elle pas encore couchée ? Ne risquait-elle pas de lui gâcher la soirée en lui confiant sa tristesse ? se demanda Lisa.

Elle décida d'envoyer un texto pour ne pas la réveiller au cas où elle dormirait déjà. Elle fut surprise quand Abby lui répondit immédiatement par vidéo. Elle ne semblait donc pas pressée d'aller se coucher, elle non plus.

Lisa fronça les sourcils en découvrant le visage de sa sœur. Immédiatement, elle oublia son intention de lui confier ses soucis.

— Hey ! Que se passe-t-il, Abby ?

Brusquement, cette dernière fondit en larmes.

— C'est que… J'ai eu… une journée *terrible* ! dit-elle d'une voix brisée.

*Oh ! non... Pas ça !*

Lisa se sentit affreusement loin tout à coup de l'être qu'elle aimait le plus au monde. En cet instant, elle aurait tout donné pour pouvoir serrer Abby dans ses bras.

— Oh ! ma chérie… Raconte-moi.

# 6.

Accoudée au bastingage, Lisa contemplait pensivement les flots sombres. Son regard s'attarda sur le sillage bouillonnant d'écume qui fendait les vagues avant de se perdre au loin, dans les profondeurs de la nuit.

Si seulement il était possible de jeter ses pensées douloureuses par-dessus bord pour les faire disparaître dans la mer infinie… Ce serait, à coup sûr, une thérapie merveilleuse, se dit-elle en soupirant.

Sa conversation avec Abby terminée, elle était montée sur le pont supérieur et avait déambulé jusqu'à la poupe dans l'espoir de calmer ses émotions. Il avait fallu près d'une heure à Abby pour se ressaisir et être de nouveau elle-même, mais elle avait retrouvé le courage et la détermination qui la caractérisaient. Le choc qu'elle avait subi avait été rude, cependant. Il avait entamé sa confiance en elle juste au moment de sa première épreuve clinique, une étape décisive pour son avenir professionnel.

— Il pensait que j'étais là pour bénéficier moi-même de la thérapie, lui avait-elle expliqué en larmes. Il a eu l'air horrifié quand il a compris que j'allais le soigner. Bon, ça aurait pu se justifier si j'avais été chargée de lui apprendre à marcher avec une prothèse de jambe ou à descendre un escalier avec des béquilles. Je devais juste panser sa main et l'immobiliser avec une attelle, Liz ! Pourquoi la plupart des gens ne voient-ils que mon fauteuil ? Pourquoi ne me voient-ils pas, *moi* ?

Cela ne ressemblait pas à Abby de se laisser abattre à ce point, et Lisa avait fait de son mieux pour la rassurer en lui rappelant notamment qu'elle faisait face à beaucoup de changements dans sa vie en ce moment. Elle commençait à s'adapter à un nouvel environnement, à gagner son autonomie totale et à affronter une année de spécialisation intense. Pour tout arranger, sa sœur aînée qui était sa seule famille se trouvait très loin d'elle, au bout du monde pour ainsi dire. Il était donc normal qu'elle se sente vulnérable, parfois…

Quand Abby avait mis fin à la communication en lui disant qu'elle lui manquait terriblement, Lisa n'avait pu retenir ses larmes, heureusement juste après l'arrêt de la vidéo.

Que n'aurait-elle donné pour être de retour chez elle ! Mais elle n'en était pas encore à la moitié de la croisière et il lui était impossible de laisser tomber l'équipe médicale, surtout maintenant qu'elle savait combien ce travail pouvait être intense, qu'un homme était mort à bord et qu'il y avait quelque part une jeune femme dont le voyage de noces avait viré au cauchemar.

Il n'était pas vraiment indispensable qu'elle rentre, se dit soudain Lisa en prenant une profonde inspiration. Parce qu'elle n'avait plus à s'occuper d'Abby comme avant. Elle devait aussi cesser de s'inquiéter autant à son sujet, car elle savait au fond d'elle-même qu'Abby s'en sortirait. À la fin de leur conversation, sa sœur avait déjà pris du recul et avait pardonné à son patient. Elle avait même fini par en rire, renforçant ainsi l'armure qu'elle s'était forgée, petite, quand elle subissait les regards et les moqueries des autres à l'école.

Quittant des yeux l'eau mouvante, Lisa laissa son regard errer au loin. Ils devaient approcher de la côte italienne, mais elle ne la voyait pas encore. Le ciel était aussi sombre que la mer, piqueté seulement de quelques étoiles. Le gigantesque navire lui paraissait minuscule dans cette obscurité infinie et elle se sentit insignifiante. Terriblement seule aussi. Parce qu'elle n'était plus une présence indispensable auprès d'Abby et que son existence s'en trouvait soudain affreusement vide et comme dénuée de sens. Pour autant, elle ne pouvait s'éloigner d'elle et se résoudre à changer radicalement de vie.

— Hé…

Au son de cette belle voix grave, Lisa sursauta puis elle se tourna vers celui qui la saluait.

— Hugh, que fais-tu là ?

Ils avaient décidé de se tutoyer et elle était si heureuse de le voir qu'elle se sentit presque pathétique. Hugh et elle étaient amis, et elle avait désespérément besoin d'un ami en cet instant.

— La même chose que toi, je pense, répondit-il en s'approchant. J'essayais de me vider la tête. Dure soirée, n'est-ce pas ?

Il avait l'air épuisé, nota Lisa. Il portait encore son uniforme de gala, mais il avait roulé les manches de sa chemise et son col était ouvert. Sa veste pendait à son bras, et Lisa aperçut sa cravate qui dépassait d'une poche de son pantalon. Il avait les cheveux ébouriffés, comme s'il y avait glissé les doigts. Il avait une mine sombre que Lisa ne lui avait jamais vue.

Son cœur se serra, et elle eut envie de le prendre dans ses bras et de lui offrir le câlin qu'elle n'avait pu donner à Abby. En même temps, elle craignait de fondre en larmes, ce qui serait affreusement embarrassant.

— Ce genre de situation n'arrive pas si souvent, dit Hugh. Et, en général, il s'agit d'une personne âgée ou malade, dont le temps est compté. C'est beaucoup plus difficile à admettre quand c'est quelqu'un de beaucoup plus jeune et qui est apparemment en bonne santé.

Lisa hocha la tête et baissa les yeux pour qu'il ne remarque pas les larmes qui la submergeaient de nouveau.

Mais il lui releva doucement le menton pour la forcer à le regarder, et elle ne put dissimuler plus longtemps sa détresse. Hugh avait un regard doux, comme s'il comprenait sa peine et cherchait à y remédier. Lisa avait l'impression que son intérêt était réel et elle en fut profondément touchée.

— Viens avec moi, dit-il en lui entourant les épaules. Peter et Tim assurent le service pour le reste de la nuit et il y a quelque chose que je veux te montrer.

Même si elle n'avait aucune idée de ce qu'il voulait lui montrer, elle ne posa pas de questions et lui emboîta le pas comme un automate. La dernière fois qu'elle avait suivi Hugh, il avait promis qu'elle ne le regretterait pas et il lui avait offert de merveilleux instants qu'elle chérirait toute sa vie. Ce n'était donc pas difficile de lui faire confiance maintenant.

— Nous avons fait tout ce qu'il était possible de faire, tu sais, dit-il une fois qu'ils furent dans l'ascenseur qui les emmenait vers un pont inférieur. Et tu as joué un rôle important dans le processus. Même s'il avait été admis à terre dans le service d'urgence le mieux équipé, il n'aurait pas survécu. Je pense qu'il a fait une crise cardiaque catastrophique ou qu'il avait une grave cardiopathie qui n'avait jamais été diagnostiquée, ce qui a conduit à cet arrêt cardiaque fatal.

— Il était en voyage de noces, dit-elle comme elle précédait Hugh pour sortir de la cabine. Quelle tristesse ! Cela aurait dû être le plus beau moment de sa vie.

Elle l'entendit émettre un rire lugubre et se détourna, scandalisée.

— Désolé… Ce n'est absolument pas drôle, je sais, déclara-t-il sur un ton d'excuse. C'est juste que… la première fois que je suis monté à bord d'un bateau de croisière, j'étais aussi en voyage de noces.

Lisa le fixa, sidérée. Puis prenant conscience de sa mine ébahie, elle recouvra l'usage de la parole.

— Tu es *marié* ?

En même temps qu'elle prononçait ces mots, elle sentit quelque chose sombrer au fond d'elle-même. Une immense déception l'envahit parce que Hugh était marié et qu'il se permettait de collectionner les conquêtes…

Il secoua la tête.

— Oh ! non ! Je ne l'ai jamais été et je n'ai pas l'intention de l'être. Un voyage de noces m'a suffi, d'autant que je l'ai fait en solo.

Il esquissa un sourire en coin.

— Je ne parle pas des femmes que j'ai rencontrées à bord, évidemment. Mais j'ai fait la croisière sans épouse.

— Que s'est-il passé ?

La question fusa avant que Lisa ait eu le temps de réfléchir. En même temps, l'histoire de Hugh offrait une vraie distraction à sa tristesse, de sorte qu'elle n'avait pu s'empêcher de la poser.

Il haussa les épaules d'un air désabusé.

— Je suis allé voir mon meilleur ami deux jours avant la date du mariage. Je lui apportais son costume car il était mon témoin. Je l'ai trouvé au lit avec ma fiancée, Catherine. Mariage annulé, ça va de soi, mais pas la croisière. Comme je l'avais payée et que j'avais demandé un congé spécial à l'hôpital, j'ai pensé que je ferais aussi bien de profiter de ces deux semaines.

Lisa l'écoutait, médusée.

— C'était avant que tu commences à travailler sur les bateaux ?

— C'est même la raison pour laquelle j'ai voulu exercer à bord.

Elle était si fascinée par son histoire qu'elle passa

machinalement la porte qu'il venait de déverrouiller. Puis elle s'arrêta net.

— Attends, il s'agit d'une cabine de passager…

— C'est la mienne.

Elle était beaucoup plus grande et plus confortable que la sienne, nota immédiatement Lisa. Hugh disposait d'un bureau où se trouvaient pêle-mêle un ordinateur, des revues médicales et d'innombrables tasses vides. Sur la chaise était posé l'uniforme de médecin qu'il portait habituellement. Il y avait un canapé et des fauteuils devant les portes-fenêtres qui menaient au balcon. Une porte conduisait vraisemblablement à la salle de bains. Enfin, elle aperçut le lit double qui trônait un peu en retrait. Il était défait et les draps froissés donnaient l'impression que Hugh venait tout juste de le quitter.

Lisa essaya de l'imaginer en pyjama. *Non… Hugh est sûrement du genre à dormir nu.*

Chassant cette pensée indésirable, elle détourna les yeux en s'imposant de ne pas rougir et s'éclaircit la voix.

— Tu disais ?

Lisa paraissait aussi embarrassée que la première fois où il l'avait vue sur le quai de Barcelone après avoir embrassé Carlotta, pensa Hugh. De même, elle n'avait pas été à l'aise quand, un peu plus tard, elle avait su qu'elle ferait équipe avec lui.

Mais, avant qu'elle comprenne qu'il l'avait conduite dans sa cabine, il avait au moins réussi à la distraire de sa tristesse. Elle avait du mal à se remettre de la perte de leur patient et il ne l'avait jamais vue au bord des larmes jusque-là.

Il avait eu le cœur serré en la voyant pleurer et il avait voulu absolument trouver un moyen de lui changer les idées.

— Ne fais pas attention au désordre, dit-il, adoptant un ton insouciant.

Il se dirigea vers le coin salon et ouvrit les portes-fenêtres, espérant qu'ainsi Lisa ne se sentirait pas prise au piège. Par ailleurs, la nuit était assez douce pour s'installer dehors, face au large, si cela pouvait l'aider à se détendre.

— Je disais que ma croisière en solo m'avait poussé à postuler comme médecin sur un navire. J'étais sur le point d'intégrer un cabinet médical dans la banlieue chic de Londres où j'ai grandi et de revenir habiter dans la maison de famille pour élever un nombre d'enfants dans la moyenne nationale. Une vie toute tracée, en somme.

— Donc, tu étais vraiment amoureux ? Ça a dû te dévaster.

— Il valait mieux que ça arrive avant que des enfants soient impliqués.

Bien qu'il gardât un ton léger, Hugh était pressé de changer de sujet. Jamais il ne parlait de cette double trahison et de son mariage avorté. À personne. Oui, il avait été dévasté, totalement anéanti, à un point que Lisa ne soupçonnait même pas. Brusquement, et malgré sa résolution de détourner la conversation, il eut presque envie de lui parler de sa souffrance. Parce qu'il savait qu'elle comprendrait ?

Mais il se ravisa. Elle était fragile ce soir, et il ne voulait pas lui faire supporter son fardeau.

— Pendant la croisière, il y a eu un incident, dit-il. Ça s'est passé à terre, plus exactement. Un des passagers, qui avait entrepris une excursion à dos d'âne sur une île grecque, a fait une chute et s'est démis l'épaule. J'ai réussi à la remettre en place et j'ai utilisé un vêtement pour la maintenir avant de le ramener au bateau. Puis j'ai aidé l'équipe à bord à lui faire une radio.

Lisa s'était assise au bord du canapé et l'écoutait raconter son histoire. Encouragé, Hugh poursuivit :

— Le médecin de garde m'a dit qu'on cherchait du personnel médical sur les croisières et tout s'est fait comme ça. Je n'avais pas à m'installer dans un cabinet, à acquérir une maison, à penser aux écoles, à la vie de famille, à l'ennui d'aller travailler au même endroit chaque jour. J'avais la chance de vivre et d'exercer mon métier comme si j'étais tout le temps en vacances, de relever toutes sortes de défis sur le plan médical, certains aussi importants que ceux que j'aurais rencontrés à terre. Comme l'expérience de ce soir.

Sauf que depuis plus de deux ans qu'il fonctionnait ainsi, il n'avait plus l'impression d'être en vacances indéfiniment et il revenait chaque jour au même endroit pour faire son travail. Certes, il y avait tous ces sites fabuleux qu'il avait l'occasion de visiter et le prestige d'être officier, mais parfois cette existence lui semblait provisoire, inconstante, sans repère solide auquel se raccrocher. Quant aux amis qu'on se faisait à bord, ils ne faisaient que passer dans votre vie. L'existence de rêve devenait nettement moins emballante, vouée à la solitude et terriblement vide même.

Hugh se dirigea vers le petit réfrigérateur placé derrière l'un des fauteuils et l'ouvrit.

— Voilà ce que je voulais te montrer, dit-il.

Lisa tourna la tête et prit un air indigné.

— Tu plaisantes ? Du champagne ? Après la soirée épouvantable…

Sa voix trembla un peu sur les derniers mots, et Hugh sentit de nouveau l'émotion lui serrer la gorge. Ouvrant le congélateur, il en sortit deux flûtes givrées. Puis il vint s'asseoir près de Lisa et posa les verres sur la table basse.

— Sais-tu ce que disait Napoléon Bonaparte ? demanda-t-il d'un ton neutre.

Il lut d'abord l'étonnement sur ses traits à cette question incongrue. Puis l'ombre d'un sourire étira ses lèvres, comme si elle avait finalement décidé de jouer le jeu.

— Il est connu pour avoir dit qu'une armée marche avec son estomac, je crois.

Hugh hocha la tête. Il ôta le col doré de la bouteille et entreprit de retirer le muselet.

— Il a dit aussi : « Le champagne, dans la victoire, on le mérite, dans la défaite, on en a besoin. »

Comme pour approuver cette déclaration, le bouchon sauta vers le plafond. Lisa poussa un cri de surprise avant de laisser échapper un rire.

— Oh ! Hugh ! Tu es incorrigible. Tu sais ça ?

Hugh réprima un sourire.

— Je partagerais ton avis si seulement je savais ce que tu entends par là, dit-il en remplissant une flûte qu'il lui tendit. J'espère que c'est un compliment. Santé !

Il toqua son verre contre le sien.

— Tu sais parfaitement ce que je veux dire, répondit-elle, en lui jetant un regard amusé.

Puis elle ferma les yeux et but une gorgée du vin pétillant.

— Hum… C'est aussi bon que la première fois. Peut-être meilleur. Comment est-ce possible ?

— C'est vrai pour certaines choses. Plus on les goûte, meilleures on les trouve. Il en est d'autres qu'on n'essayera plus jamais. Chat échaudé…

Il avait conscience du regard qu'elle posait sur lui et sut qu'elle pensait à ses projets de mariage qui s'étaient soldés par un désastre. Très vite, cependant, il vit sa compassion se muer en quelque chose d'autre. À quoi pensait-elle ? À ces autres domaines qu'il avait expérimentés jusqu'à devenir un spécialiste ? Comme l'art d'embrasser les femmes ? Elle avait supposé une fois déjà qu'il entraînait au lit toutes celles qui essayaient d'attirer son attention. Allait-elle revenir à cette opinion à propos de lui ?

Hugh soutint son regard. Il devait absolument lui faire comprendre qu'elle se trompait sur son compte et que rares étaient les femmes qu'il avait voulu séduire.

Une flèche de désir le traversa, tandis qu'une troublante constatation s'imposait à lui. Lisa Phillips était une de ces femmes et, à cet instant, elle était assurément la seule !

Sidéré, Hugh posa lentement son verre sur la table basse, se raccrochant à ce prétexte pour rompre le contact oculaire. Pas assez vite cependant, car il eut le temps de voir les prunelles de Lisa se dilater. Non seulement elle devinait ses pensées, mais elle lui offrait sa réponse…

Hugh prit une profonde inspiration. Non, il n'avait pas l'intention de lutter contre l'envie qui le tenaillait. Il désirait Lisa. Il voulait voir l'étincelle qui brillait dans ses yeux s'enflammer. Mais peut-être s'y prendrait-il autrement avec elle. Se lancer dans une offensive de séduction qu'il n'avait pas encore envisagée pour attiser son désir et la mener jusqu'au plaisir.

Mais ne risquait-il pas de commettre une terrible erreur ? Car, au fond, il ne ferait que confirmer la mauvaise opinion qu'elle avait de lui. À l'inverse, n'avait-il pas raison de penser qu'elle désirait autant que lui ce moment de passion ?

Il se tourna vers elle, sachant qu'elle lirait cette dernière question dans son regard. Même s'il sentait son corps sur le point d'exploser, il respecterait le choix de Lisa. Peut-être devait-il déjà envisager de prendre une douche glacée…

*Oh… Ce regard…*

Lisa avala en hâte une gorgée de champagne. Personne ne l'avait jamais contemplée de cette façon, comme si elle était la créature la plus désirable au monde. Hugh prévoyait-il d'aller plus loin qu'un baiser ?

Elle sentait tous ses sens en alerte et chaque parcelle de son corps réclamait de découvrir ce qu'il semblait promettre.

Pour la première fois de sa vie, elle voulait vivre pleinement l'intimité physique. Avec ses derniers partenaires, le sexe avait été agréable, sans plus. En tout cas, rien qui ressemblât à un feu d'artifice ou au vertige hallucinant qui vous faisait entrevoir des licornes, ainsi qu'on le décrivait.

L'un d'eux avait réussi à la convaincre que c'était sa faute. Au lieu d'en être mortifiée, Lisa en avait été soulagée. Peut-être parce qu'une part d'elle-même avait décidé depuis longtemps qu'elle ne méritait pas ce genre de plaisir. Quoi qu'il en soit, elle avait renoncé à croire à ce battage sur l'orgasme, du moins en ce qui la concernait.

*Jusqu'à ce que Hugh t'embrasse l'autre nuit…*

Lisa avait l'impression d'être au bord d'un précipice, à présent. Elle devait absolument reculer vers la terre ferme, au risque de tomber et de terminer sa chute, couverte de honte, une fois que Hugh aurait découvert qu'elle ne connaissait rien au sexe. Seulement, cette soirée n'était pas comme les autres, n'est-ce pas ? Elle était plus déprimée qu'elle ne l'avait jamais été et la compagnie de Hugh lui était infiniment précieuse. Certes, il savait peu de chose de sa vie, mais à bien des égards il la connaissait mieux que tous les hommes qu'elle avait fréquentés. Ce soir, en plus de l'avoir invitée dans sa cabine pour boire du champagne, il lui avait fait part d'un chagrin intime. Il avait aussi réussi à la faire rire. Ce moment de distraction qu'il lui avait offert avait temporairement effacé son inquiétude au sujet d'Abby, sa crainte de l'avenir et la peine que le décès de leur patient lui avait causé.

À présent, il lui demandait silencieusement si elle acceptait qu'il lui fasse l'amour et attendait sa réponse.

Celle-ci était comme un cri qui montait du plus profond de son âme, constata Lisa. Elle se sentait terriblement vulnérable, mais elle avait confiance en cet homme et jamais auparavant elle n'avait autant désiré être aussi proche de quelqu'un. Elle avait besoin de cette proximité pour échapper, l'espace d'un moment, au souci et à la tristesse du monde et peut-être pour s'assurer qu'elle n'était pas aussi insignifiante qu'elle le pensait.

Elle n'essaya pas de résister quand Hugh lui prit doucement sa flûte pour la poser sur la table basse. Il se tourna lentement vers elle et cueillit son menton d'une main pour capturer ses lèvres avec la même douceur que la première fois. Une caresse aérienne, un frôlement délicat, un minuscule coup de langue et des pressions incroyablement subtiles, comme s'il invitait sa bouche à un ballet sensuel qu'elle pouvait exécuter sans effort. Dans un léger soupir, Lisa s'offrit tout entière à son baiser.

En entendant ce soupir infiniment sensuel, Hugh se sentit bouleversé et comme transporté vers un ailleurs qu'il ne connaissait pas. Il avait lu une vulnérabilité déchirante dans les prunelles de Lisa juste avant de l'embrasser et, dans son esprit, des signaux d'alarme se déclenchèrent. Parce qu'il avait peur de la blesser. Mais elle savait comme lui que ce serait l'aventure d'une seule nuit et le désir de Lisa était aussi urgent que le sien. Le plus bouleversant peut-être, ce qu'il n'avait encore jamais vu jusque-là, c'était la confiance qu'elle lui offrait. Comme un cadeau…

Ce soupir était comme une musique merveilleuse à ses oreilles. C'était aussi la réponse de quelqu'un qui venait de franchir un dernier obstacle et découvrait la destination qu'il cherchait désespérément à atteindre. Et, même si son corps brûlait de se plonger dans ce désir d'une ardeur stupéfiante, Hugh voulait faire de cette étreinte un moment unique pour Lisa. Elle avait beau ne plus être vierge, Hugh devinait que le sexe la rendait nerveuse pour une raison obscure. Avait-elle peur ? Il lui avait fait connaître la joie d'une première gorgée de champagne. Peut-être pourrait-il lui apprendre, à condition d'y mettre beaucoup de délicatesse, que le sexe était aussi bon, et même meilleur…

Hugh fit ce qu'il avait décidé. Il perdit la notion du temps, mais il se moquait de savoir combien de temps il faudrait. Quand ils furent tous deux nus l'un en face de l'autre, il souleva Lisa et la porta jusqu'au lit. Alors, il se mit à explorer son corps délicieusement féminin. Sous les caresses qu'il lui prodiguait des mains et des lèvres, il sentait tour à tour la tension de Lisa ou son désir de lui plaire et de le serrer contre elle avec fougue. Il dut capturer ses mains pour la forcer à ralentir et les lui maintenir au-dessus de sa tête.

— Chut… Tout va bien, murmura-t-il pour l'inviter à se détendre. Attends… Nous avons toute la nuit devant nous…

Lisa se sentait projetée dans une autre dimension. C'était peut-être le mouvement de la mer très loin sous eux ou le goût du champagne par-dessus la fatigue émotionnelle de ces dernières heures. Mais la cause de loin la plus probable, c'était l'homme avec qui elle se trouvait. Un homme qui connaissait le corps d'une femme et savait en obtenir des réponses délicieuses qu'elle n'avait jamais expérimentées.

Alors qu'elle craignait qu'il ne découvre que ses réactions étaient fausses et qu'elle faisait seulement semblant d'aimer ces préliminaires, il redoublait de délicatesse, la caressant avec une lenteur insupportable, lui imposant la patience, quand tout ce qu'elle désirait, c'était lui offrir le plaisir qu'il méritait amplement.

*Dans une minute, j'essayerai de nouveau.*

Il en aurait forcément assez de vouloir lui faire atteindre l'orgasme. Elle n'y arriverait jamais, de toute façon, et il risquait de s'apercevoir – comme d'autres avant lui – qu'elle simulait. À moins qu'elle puisse se montrer convaincante comme jamais elle ne l'avait été ? Mais l'instant de doute s'évanouit, comme sa détermination à toucher Hugh à son tour. Elle prit conscience qu'une brusque tension s'emparait de tout son corps.

Elle posa une main sur celle de Hugh pour le prier d'arrêter, mais il n'y prêta pas attention. Alarmée, elle ouvrit les yeux et vit son visage tout près du sien. Il la contemplait d'un regard brûlant.

Alors ce fut l'explosion. Lisa bascula dans un océan de plaisir inouï qui la balaya vague après vague. Elle suffoqua, et ses soupirs saccadés eurent raison de Hugh. Dans un gémissement de désir, il vint en elle d'un élan vigoureux.

Il lui insuffla un nouveau rythme, plus charnel, et Lisa sentit sa tension renaître immédiatement.

Cette fois, quand elle chavira dans l'extase, Hugh la tenait étroitement contre lui. Puis elle perçut les spasmes qui le traversaient et comprit qu'il sombrait avec elle.

Un peu plus tard, comme elle tentait de reprendre son souffle, Hugh la garda serrée dans ses bras. Elle avait conscience de leurs cœurs battant sourdement à l'unisson, du regard de Hugh qui contenait une interrogation, de son sourire aussi comme s'il connaissait déjà sa réponse.

— C'était bien ? murmura-t-il.

— J'ai vu des licornes, répondit-elle en souriant.

Une flamme de joie dansa dans les prunelles de Hugh, et son sourire s'élargit. Il était si heureux de l'avoir conduite jusqu'au plaisir que Lisa ressentit un délicieux vertige. Était-elle sur le point de tomber amoureuse ?

— Alors, ton avis ? demanda Hugh. Le sexe est-il aussi bon ou meilleur que le champagne ?

Bien sûr, ce n'était que cela, se raisonna-t-elle. Seulement du sexe. Une de ces bonnes choses de la vie, comme la danse ou le vin fin. Même si c'était la plus belle aventure sexuelle qu'elle eût jamais eue, Hugh et elle n'étaient pas amants, mais seulement des amis. Mais quelle importance ? Pour l'instant, elle se délectait encore de la magie qui l'avait traversée et elle avait l'impression d'entrer dans un monde complètement nouveau.

— Je ne sais pas vraiment, dit-elle avec un sourire mutin. Il faudrait peut-être que je vérifie à nouveau cette théorie.

Hugh exhala un gémissement approbateur.

— Une décision très sage, en effet. On ne devrait jamais faire de conclusions hâtives sur des choses importantes. Je serais très heureux de t'aider à approfondir cette étude.

Comme il commençait à sillonner son cou, puis son épaule de petits baisers, Lisa se dégagea doucement. Certes, son univers venait de basculer de façon spectaculaire, mais la réalité reprenait ses droits.

Une légère crainte la titillait de savoir qu'elle avait perdu son contrôle à ce point. Parce que rien d'autre n'avait plus compté dans sa vie que Hugh et le plaisir qu'ils avaient partagé… C'était la première fois qu'elle se laissait dominer ainsi par le désir. C'était dangereux de laisser les choses vous échapper dans la distraction.

— Je dois partir, dit-elle d'un ton raisonnable. Il est temps que je rentre dans ma cabine et que je dorme un peu.

Hugh relâcha son étreinte.

— Aucun problème. Nous avons tout le temps que nous voulons pour entreprendre cette recherche.

Ce n'était pas vrai, pensa Lisa en parcourant les

couloirs déserts quelques minutes plus tard. Dans un peu plus d'une semaine, la vie de rêve qu'elle menait à bord prendrait fin. Mais ce n'était pas si grave au fond, parce que même si elle n'avait pas d'autre nuit à passer dans les bras de Hugh, ce merveilleux épisode sexuel qu'elle venait de vivre en valait la peine. Elle n'était pas brisée, comme elle l'avait craint, loin de là. Elle ne pensait pas être amoureuse de Hugh, mais elle pouvait l'aimer pour lui avoir offert cette expérience magique, lui avoir donné le sentiment qu'elle méritait de connaître le plaisir.

Et, même si c'était dangereux de se laisser distraire de cette façon, cela n'avait rien à voir avec la vraie vie, n'est-ce pas ? Abby allait bien de son côté. Elle, Lisa, gagnait l'argent qui leur assurerait la sécurité matérielle à toutes les deux. Son coup de folie n'avait aucune incidence là-dessus. À la fin de la croisière, elle rentrerait en Angleterre et retournerait à la vraie vie. Quelques jours, ce n'était rien dans une vie.

Quel mal y aurait-il à profiter de cette distraction tant qu'elle durait ?

# 7.

Nul doute que le sexe avec Hugh faisait partie de ces plaisirs qu'on trouvait meilleurs à chaque fois. Lisa se rendait compte que leurs ébats continuaient de la surprendre et de la rendre heureuse de mille façons. C'était tout le contraire de ses expériences passées où le sexe devenait peu à peu ennuyeux et prévisible – stressant aussi, parce qu'elle avait été incapable de satisfaire pleinement son partenaire.

Hugh était à l'opposé des hommes si raisonnables qui l'avaient courtisée auparavant. Non qu'elle eût commencé une relation sentimentale avec lui puisque tous deux savaient que cela n'irait pas plus loin que l'amitié et que le temps qu'ils avaient à passer ensemble était limité. C'était peut-être aussi pour cette raison qu'ils en profitaient au maximum.

Par un accord tacite, ils gardaient leur amitié secrète et elle devenait torride et plus excitante chaque jour qui passait.

Dans le travail, chacun jouait le jeu à la perfection sans trahir ce qui les unissait, résistant à l'envie d'un regard appuyé ou d'une caresse quand leurs mains ou leurs corps se frôlaient dans un espace confiné. Ils ne passaient qu'une partie de la nuit ensemble et, lors des journées à terre, ils quittaient le bateau séparément pour se retrouver discrètement dans un endroit isolé.

Comme cette délicieuse journée qu'ils avaient passée

sur l'île de Mykonos. Ils s'étaient rejoints sur une petite plage privée qui ne figurait pas au programme des circuits touristiques. Il y avait des bateaux de pêche dans le port tout proche, des pélicans qui semblaient prendre la pose pour les photos et une mer étale au fond d'une petite crique.

Après les îles grecques, le bateau avait mis de nouveau le cap sur la péninsule italienne pour l'avant-dernière escale de la croisière. Comme Hugh et elles avaient été de garde à bord pendant la visite de Santorin, c'était leur tour de débarquer dans le port de Salerne. Comme à chaque fois, le programme des excursions proposées était varié. Des bus allaient à Naples, à Sorrente avec une traversée pour l'île de Capri, et un autre parcours comprenait l'escalade du Vésuve et la visite de l'ancienne cité de Pompéi.

Toutes ces destinations la faisaient rêver, mais Lisa décida de suivre l'avis de Hugh qui lui suggéra une escapade encore plus enthousiasmante dans un endroit que sans doute personne d'autre ne choisirait.

— C'est la vallée des Moulins, dit-il. C'est à deux pas d'ici, mais les passagers vont se précipiter dans le bus pour se rendre plus loin. C'est une vallée calme et verdoyante, où se trouvent de nombreuses ruines de moulins. Il y a une rivière et des cascades, et on peut grimper vers un village magnifique dans les collines, Ravello. Sur le chemin, on traverse un autre village typique dont je ne sais plus le nom, mais il possède un restaurant avec terrasse et la vue est…

— Stop ! dit-elle en pressant un doigt sur les lèvres de Hugh. Tu m'as convaincue. Comment pourrais-je résister à un déjeuner en terrasse ?

Impossible, après ce merveilleux moment qu'ils avaient partagé dans le restaurant français, même s'il n'y avait encore rien eu entre eux. Ce serait tellement plus fabuleux d'être dans un tel cadre avec l'homme qui était son amant…

Certes, Hugh n'était pas son amoureux et elle se défendait de penser qu'il l'était, mais leur aventure s'achèverait bientôt et cette excursion était presque la dernière. Quel mal y avait-il à se créer des souvenirs qu'elle chérirait pour le restant de sa vie ?

Ce serait son rêve secret car elle n'avait pas parlé à Abby des derniers développements de sa vie personnelle. Mais sa sœur avait deviné qu'il se passait quelque chose.

— Tu sembles si… différente, Liz. Si heureuse. Je ne t'ai jamais vu une mine aussi épanouie, lui avait-elle dit lors de leur dernier appel vidéo.

— Je suis heureuse que tout aille bien pour toi. Ta nouvelle séance clinique s'est parfaitement déroulée, rien à voir avec la précédente. Ta patiente t'a dit que tu étais une inspiration et, à mon avis, ce ne sera pas la dernière.

Mais Abby n'avait pas été convaincue.

— C'est beaucoup plus que ça. Tu ressembles à… Je ne sais pas… Tiens ! À un enfant au matin de Noël.

— C'est parce que j'aime cette croisière, c'est tout. Je peux aller visiter Pompéi si je veux, pour la prochaine escale. Ou grimper sur les pentes du Vésuve. C'est formidable, non ?

Mais la vallée que Hugh avait évoquée la séduisait davantage. Le nom déjà était si romantique…

Le paysage l'était tout autant, découvrit-elle. Vert et apaisant, ainsi que Hugh l'avait promis, et l'ombre était bienfaisante dans la chaleur croissante de cette fin de matinée. Des cyclamens formaient un tapis rose pâle au pied des arbres, et les ruines des vieux moulins de pierre étaient couvertes de mousse. On entendait des chants d'oiseaux, le bourdonnement des abeilles et le clapotis d'une rivière toute proche.

Ils étaient seuls dans ce décor enchanté, comme dans

un monde à eux. Hugh lui prit la main pour l'aider à escalader des rochers sur le sentier. Mais il ne la relâcha pas quand le chemin fut à nouveau praticable. Au contraire, il l'attira contre lui et déposa sur ses lèvres un de ses baisers langoureux dont Lisa ne pouvait se passer parce qu'ils étaient devenus comme une drogue pour elle. En quelques secondes, elle se sentit dériver vers un univers où il n'y avait qu'eux et la promesse d'un bonheur absolu…

Hugh finit par s'écarter.

— Nous devons continuer. Il reste du chemin à parcourir et le beau temps ne va pas durer.

— J'ai entendu dire qu'on annonçait une tempête, mais ça n'arrivera que dans quelques jours.

— Le gros de la tempête nous atteindra quand nous serons en mer, entre la Sardaigne et Malaga. Mais le ciel va se couvrir dans la journée et il pleuvra sans doute demain.

Lisa refusait de penser à l'arrivée à Malaga qui marquerait la fin de la croisière et son retour en Angleterre.

— J'espère que nous aurons du soleil pour notre déjeuner en terrasse, dit-elle.

— J'aimerais que le beau temps persiste un peu plus longtemps. S'il nous reste assez d'énergie, nous marcherons jusqu'à Ravello car il y a une villa incroyable qu'il faut absolument visiter. Nous prendrons un taxi ou un bus pour revenir au bateau.

— Tu connais tellement d'endroits intéressants ! s'exclama Lisa.

— J'ai fait ces balades tant de fois. Trop peut-être. En général, j'essaie de découvrir un nouveau site à chaque escale, mais…

Il regarda Lisa en souriant.

— C'est tellement plus drôle de partager ce que je connais avec toi, parce que… Je ne sais pas… Ça me fait encore plus aimer ces endroits.

Lisa fut touchée de savoir qu'il éprouvait un réel plaisir à visiter ces lieux avec elle. Elle se sentait de plus en plus proche de cet homme au sourire ravageur.

Ils quittèrent la ravissante vallée des Moulins et suivirent un sentier qui serpentait entre des bois, des vergers de citronniers et des champs de tomates. Il offrait un splendide panorama sur la ville d'Amalfi, nichée au bord de la Méditerranée d'un bleu étincelant. Bientôt, ils passèrent sous des arches de pierre, décorées de vieux paniers d'osier et d'ustensiles hétéroclites.

Arrivés au restaurant, ils commandèrent chacun une *insalata caprese*, une salade composée de tomates locales, de mozzarella et de basilic, agrémentée d'un filet d'huile d'olive. Le plat coloré était accompagné d'une corbeille de pain croustillant.

Lisa ne manqua pas de prendre une photo pour Abby pendant que Hugh commandait une bouteille de prosecco.

— Considère que c'est du champagne italien, dit-il en lui adressant un clin d'œil. *Saluti, cara.*

*Cara*… Cela voulait dire « chérie », n'est-ce pas ? pensa Lisa en trinquant. Par-dessus son verre, elle rencontra le regard de Hugh et se troubla en découvrant la flamme chaleureuse qui brûlait dans ses prunelles sombres. L'écho du mot tendre qu'il venait d'employer résonnait encore dans son esprit.

*Oh là là… Tu joues avec le feu, Lisa Phillips.*

Elle savait depuis le début que cette aventure n'était qu'une passade qui se terminerait dans peu de temps avec cette croisière et qu'elle ne reverrait sans doute jamais Hugh. Mais elle avait aussi conscience que ce serait difficile, pour ne pas dire dévastateur. Parce qu'elle était tombée amoureuse de Hugh finalement.

Cela datait probablement de cette nuit où il avait réussi à la faire rire quand elle avait été si déprimée. Puis il l'avait entraînée dans son lit et avait changé sa vie pour toujours. Elle avait pris ce qu'elle ressentait pour du désir et non de l'amour, mais c'était tellement plus profond que cela. Elle voulait se noyer dans son regard ténébreux et ne jamais remonter à la surface pour garder toujours la complicité et la connexion qu'ils partageaient.

Le paysage s'assombrit tout à coup tandis qu'un banc de nuages passait au-dessus d'eux, cachant le soleil. Devait-elle y lire un présage ? Ce fut Hugh qui le premier détourna les yeux pour observer le ciel.

— Oh oh… La tempête arrive plus tôt que prévu, on dirait.

Certaines choses seraient bien plus difficiles à supporter que le mauvais temps, pensa-t-elle. Comme le moment où il lui faudrait dire au revoir à Hugh…

Comme on pouvait se tromper parfois ! pensa Hugh, quand ils eurent pris place dans le bus pour retourner au port.

Avait-il vraiment pensé que Lisa Phillips était psychorigide et autoritaire ? Qu'elle ne faisait confiance à personne, même pour l'aider à porter sa valise ? Qu'elle était tout le contraire des femmes qui l'attiraient ?

Comme si elle avait deviné ses pensées, elle se détourna de la fenêtre pour capter son regard. Il y avait de l'émerveillement dans ses yeux fascinants, nota-t-il. Normal, elle venait d'admirer la vue sur Amalfi depuis la route étroite à flanc de montagne. Mais elle était aussi un peu effrayée par la vitesse à laquelle le chauffeur conduisait dans les lacets.

— J'espère qu'il sait ce qu'il fait, dit-elle d'une voix nerveuse. Il a dû emprunter cette route des centaines de fois, j'imagine.

Le bus s'inclinait, tandis qu'il négociait un virage dangereux. Par-dessus l'épaule de Lisa, Hugh aperçut le bord du précipice. Le cri de terreur de la jeune femme contenait aussi de l'excitation et la façon dont elle lui cramponna le bras à deux mains le fit sourire.

Elle était pour lui une découverte perpétuelle. L'intimité qu'ils partageaient était chaque fois une révélation. Comme la joie sur son visage aujourd'hui quand elle s'était arrêtée pour admirer la beauté des vieux moulins au cours de leur promenade ou quand elle avait goûté le plat italien, paupières closes, avec un bonheur indicible.

Lui-même n'avait jamais savouré une salade aussi délicieuse. Ce n'était pourtant pas la première fois qu'il mangeait une *insalata caprese*. La qualité des ingrédients n'avait pas changé, c'était la présence de Lisa qui donnait couleur et saveur à tout ce qui l'entourait.

Ce constat le déstabilisait d'autant plus que Lisa Phillips n'était pas son style de femme. La première fois qu'il l'avait rencontrée, à Barcelone, il ne lui serait jamais venu à l'idée de sortir avec elle. Ses préférences allaient à des femmes sophistiquées comme Carlotta qui n'exigeaient rien en retour, ni loyauté ni engagement, et qui ne risquaient pas de le trahir.

Comment aurait-il pu imaginer qu'il ferait l'amour à Lisa encore et encore et qu'il aurait l'impression de ne pas pouvoir se rassasier d'elle ? Il n'avait même pas compris qu'elle s'était immiscée sous les barrières qu'il avait érigées pour se protéger.

Il avait d'abord considéré Lisa comme la petite sœur qu'il n'avait jamais eue. Comment cette rousse déterminée mais naïve, aux yeux extraordinaires, était-elle devenue la plus belle personne qu'il eût jamais rencontrée ? Il avait déjà été amoureux et ce qu'il commençait à ressentir pour Lisa était puissant et dangereux, au point d'effacer de sa mémoire le souvenir de cette première expérience.

C'était assez terrifiant, songea-t-il. Mais Lisa ne ressemblait pas à Catherine, son ex-fiancée.

Elle s'était sacrifiée, probablement plus qu'elle ne voulait l'avouer, pour s'occuper de sa sœur qu'elle adorait. Sans doute montrait-elle ce genre de loyauté à tous ceux qu'elle aimait et elle ne mentirait pas sur ses sentiments. D'ailleurs, si elle n'était pas sincère, il le verrait immédiatement parce qu'il lisait en elle comme dans un livre maintenant à force de l'observer à son insu.

Jamais il n'aurait pensé faire de nouveau confiance à une femme à ce point. Cela lui importait tout à coup, parce que son temps avec elle était compté. Dans quelques jours, Lisa sortirait de sa vie et retournerait à la sienne. Sauf s'il prenait certaines décisions.

Du calme, se dit-il. S'il admettait qu'il était près de tomber amoureux, cela ne voulait pas dire qu'il l'était déjà, ni que Lisa partageait ses sentiments.

Ils approchaient de la mer, à présent. Le bus longeait les premières maisons d'Amalfi. Ils allaient devoir se dépêcher pour trouver un taxi qui les ramènerait au port de Salerne car le bateau appareillerait dans la soirée et il n'aurait pas une minute pour réfléchir sérieusement à sa relation avec Lisa. Remonter à bord, assurer les consultations… D'ici là, il s'intima l'ordre de ne plus penser et de profiter du présent pour quelques moments encore.

En descendant du bus, Lisa laissa échapper un soupir de soulagement et hâta le pas pour se maintenir à sa hauteur. Il lui adressa un regard suggestif qui contenait une invitation.

*Rendez-vous dans ma cabine, ce soir ?*

Elle lui sourit presque timidement, et son regard mordoré s'assombrit. Il n'en fallait pas plus à Hugh pour comprendre que son invitation était reçue et acceptée.

Il ouvrit la bouche, conscient que les mots, les trois petits mots qu'il était sur le point de prononcer changeraient tout. Ils étaient là, dans sa tête, au bord de ses lèvres. Mais quelque chose l'arrêta à la dernière seconde. Peut-être la vue du pli soucieux qui apparut sur le front de Lisa en entendant le vibreur de son téléphone.

Elle fouilla dans son sac.

— Abby m'envoie un texto. Elle est passée à la maison pour vérifier que tout allait bien et j'espère qu'il n'est rien arrivé de grave.

Hugh sentit qu'il avait perdu son attention. Elle était de retour dans sa vie personnelle, loin de cette croisière et de leur aventure intime, dans un monde où il n'aurait jamais sa place.

— Tout va bien ? demanda-t-il au bout d'un moment.

— Elle s'inquiète parce qu'elle a trouvé une pile de courrier derrière la porte. Elle veut savoir si elle doit ouvrir ces lettres. Je lui ai dit de ne pas s'en occuper, que je verrai ça à mon retour.

Elle lui jeta un regard contrit. Parce qu'elle avait conscience que sa vie ne le concernait en rien ? À moins qu'elle voulût le tenir à l'écart ?

Hugh prit une profonde inspiration. Lisa allait certainement lui manquer une fois qu'elle aurait quitté le bateau à Malaga, mais il ferait face et ce serait mieux que de remuer les vieux concepts auxquels il avait renoncé depuis longtemps. Comme l'idée de s'établir quelque part, d'avoir une situation professionnelle plus classique, de se marier et de fonder une famille…

Brusquement, il se raidit, interloqué. Bon sang ! À quoi pensait-il ? L'idée de se marier lui avait-elle vraiment traversé l'esprit dans ce bref moment de confusion ?

Se détournant, il se hâta de héler un taxi. Plus vite il serait de retour à bord dans son environnement familier, mieux cela vaudrait. Il fallait qu'il mette un terme à cette histoire avant de commettre une folie. Comme demander Lisa en mariage…

Quelque chose avait changé entre eux, mais Lisa eut beau faire, elle fut incapable d'identifier exactement le malentendu.

Ils avaient passé une journée délicieuse ensemble. Il y avait eu cette promenade dans la ravissante vallée, le déjeuner succulent dans le village, puis la visite de Ravello et, pour finir, le trajet terrifiant en bus jusqu'à Salerne. Elle était certaine que Hugh avait apprécié ces moments autant qu'elle, mais il semblait un peu à cran quand ils ouvrirent le cabinet médical ce soir-là. Était-il inquiet parce que le vent avait brusquement forci quand le bateau avait atteint la haute mer ?

Les mouvements du navire s'accentuaient. Elle sentait nettement les coups de roulis sous ses pieds. Y avait-il lieu de s'alarmer ?

— Une tempête en mer, ça peut poser des problèmes sérieux ? demanda-t-elle.

— Difficile à dire. Parfois, le commandant peut décider de contourner le mauvais temps et les bateaux modernes sont équipés de stabilisateurs, ce qui aide beaucoup. Les passagers sont souvent surpris de découvrir que la Méditerranée peut être houleuse. Généralement, ce n'est pas dramatique. Mais beaucoup de personnes souffrent du mal de mer ou se plaignent que les ponts sont fermés. D'ailleurs, merci pour le rappel, Lisa. Je ferais mieux de vérifier notre stock de médicaments contre le mal de mer.

— Lesquels va-t-on donner ? s'enquit-elle en le suivant jusqu'au local de la pharmacie.

— Des médicaments disponibles sans ordonnance à tous ceux qui en font la demande. Ils sont aussi distribués dans les boutiques pour le cas où il y aurait trop d'affluence ici, avec d'autres produits à base de gingembre et de menthe, que nous conseillons aux passagers. On recommande aussi de manger des biscuits secs, par exemple, de respirer l'air frais sur le balcon ou sur l'un des ponts autorisés et de se tenir au centre du bateau qui est la zone la plus stable.

— Et s'ils présentent des symptômes plus graves ?

— Nous avons des stocks suffisants de prométhazine, dit Hugh en refermant le placard vitré. Et beaucoup de saline pour les cas de déshydratation.

Il tendit des sachets à Lisa.

— Nous allons garder ça dans le cabinet. Si des patients ne présentent pas de complications, tu peux leur remettre ceci et les renvoyer dans leurs cabines.

Sortant le premier de la pharmacie, il ajouta par-dessus son épaule :

— Tu n'as pas peur de cette tempête au moins ?

— Hum… Non, bien sûr. J'ai quand même trouvé des vidéos assez effrayantes sur Internet. Des tables de restaurant qui valsent d'un bord à l'autre en entraînant les dîneurs. Et même un piano…

Elle s'interrompit en voyant que Hugh esquissait un sourire amusé.

— Tu as vu le film *Titanic* ? C'est très réaliste aussi. Mais nous ne risquons pas de rencontrer beaucoup d'icebergs en Méditerranée.

Lisa aimait follement son sourire et les minuscules plis qui apparaissaient au coin de ses yeux quand quelque chose l'amusait. Mais ce qui lui plaisait surtout, c'était qu'il prît la peine de la rassurer et d'apaiser ses craintes.

Elle réussit à rire de sa boutade. La tension qu'elle avait perçue entre eux au retour de leur excursion s'envola aussitôt, comme son appréhension au sujet de la tempête. Elle était avec Hugh et, quoi qu'il arrivât, ils feraient face.

Elle eut besoin de se répéter ces mots-là en voyant la première patiente entrer dans le centre médical. Même en se présentant, celle-ci semblait avoir des difficultés à respirer.

— Vous avez une voix sifflante, Michelle. Êtes-vous asthmatique ?

La jeune femme acquiesça.

— C'est de pire en pire… Alors, j'ai pensé… à venir ici…

— Sage décision. Venez avec moi. Je vais d'abord vérifier votre tension, votre rythme cardiaque et votre taux d'oxygène dans le sang.

Elle ajusta le capteur au doigt de la patiente.

— Vous utilisez votre inhalateur ?

— Oui… Très souvent…

Lisa vérifia ensuite la vitesse maximale de souffle.

— Vous soufflez jusqu'à combien d'habitude ?

— Dans les bons jours… quatre cents.

Lisa constata que le résultat était bien en deçà.

— Le médecin voudra vous poser un nébuliseur. Je vous donne des oreillers pour vous maintenir plus droite et je vais le chercher.

Hugh examinait un patient qui n'avait plus de médicaments contre l'hypertension depuis une semaine et qui ne s'en était pas inquiété jusqu'à ce qu'il soit pris de violents maux de tête. Mais, en voyant l'expression de Lisa, il se leva immédiatement.

— Attendez-moi, Jim, dit-il. Je reviens tout de suite. Nous allons vous garder en observation à l'infirmerie, le temps de faire baisser votre pression sanguine.

La femme de Jim était venue à la consultation.

— Je t'avais dit que c'était grave, chéri…, dit-elle.

Hugh n'entendit pas la suite car il suivait Lisa au pas de course vers la salle de soins, tandis qu'elle le mettait au courant de l'état de la jeune femme asthmatique.

Il lui donna immédiatement des directives, et quand il eut fini d'ausculter Michelle, Lisa avait préparé le masque du nébuliseur. Elle passa l'élastique derrière la tête de la patiente et arrangea les oreillers pour qu'elle soit bien droite. Puis elle tendit à Hugh tout ce dont il avait besoin pour installer une intraveineuse dans le poignet de la jeune femme.

Avec des gestes sûrs et précis, il préleva une petite quantité de sang à l'aide d'une seringue.

— Je vais alerter Janet ou Tim. L'un ou l'autre te montrera comment utiliser l'appareil pour l'analyse des gaz sanguins, dit-il au moment de retourner vers son patient. Nous aurons aussi besoin d'aide et je vais voir si Peter est disponible, car nous avons deux patients qui doivent être placés sous surveillance. La nuit risque d'être longue, ajouta-t-il en accrochant son regard.

— Je n'avais pas prévu d'être ailleurs…

Mais ce n'était pas l'entière vérité. Elle avait prévu de le rejoindre dans sa cabine plus tard, et elle prit conscience qu'ils ne pourraient pas quitter le centre médical pour une nouvelle nuit de passion. Bien entendu, leurs patients étaient la priorité absolue quand ils étaient de garde, mais Lisa calcula qu'il ne leur restait que quelques nuits à partager dans l'intimité et en manquer une était presque un déchirement. Elle avait l'impression qu'une horloge invisible égrenait le temps et que son tic-tac devenait plus assourdissant à chaque seconde.

Lisa était exactement le genre de personne qu'on voulait avoir auprès de soi dans une situation critique, se dit Hugh. C'était l'une des qualités qui la définissait. Elle se donnait toujours à fond dans tout ce qu'elle entreprenait et le faisait avec intelligence et bonne humeur même quand la fatigue commençait à se faire sentir.

Lui-même se sentait assez exténué. Après leur marche dans la montagne, ils avaient enchaîné les consultations sans interruption depuis l'ouverture du cabinet. Même si les autres membres de l'équipe avaient été appelés à la rescousse, Lisa et lui avaient été surchargés de travail jusqu'à la fermeture. À présent, ils étaient seuls dans l'hôpital. Janet était allée se coucher. Quant à Peter et Tim, ils avaient été appelés pour une intervention quelque part sur le bateau.

Jim réagissait favorablement aux médicaments qu'il lui avait administrés. Sa pression sanguine baissait lentement sans causer de complications. Hugh avait donc décidé de le garder en observation jusqu'au matin. Il procéderait à un nouveau contrôle dans une heure, mais pour l'instant Jim dormait paisiblement. Sa femme avait regagné leur cabine.

L'état de Michelle commençait aussi à s'améliorer. Mais il n'avait pas l'intention de la laisser partir trop vite. Dans un moment, il prélèverait un autre échantillon de sang et lui donnerait de l'oxygène à intervalles réguliers.

Le bateau bougeait de plus en plus, mais cela ne le préoccupait pas. Au contraire, il aimait la houle et il constata avec plaisir qu'elle ne semblait pas affecter Lisa non plus. En revanche, il s'inquiétait de la fatigue qu'elle accumulait et il alla dans la minuscule kitchenette aménagée près de la salle d'attente pour lui préparer une tasse de café.

Il laissa la porte entrouverte derrière lui car la pièce n'était pas beaucoup plus grande qu'un placard. Tout en rassemblant tasses et cuillères, il entendit quelqu'un entrer dans la salle d'attente.

Il tourna la tête pour regarder par l'entrebâillement, espérant que ce n'était pas un nouveau patient.

Non, c'était Lisa. Apparemment, elle venait là pour prendre un appel.

— Je ne peux pas te parler, dit-elle. Je surveille une patiente. Mais qu'est-ce que tu fais encore debout à cette heure de la nuit ?

Hugh, qui entendit le petit bruit de la bouilloire qui s'arrêtait, songea qu'il devait sortir de la kitchenette et avertir Lisa de sa présence. Mais, pour une raison qu'il ne s'expliquait pas, il hésita. Peut-être parce qu'il avait perçu une note d'anxiété dans sa voix et qu'il avait envie de l'aider quel que soit son problème. Cette volonté de la protéger était de plus en plus forte.

— Je t'ai dit de ne pas ouvrir ce courrier, Abby !

Cette fois, la panique imprégnait sa voix, même si elle parlait plus bas. Hugh retint son souffle. Son besoin de voler au secours de Lisa était si puissant qu'il sentait sa poitrine se contracter.

Après un bref silence, elle reprit d'une voix raffermie :

— Mais non. Je te répète que ce n'est pas un souci. Je me charge de régler ça, d'accord ? C'est pour cette raison que ce travail était une excellente idée.

Hugh fronça les sourcils. De quel problème parlait-elle ? Et en quoi cette croisière était-elle le moyen de le résoudre ? Avait-elle eu besoin de fuir quelque chose… ou *quelqu'un* ?

Lisa elle-même lui fournit une partie de la réponse à ses questions.

— C'est juste une histoire d'argent, reprit-elle. Écoute, j'ai un plan. Ne t'inquiète pas. Je serai de retour dans deux jours et je t'expliquerai tout. Maintenant, je dois vraiment y aller. On se reparle très vite ?

Elle quitta la pièce aussitôt après la fin de la communication, de sorte qu'elle ignorait qu'il avait entendu sa conversation.

Il ne pouvait lui en parler, bien entendu, et encore moins lui demander quel était ce problème qui la tracassait ou la solution qu'elle avait envisagée pour s'en sortir. Si elle avait besoin d'argent, il pourrait l'aider. Il en avait suffisamment…

Brusquement, il se raidit. Non, peut-être ferait-il mieux de ne pas chercher à en savoir davantage et, surtout, de ne pas s'impliquer dans la vie de Lisa finalement. Elle avait parlé d'argent et d'un plan. Ces mots-là déclenchaient en lui des signaux d'alarme qu'il ne pouvait ignorer parce qu'ils le ramenaient à un passé pénible qu'il refusait d'évoquer, à cette avant-veille d'un mariage qui n'avait jamais eu lieu.

Ce soir-là, il avait perdu d'un seul coup sa fiancée et son meilleur ami. Jamais il n'oublierait le moment où Catherine s'était détournée, prête à sortir de sa vie, et lui avait jeté ces paroles qui le hanteraient jusqu'à son dernier souffle : « Je ne t'ai jamais aimé, Hugh. Je n'aimais que ton argent. »

# 8.

La tempête se déchaîna pendant la nuit. À l'aube, le gigantesque bateau chevauchait des vagues monstrueuses. À travers les vitres, on ne voyait qu'une mer sombre, presque noire, et le contraste avec la crête étincelante des vagues déchiquetées était saisissant. Le vent hurlait et s'infiltrait par les interstices des fenêtres mal fermées. Dans les coursives, les passagers se cognaient aux parois et s'accrochaient aux rampes. Le pont Lido avait été fermé.

Lisa avait l'impression d'être sur des montagnes russes à vitesse ralentie, et ce genre de sensation ne l'enchantait guère. À l'inverse, Hugh semblait adorer.

Le centre médical n'avait jamais été aussi bondé et, bien qu'ils n'aient pratiquement pas dormi, ils étaient présents pour les consultations de la matinée en même temps que Peter, Janet et Tim. À leur charge de travail ordinaire, s'ajoutaient des blessures mineures causées par des chutes. Ils distribuèrent aussi une grande quantité de médicaments contre le mal de mer, rassurèrent des passagers angoissés et surveillèrent les deux patients hospitalisés. Michelle semblait remise de sa sévère crise d'asthme, mais par précaution elle restait en observation pour quelques heures encore. La pression artérielle de Jim était redescendue à un niveau acceptable, et il pourrait quitter l'hôpital dès qu'un steward serait disponible pour le raccompagner jusqu'à sa cabine en toute sécurité.

Pour couronner le tout, l'équipe médicale devait

répondre aux appels demandant une intervention sur différentes zones du navire. Tim venait de partir pour secourir un patient âgé tombé dans sa cabine et qui présentait un saignement abondant au niveau de la tête, quand un autre appel arriva.

— C'est à la salle de fitness, annonça Hugh. Une chute, mais le blessé a des difficultés respiratoires. Donc, je vais avoir besoin d'un coup de main.

Lisa quitta immédiatement le bureau de la réception. Comme elle faisait équipe avec Hugh, c'était donc logiquement à elle de l'accompagner.

Mais, à sa grande surprise, il ne regarda même pas dans sa direction.

— Janet ?

L'infirmière leva les mains devant elle.

— Non ! Sauf si j'y suis obligée. Ici, ça va encore, mais là-haut je vais être malade.

Elle se tourna vers Lisa.

— Tu n'es pas sensible au mal de mer, n'est-ce pas ?

— Je ne ressens rien pour l'instant, répondit Lisa.

Elle essaya de sourire bravement, mais elle avait bel et bien le ventre noué et ce malaise risquait de se changer en nausée. Son appréhension au sujet de la tempête se doublait d'une intense frustration parce que Hugh avait choisi Janet pour l'accompagner.

*Pourquoi ?*

— Alors, ce sera un bon test, dit Hugh sans la regarder. Le gymnase se trouve à l'avant et nous devons traverser le pont Lido pour l'atteindre plus rapidement. Tiens, mets ça par précaution.

Il lui tendit un ciré jaune.

— Même s'il ne pleut pas, on sera immédiatement trempés à cause des paquets de mer.

Le blessé étant en détresse respiratoire, ils devaient être sur place rapidement. Aussi gravirent-ils les escaliers, ne voulant pas courir le risque d'être bloqués dans l'ascenseur en cas de panne de courant.

Ils débouchèrent dans l'espace couvert du pont Lido. Les passagers étaient massés devant les vitres, et leurs cris d'effroi et d'excitation accrurent l'angoisse de Lisa.

— Prête ? lui demanda Hugh, l'épaule appuyée contre la porte menant sur l'extérieur. Tiens bon. Attention !

Ils avaient vingt mètres à parcourir pour atteindre l'entrée de la salle de sport qui se trouvait au-delà d'une des piscines. Malgré les recommandations de Hugh, Lisa se laissa surprendre par la force du vent et perdit l'équilibre.

*Mon Dieu !* Elle allait être projetée soit par-dessus bord, soit dans la piscine. Les mouvements du bateau transformaient l'eau du bassin en un tsunami qui inondait le pont et entraînait les transats jusqu'au bastingage où ils s'entassaient dans une pagaille indescriptible. Exactement ce qu'elle avait vu dans ces vidéos terrifiantes !

Pendant quelques secondes dramatiques, Lisa pensa qu'elle ne s'en sortirait pas et que, d'une façon ou d'une autre, elle périrait noyée.

*Tu ne seras plus là pour Abby…*

Elle était déjà responsable de ce qui était arrivé à sa sœur, mais disparaître et la laisser seule serait une faute bien pire. Pourquoi s'était-elle mise en danger à ce point ? Son attitude était complètement irresponsable.

Heureusement, dans cet instant terrible, le bras de Hugh la saisit. Il était courbé contre le vent, mais parfaitement stable. Il connaissait bien ce genre de situation et, à en juger par son sourire et par la lueur qui dansait dans son regard, il s'amusait comme un fou dans cette tourmente.

C'était bien la preuve qu'ils étaient opposés jusque dans leur approche de la vie. Mais… Les contraires s'attiraient, n'est-ce pas ? Parfois, ils pouvaient même faire fonctionner une relation à long terme à condition que chaque partenaire le veuille, bien entendu, se dit-elle en se cramponnant au bras solide de Hugh jusqu'à ce qu'ils aient enfin atteint la sécurité relative du gymnase.

Ils examinèrent le blessé, un coach sportif qui était tombé et avait roulé au sol pour venir heurter les barres d'un équipement.

— Essaie de respirer profondément, dit Hugh à leur patient tandis qu'il lui palpait doucement la poitrine où des ecchymoses commençaient à apparaître.

— Je ne peux pas…, répondit le jeune homme, le visage crispé. *Ah !* ça fait mal…

— Désolé… Je pense que tu t'es fracturé une côte ou deux. Je vais t'ausculter et te donner des calmants contre la douleur puis nous descendrons faire une radio au centre médical. Tu ne t'es pas cogné la tête, n'est-ce pas ?

Relâchant son stéthoscope, Hugh s'adressa à un membre du gymnase :

— A-t-il perdu connaissance ?

— Non. Il a glissé à travers la salle en même temps que le banc de musculation.

Lisa essayait de seconder Hugh au mieux. Mais elle le sentait distant. Quelque chose clochait dans leur collaboration. Le sentiment de connexion avait disparu et ils n'échangeaient que des regards brefs, presque furtifs. Plus de complicité, plus de tressaillement. Elle n'y comprenait rien.

Elle avait pensé qu'ils profiteraient le plus possible du temps qu'il restait avant de se séparer en amis. Des amis proches qui demeureraient en contact et pourraient même se revoir un jour. Mais cela ne revenait-il pas à enfreindre la règle tacite qui voulait que ce qui se passait à bord cessait d'exister une fois la croisière terminée ?

Une autre pensée lui traversa l'esprit. Si Hugh prenait ses distances, c'était peut-être afin de mieux la préparer à la séparation. Ainsi, il n'aurait pas à supporter ses larmes au moment du départ.

Un sentiment de crainte la saisit. Mais ce qui l'effrayait davantage, c'était cette tempête en pleine mer. Ils se trouvaient à la proue du bateau, où le mouvement de tangage était si fort que le bateau semblait se tenir à la verticale avant de plonger dans des creux immenses. Par les vitres, elle voyait des murs d'eau s'abattre sur le pont inférieur. Son cœur se soulevait et elle comprenait mieux pourquoi Janet avait tenu à rester au centre médical.

— Ce n'est vraiment pas de chance, dit le collègue du blessé à cet instant. Nous avons fermé la salle de fitness jusqu'à nouvel ordre. En plus, nous restons en mer aujourd'hui. Vous savez que l'escale en Sardaigne a été annulée ? Nous filons directement vers Malaga.

Il y avait des façons plus agréables de terminer une croisière, se dit Hugh. C'était surtout dommage pour les passagers qui souffraient presque tous du mal de mer. Lui, au contraire, était ravi de naviguer en pleine tempête, en dépit de sa fatigue. Il aimait travailler dans ces conditions difficiles qui lui imposaient d'affronter les éléments déchaînés. Mais, surtout, c'était l'excuse parfaite pour laisser de côté ses pensées de Lisa. Il pouvait ainsi prendre du recul et analyser la situation sous un autre angle.

C'était une chance finalement qu'il n'ait pas l'occasion de lui faire l'amour encore une fois, parce qu'il aurait peut-être eu envie de faire des projets vraiment stupides, comme de vouloir se réveiller auprès d'elle tous les matins du reste de sa vie.

Comment pouvait-on avoir des sentiments aussi forts pour quelqu'un qu'on avait rencontré seulement deux semaines plus tôt ? Il ne savait pratiquement rien d'elle. Mais cela ne voulait pas dire grand-chose. Il avait voulu épouser Catherine au bout de deux ans. Et pour quel résultat !

L'autre avantage de cette météo était que tout le personnel médical était présent. Tim l'avait aidé à panser le vieil homme qui était tombé dans sa cabine. Peter s'était chargé de la radio du coach, laquelle avait confirmé plusieurs côtes cassées. Un peu plus tard, Hugh dut examiner une passagère souffrant d'une fracture du poignet. Lisa s'occupa de poser le plâtre, de sorte qu'il ne la revit pas pendant quelque temps.

Il n'avait pas manqué de remarquer les regards perplexes qu'elle avait jetés dans sa direction à plusieurs reprises et il avait conscience de la distance croissante qui s'installait entre eux. Malheureusement, elle s'imposait à eux sans qu'il puisse la maîtriser et il détestait cela.

Lisa lui manquait déjà.

Toute l'équipe restait confinée à l'intérieur du centre médical et prenait les repas à tour de rôle en faisant appel au *room service*, ceci pour répondre à l'affluence des patients et aux urgences à différents endroits du navire.

Cet aménagement continuerait sans doute toute la nuit, même si on prévoyait une météo plus clémente quand le bateau arriverait en vue de Malaga le lendemain matin. Ils seraient épuisés en parvenant à destination.

Comme le reste de l'équipage, il bénéficierait de deux jours de congé avant d'embarquer pour une nouvelle croisière qui durerait trois semaines cette fois. Lisa rentrerait chez elle en Angleterre, retrouverait sa vie d'avant et commencerait ce nouveau travail qu'elle avait accepté.

Une vie où il n'aurait pas sa place. Mais avait-elle le temps pour une relation durable, étant donné que sa sœur était sa priorité ? Paradoxalement, l'une des qualités qu'il admirait chez Lisa était son dévouement. Elle était loyale, courageuse et attentionnée et si digne de confiance…

Il ne cessa de penser à elle durant toute la journée et, quand tard dans la nuit, il fut autorisé à prendre du repos, il ne put trouver le sommeil.

Las de s'agiter en vain, il décida d'aller s'offrir un café sur le pont. La mer était plus calme, heureusement. Dès que le bateau mouillerait dans le port de Malaga, l'activité reprendrait. Il faudrait organiser l'évacuation de certains passagers qui devaient recevoir des soins à l'hôpital local, comme la femme qui présentait une vilaine fracture du poignet. Mais en attendant…

Le bar sur le pont Lido était de nouveau ouvert et quelque chose poussa Hugh à y entrer.

— Un café, merci, dit-il.

— Je parie que vous avez été débordé, doc. On a essuyé une fichue tempête, pas vrai ?

— Oui, on peut le dire. Il valait mieux que le bar reste fermé hier. Vous avez connu suffisamment de mauvaises expériences, ici.

Hugh prit la tasse qu'on lui servait et décida de ne pas rester accoudé au bar. Le drame qui s'y était déroulé au début de la croisière faisait remonter d'autres souvenirs en lui, et il avait déjà l'esprit trop embrouillé pour les évoquer. Car c'était justement là qu'il avait vraiment commencé à travailler avec Lisa Phillips, quand, ensemble, ils avaient secouru Alex, victime d'un choc anaphylactique. Jamais il ne pourrait entrer dans ce bar sans repenser à ce soir-là.

Il gagna l'extrémité du pont et s'accouda au bastingage. De là, il pouvait observer l'intense activité qui régnait sur le pont inférieur, où des membres d'équipage commençaient le nettoyage malgré l'heure tardive. Tous les transats avaient été balayés par le vent et les vagues, et gisaient pêle-mêle dans un chaos indescriptible.

Bientôt, il aperçut quelqu'un qui se frayait un chemin

parmi le désordre. Une silhouette menue, vêtue d'un ciré jaune.

Lisa…

Que faisait-elle là ? Avait-elle reçu un appel pour une urgence ou voulait-elle seulement respirer l'air frais ?

Se penchant par-dessus la rambarde, Hugh fut tenté de l'appeler et de l'inviter à boire un café. Parce qu'il éprouvait le besoin de la savoir près de lui.

Cependant, comme il allait crier son nom, il vit Lisa se baisser pour ramasser quelque chose parmi les débris des transats enchevêtrés. C'était un portefeuille.

Hugh se trouvait bien au-dessus d'elle et il faisait nuit, mais Lisa se tenait directement sous une lampe. Il la vit ouvrir le portefeuille qui était bourré de billets puis palper la liasse comme pour en estimer sa valeur et l'étonnement se peignit sur ses traits. Immédiatement, elle jeta un coup d'œil autour d'elle.

Espérait-elle apercevoir le propriétaire ou voulait-elle s'assurer que personne ne la voyait ?

Non loin d'elle, se tenait un membre d'équipage, les bras chargés de transats pliés. Mais il marchait dans la direction inverse pour rejoindre ses collègues et ne la voyait pas. Jetant un dernier regard par-dessus son épaule, elle referma le portefeuille et le rangea dans la poche de son ciré.

Elle n'était pas en train de le voler, Hugh en était intimement convaincu. Elle voulait le porter à quelqu'un qui saurait comment retrouver le propriétaire.

Cette scène à laquelle il venait d'assister le laissait songeur. Il repensa à la conversation téléphonique qu'il avait surprise entre Lisa et sa sœur, mais aussi à son ex-fiancée qui n'en avait eu qu'après son argent et à sa propre souffrance quand elle lui avait brisé le cœur.

Cette blessure, il risquait bien de la revivre, s'il laissait son aventure avec Lisa aller trop loin. Et si ce n'était pas suffisant pour le convaincre d'en rester là avec elle, il y avait une chose qui était encore moins acceptable : Lisa allait être blessée, elle aussi. Certes, elle le serait de toute façon, mais il pouvait au moins limiter les dégâts… Pour la protéger, plus que pour se protéger lui-même. L'un et l'autre s'en remettraient parce que leur histoire n'aurait duré que le temps d'une croisière.

Ce n'était pas exactement la fin de croisière qu'elle avait imaginée, se dit Lisa à regret.

Elle était montée sur le pont dès l'aube, au moment où le bateau approchait du port de Malaga. Dans une heure environ, elle emprunterait la passerelle pour s'éloigner définitivement du poste le plus extraordinaire de tous ceux qu'elle avait occupés.

Et elle s'éloignerait du même coup de l'homme le plus fascinant de tous ceux qu'elle avait rencontrés…

Elle avait à peine revu Hugh depuis leur intervention dans la salle de fitness. Elle avait conscience d'un changement radical entre eux, mais n'en comprenait toujours pas la raison. À moins de s'être complètement trompée sur le genre d'homme qu'était Hugh Patterson ? Cette première impression qu'elle avait eue de lui était-elle la bonne finalement ? Était-il un de ces play-boys riches, insouciants et avides de conquêtes ?

Non, l'hypothèse ne tenait pas. Parce que Hugh était l'une des personnes les plus honnêtes et les plus bienveillantes qu'elle eût jamais rencontrée.

Justement… Voilà qu'il venait vers elle, constata-t-elle avec surprise. Ses traits séduisants n'exprimaient rien d'autre que cela. L'honnêteté et la bienveillance.

Elle avait conscience que ce qu'elle ressentait au fond d'elle-même se lisait sur son propre visage. La joie de le voir, mais aussi une certaine perplexité, parce qu'il avait tout fait jusque-là pour l'éviter. Elle ressentait le besoin de saisir cette dernière occasion d'être avec lui et, en même temps, la tristesse de savoir que ces moments seraient les derniers.

Peut-être Hugh était-il capable de lire tout cela, raison pour laquelle les mots étaient superflus. Dès qu'elle s'écarta du bastingage pour se tourner vers lui, il la prit simplement dans ses bras et l'embrassa passionnément.

Ce baiser était différent. Infiniment tendre et si bouleversant qu'il ressemblait à un baiser d'adieu.

Lisa sentit son cœur se serrer douloureusement.

Quelqu'un passa près d'eux et ils mirent fin à leur étreinte. Mais Lisa ne pouvait encore se résoudre à quitter le cercle de ses bras.

*Oh non, pas maintenant…*

Elle posa la tête au creux de l'épaule de Hugh, comme elle l'avait fait si souvent juste après l'amour, quand leur désir mutuel avait été rassasié, et ferma les yeux pour mieux savourer le plaisir de sentir ses bras solides autour d'elle.

— Le temps m'a paru long depuis la dernière fois que je t'ai vu, murmura-t-elle. Tu me manquais, Hugh.

— J'étais là-haut il y a quelques heures.

Sa voix contre son oreille lui parut lasse, presque triste.

— Je t'ai vue sur le pont. Tu ramassais quelque chose, ajouta-t-il.

— Hum… Quelqu'un a perdu un portefeuille à cause de la tempête. C'est fou les sommes que les gens peuvent garder sur eux.

Lisa n'avait aucune envie d'avoir ce genre de conversation. Il y avait des choses beaucoup plus importantes dont elle voulait parler. Lui demander si elle le reverrait ou non, par exemple.

— Je l'ai remis à la réception, ajouta-t-elle.

Il lui sembla que Hugh resserrait son étreinte autour d'elle. Au bout d'un moment, il la relâcha.

— Bien sûr, c'est ce que tu as fait.

Surprise par le timbre étrange de sa voix, elle releva la tête pour rencontrer son regard. Elle ne put interpréter ce qu'elle lut dans ses yeux sombres, mais cela ressemblait à de la tristesse ou… de la déception.

Ressentait-il la même chose qu'elle ? Sur le point de perdre une chose infiniment précieuse ? Prenant une profonde inspiration, elle fit appel à tout ce qu'elle avait de courage.

— Tu vas me manquer, Hugh, murmura-t-elle d'une voix mal assurée. Je… Je t'aime…

Il soutint son regard. Puis Lisa vit ses traits s'adoucir et il lui sourit.

— Tu me manqueras aussi, Lisa. Nous nous sommes bien amusés, n'est-ce pas ?

*Amusés ?*

Lisa déglutit péniblement. Il n'allait pas prononcer les mots qu'elle attendait ? Non, malheureusement. Parce qu'il ne partageait pas ses sentiments, qu'il s'était seulement *amusé…*

Les joues en feu, elle se sentait horriblement mortifiée tout à coup.

Hugh regarda au loin.

— Nous allons bientôt accoster. Notre croisière sera alors officiellement terminée.

Il ne parlait sans doute pas que de la croisière ! se dit Lisa, quelque chose en elle se nouant douloureusement. *Oh ! mon Dieu !* Elle venait d'avouer à cet homme qu'elle l'aimait, et il s'apprêtait à lui dire qu'il ne souhaitait pas la revoir.

— Je sais…, dit-elle très vite. Et il va bientôt être l'heure de se dire au revoir. Une histoire, le temps d'une croisière… C'est comme des amourettes de vacances, je suppose. Mieux vaut qu'elles restent un bon souvenir au lieu de vouloir en faire ce qu'elles ne sont pas.

*Oh…* Pourquoi essayait-elle de lui faciliter la tâche ? Mais ne voulait-elle pas plutôt rendre ce moment moins pénible pour elle ? S'en sortir la tête haute, avant qu'il ne remarque combien elle était dévastée ?

— Surtout pour des personnes comme toi et moi, répondit Hugh d'une voix qui semblait retenir un soupir de soulagement. Tu as un sens aigu de la famille et c'était compliqué pour toi d'être loin de ta sœur. Pour ma part, je ne pourrais jamais rester dans un endroit très longtemps.

*Ni avec une seule personne…*

Lisa n'eut aucun mal à deviner ce qu'il ne disait pas. D'ailleurs, elle l'avait su dès le début. Avait-elle vraiment cru qu'elle serait celle qui le ferait changer d'avis ?

Elle devait absolument s'éloigner maintenant.

— Je ferais mieux d'aller préparer mes bagages, dit-elle en s'efforçant de prendre un ton enjoué, comme si elle était impatiente à l'idée de rentrer chez elle. Je descendrai dire au revoir aux collègues avant de débarquer.

Hugh n'était pas au centre médical quand elle descendit faire ses adieux. Il avait eu l'intention d'être là, bien sûr – c'était la moindre des politesses –, mais il s'y était pris trop tard. Il était retourné dans le bar du pont Lido dès qu'il avait été relevé de sa garde.

— Un autre café, doc ?

— Non, merci. Je suis debout depuis si longtemps que je n'ai même pas l'impression que c'est le matin. Je vais prendre une coupe de champagne.

*Parce que, dans la défaite, on en avait besoin ?*

Sa coupe à la main, il se mit à contempler la foule des passagers qui quittait le navire. Brusquement, il se rendit compte qu'il était trop tard pour dire au revoir à Lisa Phillips. Parce qu'il venait de l'apercevoir sur le quai.

Oui, c'était bien elle… Tirant sa valise rouge derrière elle, elle se dirigeait vers l'aire de taxis.

Elle lui avait dit qu'elle l'aimait. À ce moment-là, il avait dû faire appel à toute sa volonté pour ne pas prononcer ces mêmes mots en retour. S'il l'avait fait, ils seraient restés dans les bras l'un de l'autre, à faire des projets pour un avenir en commun qui n'aurait jamais fonctionné. Il refusait catégoriquement de renoncer à cette vie de croisières qu'il s'était choisie et qu'il aimait. De son côté, Lisa ne voudrait jamais travailler sur les bateaux de façon permanente, parce que cela l'éloignerait de sa sœur qu'elle chérissait et qui avait besoin d'elle. Il ne pouvait rivaliser avec cela, même s'il savait que Lisa accepterait de le suivre sur les croisières s'il le lui demandait. Parce qu'elle l'aimait, il en était absolument sûr. Jamais il n'avait senti un tel degré de sincérité chez Catherine, la femme qu'il avait été prêt à épouser.

Et il aimait Lisa, raison pour laquelle il l'avait poussée à s'éloigner de lui. Lorsqu'on éprouvait ce genre d'amour, on faisait ce qui était mieux pour l'autre et non pour soi-même, n'est-ce pas ? Or, il ne demanderait jamais à Lisa de choisir entre sa sœur et lui. Elle avait beau être amoureuse, une partie d'elle-même serait malheureuse d'avoir abandonné sa sœur. Hugh se détesterait de lui causer cette peine et peut-être finirait-elle par le détester à son tour. D'un autre côté, s'il renonçait à la vie qu'il aimait pour vivre avec elle, il serait malheureux et le résultat serait le même.

Un mariage avec Lisa n'aurait jamais marché, se répéta-t-il. C'était donc mieux de se quitter ainsi, même si cette solution était terriblement difficile à accepter.

Il soupira et continua de la suivre des yeux. Il avait facilement reconnu sa silhouette gracile sur le quai, mais il savait qu'elle ne pouvait le repérer. Pourtant, il crut vraiment qu'elle l'avait vu, quand elle se détourna pour lever les yeux vers le bateau et qu'elle regarda longuement dans sa direction.

Hugh eut alors l'impression que son cœur se déchirait.

# 9.

Abby s'inquiétait de plus en plus au sujet de sa sœur. Elle comprenait que Lisa ait eu besoin d'une période d'adaptation après les deux semaines excitantes qu'elle avait passées sur le bateau de croisière. Il lui avait fallu aussi prendre ses marques dans son nouveau poste. Mais deux semaines s'étaient écoulées et, pour autant qu'Abby puisse en juger, cette nouvelle activité était une très mauvaise idée. Elle n'avait jamais vu Lisa si malheureuse.

Abby était passée chez le traiteur et apportait le dîner qu'elles partageraient, car elles avaient décrété que ce serait leur tradition hebdomadaire, maintenant qu'elles ne vivaient plus sous le même toit. Mais, de plus, elle avait un cadeau pour Lisa et elle espérait que cela lui remonterait le moral.

— Va poser le plat dans la cuisine, dit-elle en arrivant. Nous le réchaufferons tout à l'heure. Maintenant, viens t'asseoir dans le salon avec moi. Je t'ai apporté quelque chose.

Elle avait caché la surprise, un petit paquet plat, derrière son dos, au fond du fauteuil roulant. C'était un peu plus compliqué pour la bouteille qu'elle avait eu aussi l'idée d'apporter, mais celle-ci était calée sur le côté et elle la dissimulait sous son grand sac en toile.

— Tadam ! Cadeau pour toi, Liz ! s'exclama Abby en lui présentant le paquet.

Lisa défit l'emballage et se figea en découvrant ce qu'il contenait. Abby sentit son cœur sombrer comme une pierre.

— C'est ce café français, expliqua-t-elle. Celui dont tu m'as envoyé une photo. J'ai pensé que tu aimerais garder un joli souvenir de cet endroit romantique.

C'était la raison pour laquelle elle avait choisi un ravissant cadre en argent afin d'y glisser la photo de Lisa. Assise sous la vigne vierge, avec un magnifique panorama en arrière-plan, sa sœur tenait son verre comme pour porter un toast. En l'envoyant à Abby, elle avait ajouté en légende : « À une vie de rêve ! »

Abby avait eu pour objectif de faire revenir un peu de ce sourire joyeux sur le visage de sa sœur. Au lieu de quoi, Lisa fondit en larmes.

Manœuvrant en hâte son fauteuil, Abby mit le frein afin de se transférer sur le canapé et de prendre Lisa dans ses bras.

— Oh… Je suis désolée, ma chérie. J'ai fait une énorme gaffe, n'est-ce pas ?

— Ce n'est pas toi… Je… J'adore cette photo, répondit Lisa en faisant de vaillants efforts pour étouffer ses sanglots.

— Alors, c'est à cause de ton travail. Je sais que tu détestes ce nouveau boulot.

Lisa s'essuya les yeux.

— Ce n'est pas si mal, tu sais.

— Mais tu ne te plais pas, n'est-ce pas ?

— Je dois m'habituer, c'est tout. Être dans un bureau sans fenêtre au lieu de soigner des patients… Ce qui se rapproche le plus de mon métier d'infirmière, c'est quand j'aide la famille à remplir le formulaire de pré-admission ou quand je prends des rendez-vous médicaux pour les résidents qui ne peuvent pas être traités sur place.

— Oh ! c'est à mourir d'ennui ! Tu préférerais retourner sur un bateau de croisière ? demanda Abby. T'occuper de situations d'urgence, comme ce jeune homme qui avait cessé de respirer ? Et aller dans des endroits romantiques comme ce bistrot français ?

Mais Lisa secoua la tête d'un air si désespéré qu'Abby finit par deviner ce qu'elle ne disait pas.

— Oh… Tu as vraiment eu une aventure avec ce médecin si séduisant, c'est ça ? Ce qui explique pourquoi tu avais une mine si épanouie.

Lisa essuya une larme qui coulait lentement sur sa joue.

— C'était une très mauvaise idée. De plus, je savais comment il était. La première fois que je l'ai vu, il embrassait une femme ! Je n'ai aucune excuse.

— Il t'a trompée ? s'enquit Abby, interloquée.

Elle sentait un nœud de colère se former dans sa gorge. Quoi qu'il ait fait, ce type avait fait souffrir sa sœur, et cela, c'était impardonnable !

— On ne peut pas tromper quelqu'un tant qu'on n'est pas dans une relation avec cette personne, répondit Lisa avec bon sens. Et c'était le cas. Nous savions l'un comme l'autre que cela ne durerait que le temps de la croisière. Et, non, je sais qu'il ne s'intéressait à personne d'autre pendant qu'il était avec moi. Simplement, il a cessé complètement de s'intéresser à moi à la fin. Comme si ce qu'il y avait entre nous n'avait jamais compté, n'avait même pas eu un peu de valeur…

Elle ferma hermétiquement les paupières pour essayer de contenir d'autres larmes, et Abby se sentit terriblement impuissante face à sa détresse.

— Tu es tombée amoureuse, n'est-ce pas ? demanda-t-elle doucement. C'était le premier qui n'était pas ennuyeux et il t'a brisé le cœur.

Lisa acquiesça.

— C'est entièrement ma faute. Je savais que ce n'était

pas raisonnable, que je jouais avec le feu et que je risquais de m'y brûler. C'est… exactement ce qui s'est passé.

— Il faut être deux pour ça, commenta Abby.

— Mais il n'y avait aucune chance que cela aille plus loin et nous le savions. Dans le café, ce jour-là, dit Lisa en baissant les yeux vers la photo qu'elle tenait sur les genoux, nous avions décidé d'être amis, même si nous étions totalement différents. Mais plus tard il m'a fait rire quand j'avais le moral dans les chaussettes.

Abby hocha la tête, l'air pensif.

— Oui, ça peut venir comme ça, je suppose. C'est fou, ce pouvoir qu'ont certaines personnes.

— Elles souhaitent que l'autre aille mieux et ça se sent. Il faut aussi une attirance pour que ça fonctionne.

— Hum… Tu as peut-être raison.

Abby fronça brusquement les sourcils.

— Pourquoi étais-tu si mal, au fait ?

— Nous avions perdu un patient, ce soir-là. Un homme qui était en voyage de noces a fait un arrêt cardiaque. Pendant presque une heure, nous avons essayé de le ranimer, mais c'était si grave que nous n'avions aucune chance.

Abby écarquilla les yeux.

— Tu ne m'as jamais dit ça.

— Tu venais de vivre une sale journée, toi aussi. C'était le jour où un patient t'a prise pour une personne en attente de soins au lieu de sa thérapeute.

— Oh… Alors, tu étais déjà déprimée et je me suis déchargée de mes misères sur toi ? Tu as passé ton temps à essayer de me remonter le moral, mais tu ne m'as rien dit de tes problèmes et je ne pouvais pas te réconforter de mon côté.

Abby était en colère, à présent.

— Tu sais comment je me sens d'avoir fait ça ?

Elle tendit le bras vers son fauteuil pour le rapprocher, avec l'intention de quitter le canapé pour s'éloigner de

Lisa avant qu'elles n'entament une dispute qui gâcherait la soirée.

— Ce type, comment s'appelle-t-il ? s'enquit-elle d'une voix bourrue.

— Hugh…, répondit Lisa dans un souffle.

— Eh bien, ce Hugh n'est qu'un salaud, si tu veux mon avis. Et tu fais bien de mettre le plus de distance possible entre toi et lui. Bon sang ! J'aimerais bien lui dire ce que je pense à celui-là !

Il lui était impossible de se rasseoir dans le fauteuil sans ôter son sac de l'assise et… la bouteille de champagne. Abby voulut la dissimuler discrètement, mais il était trop tard. Sa sœur qui l'avait vue se remit à pleurer. À cette différence près que Lisa riait à travers ses larmes, cette fois.

Brusquement, la perspective d'une dispute s'évanouit. Lisa la prit dans ses bras et la serra à l'étouffer.

— Comment le savais-tu ? demanda-t-elle quand elles se séparèrent.

— Qu'est-ce que je devrais savoir ?

— Que, dans la défaite, on a besoin de champagne.

— Liz, de quoi parles-tu ? dit Abby, interloquée.

Lisa se leva.

— Je vais chercher les verres. Après quoi, je te ferai un petit cours d'histoire sur Napoléon Bonaparte.

— Je suis ravie de te voir, Hugh. Ou plutôt, je le serais si tu ne faisais pas cette tête.

— Tu veux dire que j'ai l'air plus vieux ? dit Hugh en haussant les épaules. C'est la fin d'une croisière de trois semaines et nous avons eu des passagers pénibles. Hypocondriaques et exigeants, pour la plupart.

Il avait beaucoup moins apprécié ces trois semaines, mais c'était peut-être dû au fait que la précédente croisière l'avait enchanté. Il l'avait partagée avec Lisa et tout lui avait paru nouveau, plus chargé de sens et d'émotion. Oui, tout, même le sexe.

Mais il avait eu raison de la laisser retourner à sa vie sans les complications qui n'auraient pas manqué de survenir s'ils avaient poursuivi leur liaison. Lisa n'était pas le genre de femme qui aurait été ravie de le retrouver juste le temps d'un après-midi, quand il avait l'occasion de passer à Londres. Elle méritait qu'on lui offre la loyauté et le dévouement qu'elle-même donnait à ceux qu'elle aimait. Comme à Abby qui – elle l'avait dit elle-même – était la personne la plus importante dans sa vie.

Lui aussi était retourné au style de vie auquel il était habitué et qui lui convenait parfaitement depuis deux ans. Mais cela avait été difficile. Il avait attendu impatiemment de s'offrir un après-midi de détente avec Carlotta à Barcelone, mais le cœur n'y était pas. Peut-être avait-il juste besoin de l'embrasser pour que la magie opère et vienne le tirer de sa tristesse.

Il leva la main pour héler le serveur et réclamer l'addition de leur déjeuner. Ensuite, il emmènerait Carlotta dans un endroit plus approprié pour savourer un moment d'intimité.

Il lui offrit un sourire qu'il espérait charmeur, mais il se sentait vaguement mal à l'aise de la duper ainsi.

— Toi, en revanche, tu es plus belle que jamais, Carlotta. Si nous allions dans un endroit plus confortable ?

— Bien sûr, mais… Tu ne veux pas finir ton verre avant ?

Hugh secoua la tête.

— Je pense que je me suis lassé du champagne.

Dans son esprit, trop de souvenirs restaient associés à ce vin. Le problème était que chacun d'eux concernait Lisa Phillips. Des souvenirs heureux, comme ce mélange de plaisir et d'étonnement sur son visage quand elle avait testé le délicieux vin doré, quand elle avait admiré une vue splendide ou dégusté un repas typique… Ou quand elle avait joui entre ses bras.

Une chaleur intense l'envahit et il eut l'impression d'étouffer. Le col de sa chemise était ouvert, mais il ressentait un besoin urgent de respirer l'air frais.

Était-il en train de rougir comme Lisa lorsqu'elle était embarrassée ? Il se rappelait ses joues empourprées quand elle lui avait dit qu'elle l'aimait. Et il n'avait pas répondu qu'il l'aimait aussi…

Il l'avait blessée, et ce souvenir-là était douloureux.

Se levant, il laissa quelques billets sur la table et, posant une main au creux des reins de Carlotta, il escorta la jeune femme à travers le restaurant.

Une fois dehors, elle lui passa un bras autour de la taille, et Hugh s'arrêta pour se tourner vers elle. Elle lui caressa la joue et leva son visage vers le sien pour l'embrasser, mais il s'écarta.

— Je suis désolé. Mais je ne peux pas… Je ne sais pas ce qui m'arrive aujourd'hui.

— Je pense que je le sais, répondit-elle avec un sourire entendu. J'ignore de qui il s'agit, mais tu es enfin tombé amoureux.

Il secoua la tête, la mine sombre.

— Aucun risque. J'ai commis cette erreur une fois et je l'ai payé cher. Je ne serai pas assez stupide pour recommencer.

Carlotta le regarda d'un air compatissant.

— Hugh… Ce n'est pas une chose que tu peux empêcher. Tu peux lutter contre tes sentiments, bien sûr, les fuir même, mais tu risques peut-être de commettre une erreur plus grave encore que la première fois quand tu as choisi la mauvaise personne.

De nouveau, elle lui toucha la joue avant de s'éloigner en agitant la main.

— Merci pour le déjeuner, Hugh. Et bonne chance…

Il se rendit compte qu'il n'était pas très loin du port. En dépit de la chaleur, il se mit à marcher d'un pas rapide pour rejoindre le bateau.

Simon était à son poste au pied de la passerelle, même si aujourd'hui il n'accueillait à bord que des membres d'équipage. Tous les passagers de la croisière avaient débarqué le matin même.

— Hé, Hugh… Comment ça va ? Content de ta journée de congé ?

— J'en ai même plusieurs, cette fois. Je vais prendre l'avion pour Londres et rendre visite à ma famille.

Quand il eut atteint l'atrium désert où le piano de Harry restait silencieux, l'idée de quitter le navire pour quelques jours lui parut soudain si séduisante qu'il se dirigea directement vers les bureaux d'information. Il savait qu'il pouvait compter sur Sally pour l'aider à organiser son voyage. Elle avait une longue expérience des croisières et répondait avec efficacité à toutes les demandes de renseignements.

Il n'était pas le seul en quête d'informations, découvrit-il. Le commandant de bord se tenait devant le comptoir et, en s'approchant, Hugh fut stupéfait d'entendre ce qu'il disait.

— Je suis sûr qu'elle s'appelait Lisa. Elle portait une blouse sous son ciré, donc je suppose qu'elle travaillait au centre médical. C'était la nuit de la tempête…

— Oh ! je me rappelle, répondit Sally. Quelle tempête en effet ! Attendez, je vais regarder si je peux retrouver de qui il s'agit.

— C'est Lisa Phillips, intervint Hugh. Elle était juste infirmière remplaçante et n'a participé qu'à cette croisière.

Il avait dit « juste » ? Mais Lisa ne serait jamais *juste* ceci ou cela ! C'était une personne extraordinaire, voilà ce qu'elle était ! Et Carlotta avait raison… Il était amoureux d'elle. Lisa l'aimait et avait eu le courage de lui avouer, mais il l'avait rejetée. Même s'il avait pensé avoir de bonnes raisons le faire, il s'était comporté de façon horrible envers elle et il ne lui avait même pas dit au revoir.

— Écoutez, j'ai besoin d'avoir son adresse, dit le commandant. J'ai un joli chèque à lui faire suivre.

Hugh était surpris et Sally semblait curieuse, elle aussi.

— Un chèque ? Pour quelle raison ? s'enquit-elle.

— Un passager a perdu son portefeuille pendant la tempête. C'est Lisa qui l'a trouvé et elle m'a demandé où était le poste de sécurité et si un agent voulait se charger de le rapporter. Je lui ai dit que je le ferais pour elle. Nous avons pu retrouver le propriétaire et, une fois de retour chez lui, il était si ému qu'on lui ait rapporté son bien qui contenait une belle somme qu'il a pensé qu'une personne si honnête méritait une récompense.

Hugh sentit son souffle se bloquer dans sa gorge. Lisa méritait aussi des excuses de sa part, et il avait là un prétexte parfait pour la revoir.

Il s'éclaircit la gorge.

— Je suis sur le point de me rendre à Londres pour un jour ou deux. Je pourrais lui remettre ce chèque personnellement, si elle n'habite pas trop loin…

— Excellente idée, dit le commandant en lui tendant l'enveloppe. Achetez des fleurs en même temps et dites-lui que tout l'équipage a apprécié son honnêteté. Notre réputation s'en trouve grandie.

Sally ébaucha un large sourire.

— Je vous trouve son adresse tout de suite. Oh ! docteur, comme j'aimerais être une petite souris pour voir sa réaction quand vous sonnerez à sa porte ! Elle va être folle de joie, j'imagine.

Abby toisa l'homme qui se tenait sur le pas de la porte d'un regard hostile. Il voulut se présenter, mais elle l'interrompit sèchement.

— Je sais qui vous êtes et vous n'êtes pas le bienvenu ici. Lisa travaille tard aujourd'hui, mais même si elle était à la maison, elle ne voudrait pas vous voir.

En parlant, elle ne put s'empêcher de remarquer que ce médecin de bord était nettement plus séduisant en vrai que sur la photo du site Internet de la compagnie. Il tenait un énorme bouquet de fleurs et il y avait une lueur d'inquiétude au fond de son regard brun.

Les fleurs et l'homme étaient de plus en plus mouillés sous la pluie battante.

*Tant pis, qu'il aille au diable !*

Puis Abby se ravisa. Renvoyer aussitôt ce visiteur inattendu n'était peut-être pas la meilleure chose à faire. N'était-ce pas l'occasion qu'elle attendait de lui dire ce qu'elle pensait de la façon dont il avait traité sa sœur ?

— Vous feriez mieux d'entrer une minute, dit-elle d'un ton dur. Aucune envie que ces fleurs gouttent sur mes genoux.

Puis elle fit pivoter son fauteuil roulant et se dirigea vers la cuisine.

— Mettez-les dans l'évier. Je m'en occuperai plus tard.

Il s'exécuta, et Abby en conçut une intense satisfaction. Mais l'homme se tourna vers elle et le sourire amusé qu'il lui offrit la désarçonna.

— Et moi qui pensais que Lisa était la plus autoritaire des deux !

Abby ne peut retenir un rire bref.

— C'est vrai, dit-elle. Ce n'est pas dans mon tempérament d'être si dure, mais… Je ne vous aime pas ! Vous avez rendu Lisa malheureuse.

— J'en suis sincèrement désolé. Ceci devrait lui

remonter le moral, répondit Hugh en sortant de sa poche une enveloppe qu'il lui tendit.

Abby l'ouvrit et resta ébahie en découvrant le montant inscrit sur le chèque. Quand Hugh lui eut expliqué à quoi il correspondait, elle sentit une boule d'émotion lui nouer la gorge.

— Elle a accepté ce poste sur la croisière parce qu'elle avait désespérément besoin d'argent, expliqua-t-elle. À cause de *moi*… Elle a obtenu un prêt pour faire modifier la voiture afin que je puisse la conduire, mais elle avait un mal fou à rembourser, d'autant plus qu'il lui fallait trouver un autre emploi parce qu'elle venait d'être licenciée. J'ai ouvert une lettre de la banque pendant que Lisa était sur la croisière. Une lettre vraiment menaçante qui faisait froid dans le dos…

Abby remit le chèque dans l'enveloppe pour que Lisa ait la surprise en rentrant.

— Je ne devrais pas vous raconter tout ça, ajouta-t-elle. Mais je suppose que, si ma sœur est malheureuse aujourd'hui, c'est autant ma faute que la vôtre.

Il ne répondit pas, mais quand Abby leva les yeux, elle constata qu'il l'écoutait avec beaucoup d'attention. Il semblait même inquiet pour elle, comme s'il devinait qu'elle était sur le point de fondre en larmes.

— Vous feriez mieux de vous asseoir, dit-elle d'un ton radouci. Voulez-vous une tasse de thé ?

Peu après, comme elle posait un mug de thé sur la table de la cuisine devant Hugh, elle demanda :

— Elle vous a parlé de moi, n'est-ce pas ?

Hugh hocha la tête.

— Je sais que vous avez eu un accident quand vous étiez très jeune et que vous êtes restée paraplégique depuis. Votre sœur a six ans de plus que vous, elle vous est totalement dévouée et se fait du souci à votre sujet maintenant que vous ne vivez plus sous le même toit.

— Vous savez aussi qu'elle est ma demi-sœur ?

— Oui, elle me l'a dit. Et elle a ajouté qu'elle vous adorait.

— Mais Lisa n'a pas dû vous raconter que nous avions des pères différents parce que notre mère était alcoolique et qu'elle se droguait, de sorte que ses relations amoureuses ne duraient pas. Savez-vous aussi qu'elle m'a servi de mère à la place de notre mère alors qu'elle n'était elle-même qu'une gamine ? Et qu'elle s'en veut toujours pour mon accident parce qu'elle ne me tenait pas la main assez fermement et que je me suis sauvée sur la rue ?

De nouveau, Hugh garda le silence. Il donnait l'impression de ne pas trouver les mots dont il avait besoin. Mais Abby n'était pas disposée à lui faciliter la tâche.

— Toute sa vie, elle m'a donné la priorité, reprit-elle en maîtrisant son émotion. Elle l'a fait par amour, mais aussi parce qu'elle se sent coupable, et c'est une chose que j'ai beaucoup de mal à supporter. Elle était si petite, elle aussi. Elle n'a pas à se reprocher quoi que ce soit dans ce qui m'est arrivé. Il n'empêche qu'elle a choisi de devenir infirmière pour ne pas avoir à s'éloigner de la maison. Elle voulait devenir médecin, mais la faculté de médecine était beaucoup trop loin, raison pour laquelle elle a suivi une formation d'infirmière dans notre ville.

— Je supposais que c'était ce qui s'était passé, dit Hugh.

— Elle n'allait jamais dans les boums quand elle était ado, ne dépensait pas d'argent pour elle et n'a jamais pris le temps de voyager. Et je suis sûre qu'elle choisissait ses petits amis parce qu'ils étaient raisonnables et sécurisants et qu'ils ne bousculaient pas sa vie. Je ne crois pas non plus qu'elle ait été amoureuse une seule fois. Du moins jusqu'à maintenant… Ce qui veut dire qu'elle a le cœur brisé pour la première fois et… et même si c'est à cause de moi qu'elle vous a rencontré, tout cela est absolument *votre faute !*

Hugh hocha la tête d'un air grave.

— Je n'en suis pas à mon premier chagrin d'amour, pourtant, j'ai l'impression que c'est ma première expérience. Et, en effet, tout est ma faute, je ne vais pas vous contredire là-dessus. J'ai gâché la plus belle rencontre que j'aie jamais faite et je me sens impuissant maintenant. Je suis sûr aussi que vous avez raison en disant que Lisa refuse de me voir.

Abby le regarda avec stupéfaction.

— Êtes-vous en train de me dire ce à quoi je pense ? dit-elle en fouillant son regard pour sonder sa sincérité. Vous êtes amoureux de Liz ? Que vous voulez *vraiment* être avec elle ?

— Oui, et pour le reste de ma vie. Je n'ai jamais rencontré une personne comme votre sœur. D'ailleurs, je ne pense pas qu'il en existe une autre qui irradie de bonheur quand elle est heureuse, à l'instar de Lisa. J'aimerais qu'elle le soit toute sa vie et je veux être celui qui lui donnera un peu de ce bonheur.

— Oh ! mon Dieu ! s'exclama Abby en sentant une larme rouler sur sa joue. C'est exactement ce que je souhaite pour elle, moi aussi.

Mais Hugh n'en avait pas terminé.

— Je me rends compte qu'être avec Lisa est plus important pour moi qu'un style de vie qui n'est pas compatible avec un avenir à deux à long terme. Et je comprends combien vous êtes importante pour elle, ce que je respecte totalement. Je suis ravi qu'elle vous aime autant.

Bouleversée, Abby s'essuya les yeux.

— Je suis parfaitement capable de m'assumer et d'être indépendante, vous savez. Je l'ai dit à Lisa. Je lui ai dit aussi que si elle veut accepter un poste sur un bateau à la place de ce travail qu'elle déteste tant ici, il n'y a aucun problème. Elle me manquera, mais pour le reste je me débrouille très bien.

Abby esquissa un sourire tremblant avant d'ajouter :

— Vous me feriez une faveur si vous la persuadiez de partir voguer avec vous pour une longue croisière. Vous pourriez toujours vous fixer quelque part ensuite.

— Je ne me sens pas capable de faire ça, déclara Hugh en secouant la tête. Votre sœur est une femme déterminée et je l'ai blessée. Il me faudrait beaucoup plus qu'un gros chèque et des fleurs pour l'amener seulement à m'écouter.

— Hum…

Abby n'avait plus aucun doute à présent sur la sincérité de Hugh Patterson. Elle comprenait aussi que sa sœur soit tombée amoureuse de cet homme. Mais il avait raison, Lisa pensait avoir joué avec le feu et elle n'allait pas risquer de se brûler une seconde fois.

Son regard s'attarda sur le bouquet posé dans l'évier, puis plus haut, sur le rebord de la fenêtre, où Lisa avait placé le cadre qu'elle lui avait offert la semaine précédente.

Lentement, elle se tourna vers son visiteur en s'efforçant de contenir le sourire malicieux qui lui montait aux lèvres.

— Je crois que j'ai une idée.

# 10.

— Je n'arrive pas à croire que tu aies réussi à me convaincre de venir ici, déclara Lisa.

— Chut ! Je suis occupée.

Lisa ne put s'empêcher de sourire en voyant l'expression de sa sœur. Abby gardait les yeux clos et son visage reflétait la félicité.

— Hum… Tu n'as pas l'air si occupé.

— Oh ! si ! C'est toute une histoire, tu sais, de vivre un rêve.

— Je sais…

Lisa s'interrompit, la gorge nouée par l'émotion. Car c'était exactement ce qu'elle avait rêvé de faire connaître à sa sœur quelques semaines plus tôt. L'amener jusqu'à cet endroit, l'installer à la même table de terrasse, celle qui offrait la meilleure vue.

Pourtant, elle n'avait rien voulu savoir au début, même après l'incroyable coup de chance d'Abby qui avait gagné un week-end dans le sud de la France en participant à un jeu à la radio. Et l'énorme récompense qu'un livreur avait apportée en son absence, en même temps qu'un bouquet de la part du commandant du bateau, ne l'avaient pas décidée davantage. Elle avait même enlevé la photo du rebord de la fenêtre et l'avait rangée dans un tiroir pour ne plus songer à cette croisière.

— C'est le dernier endroit où j'ai envie de mettre les

pieds, avait-elle déclaré. Je ne comprends pas comment tu oses me demander ça !

— Liz, vous ne sortiez même pas ensemble à ce moment-là, lui avait fait remarquer Abby. C'était avant que tu tombes amoureuse de Hugh, rappelle-toi. Vous étiez là-bas en tant qu'amis et tu as l'air si heureuse sur la photo. Ça t'aidera peut-être.

— Comment ?

— Oh ! je ne sais pas… Imagine que c'est comme une restauration sur ordinateur. Tu choisis une époque où tout allait bien et tu retrouves le cadre d'avant. S'il te plaît, fais ça pour moi.

Le visage d'Abby avait été suppliant et, bien sûr, Lisa avait fini par céder. Du reste, quand lui avait-elle refusé quelque chose qu'elle désirait si ardemment ?

Elle avait même permis à sa sœur de décider de ce qu'elle porterait. Une jolie robe d'été rouge à petites fleurs blanches, des sandales et une fleur piquée dans ses boucles rousses…

À cet instant, Abby rouvrit les yeux et Lisa reporta son attention sur sa cadette.

— On ne nous a pas encore apporté le champagne ? demanda Abby.

— Détends-toi. On va nous le servir dans une minute, j'en suis sûre. Et nous avons tout le temps. La voiture ne va pas revenir nous chercher avant plusieurs heures. As-tu déjà choisi ce que tu voulais manger ?

— J'ai encore besoin de réfléchir, dit Abby en consultant de nouveau le menu. Tout a l'air délicieux. Mais avant, je vais me rendre aux toilettes.

— Oh ! bien sûr…

Lisa repoussa sa chaise qui racla le sol en pierre.

— Tu veux y aller aussi ? s'enquit Abby en haussant les sourcils.

— Non… Je pensais…

Lisa laissa échapper un soupir et se rassit.

— Je suis désolée.

— Aucun problème, répondit Abby en lui adressant un sourire conciliant. Si je n'avais pas déjà vérifié qu'ils avaient des toilettes pour handicapés, je t'aurais été reconnaissante de m'accompagner. Mais je peux parfaitement me débrouiller. Alors, c'est toi qui vas te détendre, mon chou. Je reviens tout de suite.

Lisa regarda sa sœur manœuvrer adroitement son fauteuil entre les tables et gagner l'intérieur du café. Son anxiété s'atténuait peu à peu. Abby avait fait le voyage dans de bonnes conditions et savourait avec enthousiasme ce bref séjour et tout ce qu'il comportait. Car non seulement elles étaient logées dans un hôtel luxueux de Nice, mais une voiture avec chauffeur était à leur disposition pour les visites qu'elles souhaitaient faire.

Lisa pouvait donc se sentir rassurée. Il faisait plus chaud que la dernière fois qu'elle était venue jusqu'à ce petit café et la brise caressante qui agitait les arbres était bienvenue, comme l'ombre que procurait la pergola couverte de vigne vierge. Les jeux de lumière entre les feuilles créaient des effets charmants qui diluaient un peu la vue, mais elle distinguait néanmoins un serveur près du bar qui plaçait une bouteille dans un seau d'eau glacé.

Leur champagne ? Elle espérait qu'Abby reviendrait à temps pour voir le serveur la déboucher car le bruit du bouchon qui saute faisait partie de la magie, n'est-ce pas ?

Du moins, il en avait été ainsi la dernière fois… *Sa première fois.*

Du coin de l'œil, Lisa vit le serveur approcher, portant seau à glace et flûtes sur un plateau.

Il lui fut impossible de ne pas laisser son esprit dériver. L'effet délicieux des bulles qui explosaient dans sa bouche en une sensation glacée… Rouvrir les yeux et rencontrer le regard intense de Hugh posé sur elle… Il l'avait contemplée ainsi quand ils avaient fait l'amour…

Elle entendait encore l'écho de sa voix : « Je savais que ça vous ferait cet effet-là. » Une intonation heureuse avait ponctué ses mots parce qu'elle avait été si heureuse elle-même.

*Arrête ! Tu ne vas pas te mettre à pleurer maintenant.*

Ce moment était pour Abby et elle n'allait pas le gâcher. Mais où était sa sœur ? Elle était partie depuis un bon moment déjà. Avait-elle besoin d'aide finalement ?

Lisa se pencha pour voir si elle apparaissait derrière le serveur.

— Ne t'inquiète pas. Elle va bien.

*Oh ! mon Dieu ! Cette voix…*

Se croyant en proie à une hallucination, Lisa leva les yeux.

*Hugh ?*

Il était bien là, un sourire rassurant aux lèvres. Il déboucha la bouteille le plus naturellement du monde, et le bruit du bouchon qui sautait la fit tressaillir violemment.

— Ça faisait partie du plan, dit-il.

Puis son sourire disparut, et il se glissa sur la chaise en face d'elle.

— Lisa, je me suis comporté comme le pire des imbéciles, reprit-il d'une voix douce. Crois-tu que tu pourras me pardonner ?

Lisa était incapable de réagir. Des émotions puissantes la submergeaient. Elle devait sûrement ressembler à une statue de pierre.

En même temps, elle se sentait l'objet d'une incroyable machination. Pour elle qui avait toujours su garder le contrôle de la situation en toutes circonstances, l'idée était assez désagréable. Dire que la sœur qu'elle chérissait avait comploté contre elle et avait gardé le secret…

Déroutée, elle eut envie de fuir tout à coup. Mais quelque

chose d'autre naissait en elle, une étincelle précieuse qui ressemblait à de l'espoir et qui prenait rapidement le relais de ses autres émotions.

— Qui… Qui a eu cette idée ? demanda-t-elle quand elle fut enfin capable de parler.

— C'est Abby. Et j'ai trouvé l'idée géniale. Sais-tu pourquoi ?

— Non… Pourquoi ? dit-elle gauchement.

Elle avait beaucoup de questions à lui poser, comme de savoir comment et pourquoi Abby avait manigancé avec Hugh. Mais ces réponses-là attendraient. Il y avait quelque chose d'urgent dans les yeux bruns fascinants qui la fixaient. De toute évidence, ce que Hugh avait à lui dire était important.

— Parce que c'est ici que tu as goûté ta première gorgée de champagne et que j'ai vu une joie sublime sur ton visage. Et, même si je ne m'en suis pas rendu compte à l'époque, c'est à ce moment-là que je suis tombé amoureux de toi, Lisa.

*Oh !*

La précieuse étincelle jaillit du fond d'elle-même, se muant en une flamme si claire et si éclatante qu'elle reléguait dans l'ombre toutes ses pensées pénibles.

— J'ai dit à Abby combien j'étais amoureux de toi, poursuivit Hugh. Je veux toujours revoir cette même joie sur ton visage et je suis prêt à tout pour te donner ça.

La voix de Hugh était rauque d'émotion. Néanmoins, il reprit :

— Sais-tu ce qu'Abby m'a répondu ?

La gorge nouée, Lisa secoua la tête, incapable d'articuler un son.

— Elle m'a dit que c'était exactement ce qu'elle souhaitait pour toi. Ta sœur et moi, nous sommes amis pour la vie maintenant.

— Oh…

Cette fois, Lisa fut incapable d'arrêter les larmes qui la submergeaient.

— Elle a aussi parlé du passé, dit Hugh avec douceur. Comment tu étais si déterminée à t'occuper d'elle et à assurer sa sécurité tout en te sentant horriblement coupable de ce qui lui était arrivé, même si ça n'était pas ta faute.

— Mais si, murmura Lisa à travers ses larmes.

Elle déglutit péniblement. Hugh ne savait pas toute la vérité, ce qu'elle avait vraiment fait ce jour-là.

— Il y avait une poupée magnifique dans la vitrine du marchand de jouets. Je la regardais avec envie et je rêvais d'avoir ses beaux cheveux blonds bouclés. J'admirais cette poupée et… j'ai lâché la main d'Abby.

— Non, ma chérie, tu ne l'as pas lâchée. Abby tirait parce qu'elle voulait courir. Sa réaction t'a surprise, c'est tout. Du reste, tu étais encore si petite. On n'aurait jamais dû te donner cette responsabilité. Tu en avais déjà trop pour ton âge et tu as endossé ce rôle de bonne grâce et avec une détermination incroyable. Ne crois-tu pas qu'il est temps de pardonner à la petite Lisa que tu étais ? Et d'arrêter de t'interdire les bonnes choses de la vie ? Je sais que tu as décidé il y a très longtemps que tu ne les méritais pas.

Lisa écarquilla les yeux. Comment Hugh pouvait-il savoir ces choses-là sur elle, alors qu'elle-même s'était à peine posé ces questions ?

— Tu as le droit de te faire plaisir, affirma-t-il. De profiter de tout ce qui te donne un sentiment de bien-être ou d'être aimée.

Il prit la bouteille et remplit une des flûtes, mais, au moment de lui tendre le verre, il la contempla d'un regard ardent.

— Des choses comme boire du champagne, ajouta-t-il en lui effleurant les doigts au moment où Lisa s'emparait de la flûte. Ou faire l'amour…

Il avait baissé la voix sur ces derniers mots pour qu'elle fût la seule à les entendre.

*Oh là là...* Tous les clients attablés autour d'eux devaient remarquer le rouge qui lui montait aux joues. Mais un tel bonheur était irrésistible, n'est-ce pas ? Et si terrifiant en même temps.

— Je sais, dit Hugh en souriant comme s'il avait lu dans ses pensées. C'est effrayant. Raison pour laquelle j'ai agi comme un idiot. Je me suis servi d'une mauvaise expérience passée comme d'un bouclier pour être sûr de ne jamais refaire ce genre d'erreur. Quand j'ai compris que tu devenais trop importante dans ma vie, j'ai brandi ce bouclier. Je savais que tu me manquerais, mais je pensais m'en remettre après ton départ. Seulement...

— Seulement quoi ? dit Lisa en sentant un sourire jouer sur ses lèvres.

Hugh inspira profondément.

— En fait, tu me manquais chaque jour davantage. Alors, j'ai décidé de suivre mon instinct et de te faire confiance. Comme tu l'as fait en avouant que tu m'aimais. Je suis désolé d'avoir si mal réagi. Je n'étais pas prêt, c'est tout...

Lisa acquiesça. Elle comprenait parfaitement combien il était difficile de faire confiance. À son tour, elle voulut être tout à fait honnête.

— Hugh, toutes ces choses dont j'avais envie de profiter, je m'en méfiais. Ce n'était que des distractions et c'est ce qui les rendait dangereuses.

— À cause de cette poupée, n'est-ce pas ? Lisa, tu seras toujours en sécurité avec moi. Je t'aime... Peux-tu me croire et prendre le risque de sauter dans l'inconnu ?

Lisa déglutit avec peine.

— Tu veux bien tenir ma main ? Pour que nous fassions ce grand pas ensemble ?

Il prit ses mains dans les siennes.

— Toujours, mon amour.

Un long moment, ils goûtèrent ce contact. Plus tard, il y aurait une autre connexion plus intime, plus charnelle, mais pour l'instant leurs doigts enlacés leur suffisaient. Quant au regard qu'ils échangeaient, il était si intense, si vibrant qu'il les atteignait jusqu'à l'âme.

Bientôt, pourtant, il fallut briser la magie, car une célébration s'imposait. Hugh remplit la seconde flûte avant d'en sortir une troisième de la poche intérieure de sa veste. Puis, se tournant vers l'entrée du café, il ébaucha un hochement de tête qui ressemblait à un signal.

Quelques secondes plus tard, Abby roulait son fauteuil dans leur direction, un sourire radieux aux lèvres.

— Alors, ça y est ? lança-t-elle à Hugh avec excitation. Tu l'as demandée en mariage ?

— Non, dit-il en lui tendant une flûte de champagne. J'ai oublié cette partie.

Abby posa son verre.

— Pas de champagne tant que tu n'es pas allé jusqu'au bout. Allez !

— Abby ! Tu ne peux pas parler comme ça, dit Lisa.

— Mais ça faisait partie du plan ! protesta sa sœur.

— C'est vrai, assura Hugh. Et j'avais tout préparé, sauf la bague. Parce que je voudrais que tu choisisses vraiment celle dont tu as envie. Mais je viens de rater le moment parfait, n'est-ce pas ?

— Il n'est pas trop tard, dit Abby. Ne faites pas attention à moi. Je dois relire le menu de toute façon.

— Hugh, tu n'es pas obligé de faire ce qu'elle dit, intervint Lisa en souriant.

La mine soudain grave, Hugh plongea son regard dans le sien.

— Nous ne nous sommes pas vraiment dit au revoir le dernier jour de la croisière.

— Non…, répondit-elle dans un souffle.

Lisa ne voulait pas évoquer ce souvenir pénible. Elle avait eu le cœur brisé en s'éloignant de lui.

— Il y avait une bonne raison à ça, même si aucun de nous n'en avait conscience sur le moment, dit-il en reprenant sa main. Je ne veux jamais te dire au revoir, Lisa Phillips. Je te veux dans ma vie chaque jour pour le temps qu'il me reste. Veux-tu devenir ma femme ?

Lisa se sentait prête à faire ce pas. Oui, sans hésitation, parce que Hugh serait toujours auprès d'elle.

— Oui, murmura-t-elle d'une voix émue.

— Je n'ai pas entendu, dit Abby en levant les yeux du menu.

— Oui, répéta Lisa en haussant le ton.

Elle riait à présent, et Hugh l'imita.

— Oui, oui, *oui*…

# Épilogue

Deux ans plus tard…

Lisa sourit en entendant sauter le bouchon de champagne. Elle ne se lasserait jamais de ce bruit. Peut-être parce qu'il arrivait toujours un moment où elle croisait le regard de son mari et qu'ils se souvenaient de sa première dégustation.

Ils avaient fêté ainsi leurs fiançailles, puis leur mariage, toujours au même endroit, sur la terrasse de ce petit café pittoresque dans le sud de la France. Cette fois, c'était une autre occasion spéciale qu'ils s'apprêtaient à célébrer.

— Joyeuse pendaison de crémaillère, Abby.

— Merci, Liz. Je n'arrive pas à croire que je suis dans cet appartement génial qui a été construit sur mesure. Et c'est grâce à toi.

Elle leva son verre puis ébaucha une grimace.

— Oh… J'allais presque oublier. Tu ne vas même pas y goûter ?

Lisa secoua la tête en caressant son ventre rond d'une main protectrice. Comme s'il reconnaissait le toucher, le bébé donna un petit coup de pied contre sa paume.

Abby trinqua avec Hugh.

— C'est aussi grâce à toi, mon cher beau-frère. Si tu ne m'avais pas avertie que le poste de mes rêves se créait dans ton hôpital, je n'aurais certainement pas pensé à déménager.

— Tu vas aimer travailler à St. John's, répondit Hugh.

Ça va bientôt faire un an que j'exerce au service des urgences et j'aime toujours autant mon travail.

— Quel rêve ! Un poste de spécialiste de la main et au sein d'une équipe aussi réputée puisque les patients viennent de tout le pays pour se faire opérer et entamer leur rééducation… J'ai eu tellement de chance d'obtenir cette place.

— Pourquoi ne l'aurais-tu pas eue ? demanda Lisa avec un sourire de fierté. Nous ne sommes pas les seuls à penser que tu es la meilleure. Et c'est aussi à Granny que nous devrions porter un toast. Elle avait fait un très bon choix en achetant cette petite maison il y a quelques décennies. Le fruit de la vente a même permis de faire les aménagements nécessaires dans cet appartement.

Lisa regarda autour d'elle. Les lignes épurées et les espaces ouverts permettaient à une personne en fauteuil de circuler aisément, mais le logement avait aussi le cachet de l'ancien, avec ses hauts plafonds et ses cheminées rustiques.

— De plus, tu es beaucoup plus près de nous maintenant, déclara Hugh. Très pratique pour les soirées de baby-sitting à venir.

Des rires saluèrent sa boutade. Lisa avait conscience qu'ils formaient une jolie famille et celle-ci s'agrandirait bientôt quand elle donnerait naissance à son premier enfant.

— C'est seulement dommage que vous n'attendiez pas des jumeaux, dit Abby à cet instant. Ou des triplés.

— Tu plaisantes ? Pourquoi me souhaiterais-tu ça ? répondit Lisa.

— Toutes ces chambres dans votre manoir… Il faudra que vous fassiez quelques enfants de plus pour les occuper. Au fait, comment vont tes parents, Hugh ? Ils ne se sentent pas trop à l'étroit dans le centre de Londres ?

— Ils sont rarement chez eux. Bizarrement, au moment où Lisa et moi avons renoncé à travailler sur les bateaux de croisière, ils ont découvert que c'était la façon de voyager qu'ils préféraient. Ils sont en route pour l'Alaska en ce moment.

Tout en parlant, Hugh était venu se placer derrière Lisa. Il avait passé ses bras autour d'elle, couvrant ses mains fines qui reposaient sur son ventre.

Le bébé en elle donna un autre petit coup de pied, plus fort celui-là, et Lisa glissa un regard à son mari. Hugh avait eu le même réflexe. C'était un de ces moments intimes si remplis de joie que Lisa ne parvenait pas à détourner les yeux.

— Oh… Prenez une chambre, vous deux, dit Abby d'un ton faussement bourru. Je suppose que ça a commencé comme ça entre vous. Alors, je me considère comme avertie.

Elle avait parlé sur le ton de la plaisanterie, mais Lisa perçut quelque chose dans le timbre de sa sœur qui la poussa à s'approcher d'elle et à la prendre dans ses bras. Une note d'envie peut-être ?

Bien sûr, Abby était enchantée par sa nouvelle vie qui associait le métier de ses rêves et cet appartement idéal. Mais Lisa voulait aussi pour elle le genre de bonheur qu'elle avait trouvé auprès de Hugh et qui rendait sa vie si parfaite.

— Un jour, ce sera ton tour, murmura-t-elle. Il faut juste savoir attendre…

Vous avez aimé *La croisière d'une infirmière* ?
Tournez la page et découvrez l'histoire d'Abby !

ALISON ROBERTS

# Le rêve d'Abby

*Traduction française de*
VIRGINIE CANTIN

BLANCHE

HARLEQUIN

*Titre original :*
SAVED BY THEIR MIRACLE BABY

# 1.

Un craquement sinistre se fit entendre, suivi du bruit sourd de son crâne qui heurtait l'appuie-tête tandis que le moteur calait. Abigail Phillips ferma les yeux et, certaine que le pire restait à venir, s'agrippa de toutes ses forces au volant. Allait-elle faire des tonneaux ou s'écraser contre le lampadaire le plus proche ?

Seul le silence répondit à sa question, et Abby se rendit compte que sa voiture était à la même place qu'un instant auparavant, lorsqu'elle s'était arrêtée à ce feu rouge. C'est par l'arrière qu'on l'avait percutée, et ce n'était probablement pas très grave. Elle aurait voulu bondir hors de la voiture et aller inspecter les dommages subis par ce véhicule qui faisait sa joie et sa fierté, mais c'était impossible. Au lieu de cela, elle prit quelques profondes inspirations et tenta de maîtriser les battements effrénés de son cœur… qui se mit à tambouriner de plus belle contre ses côtes quand on frappa à la portière.

Ouvrant les yeux, elle découvrit un visage inquiet.

— Oh ! mon Dieu ! Je suis vraiment désolé. Vous êtes blessée ?

Il tenta d'ouvrir la portière, mais elle était fermée. Abby se protégeait toujours contre le car-jacking. Elle se souvint aussi qu'on lui avait conseillé de ne jamais admettre sa culpabilité sur le lieu d'un accident en raison des suites juridiques potentielles. Soit cet homme ignorait cette précaution, soit il était trop honnête pour ne pas admettre sa responsabilité. Rassurée, Abby baissa sa fenêtre afin de pouvoir lui parler.

— Je vais bien, dit-elle.

Il avait les yeux bleus, très bleus. Et des cils sombres et épais à rendre jalouse n'importe quelle femme. Il avait aussi de légères pattes-d'oie, comme s'il passait beaucoup de temps à sourire.

Ce qui n'était pas du tout le cas en cet instant.

— Vous en êtes sûre ? Vous permettez que j'examine votre cou ? Je suis médecin.

Ils n'étaient qu'à quelques pâtés de maisons de l'hôpital St. John's, où travaillait Abby. Peut-être s'y rendait-il, lui aussi ? Abby ne l'avait jamais vu dans les couloirs ni à la cafétéria. Sinon, elle l'aurait remarqué, car il était assez séduisant.

Ou plutôt… très séduisant. Ces yeux d'un bleu intense sous les cheveux noirs, assez ébouriffés pour suggérer qu'il ne se donnait pas la peine de se regarder très souvent dans un miroir, ce soupçon de barbe suffirent à augmenter légèrement le rythme cardiaque d'Abby.

Par la fenêtre, il glissa la main sous ses longs cheveux, qui tombaient librement sur ses épaules, et palpa son cou.

— Est-ce que ça fait mal ?

— Non…

Ça ne faisait pas mal. Bien au contraire. Elle n'avait jamais senti la main d'un homme sur sa nuque, réalisa soudain Abby, et c'était plutôt agréable.

— Essayez de baisser le menton vers la poitrine. Très lentement… Arrêtez dès que ça devient douloureux.

Le feu était passé au vert, mais Abby ne démarra pas. Un automobiliste énervé klaxonna et déboîta pour la doubler, bientôt suivi par un autre qui baissa sa vitre et cria :

— Tout va bien ? Vous voulez que j'appelle une ambulance ?

— Non, c'est inutile, merci.

Il s'adressa à Abby.

— Maintenant, tournez la tête à droite, puis à gauche. Doucement… Que se passe-t-il ?

— Rien.

— Pouvez-vous respirer profondément ? Oh ! mon Dieu… c'est la première chose que j'aurais dû demander !

Il s'inquiétait pour elle, mais elle était sûre que tout allait bien. Même sa voiture bien-aimée n'avait pas subi beaucoup de dégâts. Bien que soulagée, Abby se sentait tout de même un peu étourdie.

— Je vais vraiment bien, dit-elle à l'étranger. Mais…

— Mais ?

— Je ne peux pas bouger mes jambes, dit-elle d'un ton sérieux. Je ne crois pas que je pourrai remarcher un jour.

Sa pâleur soudaine lui fit comprendre que sa tentative d'humour s'était soldée par un échec.

— Désolée… J'aurais peut-être dû dire que je ne jouerais plus jamais du violon.

Le pauvre homme avait l'air complètement déconcerté, maintenant.

— Vous êtes censé me demander si je jouais du violon *avant*, lui souffla Abby. Et comme je vous répondrai « non », vous comprendrez qu'il s'agissait d'une blague…

Ce n'était clairement pas drôle, alors Abby lui offrit son sourire le plus éclatant et désigna l'objet volumineux replié et rangé derrière le siège passager de sa voiture spécialement équipée : son fauteuil roulant.

Il ne lui fallut qu'une fraction de seconde pour comprendre qu'elle était paraplégique et qu'elle venait de plaisanter à ce sujet. Il émit un bruit étranglé, comme s'il ne savait pas s'il devait rire ou pleurer.

Il opta pour la première solution, non sans éprouver un

sentiment de honte. *Lui,* Noah Baxter, venait d'emboutir la voiture d'une jeune femme paraplégique, et il en riait ? Soudain, il eut l'impression qu'il venait de remonter le temps, de revenir à sa vie d'avant, bien différente de celle qu'il menait aujourd'hui. Une vie où l'on pouvait simplement apprécier l'absurdité, et dont le rire faisait naturellement partie.

Un policier descendit de son vélo et s'approcha d'eux.

— Quelqu'un est blessé ici ?

— Non, répondit la jeune femme, une lueur d'amusement dans ses yeux noisette.

— C'était entièrement ma faute, monsieur l'agent, dit Noah. Je cherchais un panneau de signalisation pour m'assurer que j'allais dans la bonne direction et j'ai freiné une seconde trop tard. Vous voulez prendre mes coordonnées ?

Le policier scrutait la route autour d'eux.

— Vous êtes sûrs que personne n'est blessé ?

— Oui ! répondirent en chœur Noah et la jeune femme.

— Pas de dommages aux véhicules ?

— Je ne crois pas.

— Il n'est donc pas nécessaire de faire un constat, déclara l'agent. Je vais rétablir la circulation. Si vous pouviez tous les deux déplacer vos voitures et partir, ce serait une bonne chose.

Noah acquiesça, puis se tourna vers la jeune femme.

— Il y a très peu de dégâts, dit-il. Inutile de perdre notre bonus, ou d'impliquer la police. Vous êtes sûre que ça va ?

— Oui.

— Vraiment ?

— Oui.

— Puis-je avoir votre numéro de téléphone ? insista-t-il, au cas où ?

Au cas où quoi ? Où il voudrait vérifier qu'elle n'avait

pas été victime du coup du lapin ? Où elle décidait de faire une réclamation parce que sa compagnie d'assurances ne couvrait pas les dommages ? Ou bien… Simplement parce qu'il aimerait la revoir ?

— Juste au cas où vous décideriez de faire une demande d'indemnisation et auriez besoin de mes coordonnées, ajouta-t-il à la hâte.

Il gardait toujours un petit bloc-notes et un stylo dans la poche de sa chemise, une habitude qui lui restait de son époque d'internat, quand il craignait d'oublier des informations importantes.

Elle lui donna son numéro de téléphone, puis elle redémarra sa voiture.

— Au fait…, dit-elle, en captant à nouveau son regard alors qu'elle embrayait, à l'aide des commandes attachées à son volant. Je m'appelle Abby.

— Noah…

Il sourit en glissant le bloc-notes dans sa poche et monta dans sa propre voiture. N'était-ce pas étrange ? Il avait eu un accident stupide, une perturbation dont il aurait pu se passer avant de se rendre à une réunion avec ses nouveaux collègues, et pourtant il avait l'impression que c'était la meilleure chose qui lui soit arrivée depuis longtemps.

Le policier fit signe à Abby de passer l'intersection, puis leva la main pour ordonner à Noah de s'arrêter. Celui-ci vit la voiture de la jeune femme s'éloigner de plus en plus, puis son clignotant s'alluma et elle tourna, disparaissant de sa ligne de mire.

Sa routine était si bien huilée qu'Abby pouvait franchir les étapes sans même y penser. Sa place de stationnement pour handicapés, juste devant l'entrée de l'hôpital, était très large, ce qui facilitait l'ouverture de la portière. Les commandes spéciales de la console lui permettaient d'incliner le dossier de son propre siège, puis de tirer celui du passager vers l'avant afin qu'elle puisse soulever son fauteuil roulant et le sortir de la voiture sans difficulté.

Il lui fallut moins d'une minute pour s'asseoir dans son fauteuil, puis elle appuya sur la télécommande pour verrouiller sa voiture et commença à rouler vers l'entrée de l'hôpital. Elle était prête pour sa journée de travail et n'avait que quelques minutes de retard, malgré cet accident mineur.

Soudain, elle fit demi-tour. Comment avait-elle pu oublier d'aller vérifier s'il y avait des dégâts ? À cause des magnifiques yeux bleus et sombres de Noah, peut-être, à moins qu'il ne s'agisse du picotement *qu'elle* avait ressenti lorsqu'il avait posé la main sur son cou ? Quand l'appelerait-il ?

Elle saurait que c'était lui dès qu'il parlerait, car sa voix aussi était gravée dans sa mémoire. Abby avait l'impression d'en entendre l'écho en ce moment même, tandis qu'elle inspectait le pare-chocs arrière. Il n'y avait qu'une égratignure ou deux et une petite bosse qu'elle effleura du doigt. Cela ne valait vraiment pas la peine de déclarer cet accident, en effet.

Ce n'était pas la première égratignure sur cette peinture rouge brillant. Elle avait la voiture depuis plus de deux ans maintenant. Sa sœur aînée, Lisa, s'était lourdement endettée pour couvrir le coût énorme des aménagements dont Abby avait besoin. Elle prit une photo des dégâts et l'envoya à Lisa.

Oups. Je me suis fait emboutir à un feu rouge. Ce n'est pas la meilleure façon de commencer ma journée, hein ?

La réponse de Lisa arriva presque instantanément.

OMG ! Tu vas bien ? ?

Tout va bien. Je dois me mettre au travail, à présent. Je descendrai te voir plus tard.

Viens maintenant. Je veux m'assurer que tout va bien.

Lisa et son mari travaillaient tous les deux au service des urgences de l'hôpital St. John's, mais Lisa allait bientôt partir en congé de maternité. Abby aimait énormément sa sœur et son beau-frère, mais elle n'était pas prête à leur rendre visite. Elle avait beaucoup trop de travail. Elle n'aurait pas dû envoyer ce message, songea-t-elle, mais elle était tout de même un peu secouée et elle avait besoin de parler à sa seule famille.

Ce n'est pas la peine.

Abby trouva une icône qu'elle avait utilisée dans le passé – un petit hélicoptère. C'était un code secret pour dire à Lisa qu'elle n'avait plus besoin d'un parent, surtout du genre surprotecteur. Elle la fit suivre d'un smiley.

Lisa, son aînée de six ans, l'avait toujours protégée, comblant le manque d'une mère morte prématurément. Après l'accident qui avait laissé Abby handicapée alors qu'elle avait à peine plus de deux ans, rien n'avait été facile pour leur grand-mère qui s'était vu confier la garde des fillettes.

Une fois arrivée au passage piéton, Abby tendit la main pour appuyer sur le bouton réclamant le passage lorsque quelqu'un la devança.

— Laissez-moi faire…

Elle se retint de répliquer que ses mains fonctionnaient parfaitement bien et se força à sourire à l'homme en hochant la tête en guise de remerciement. Il devait avoir une quarantaine d'années, portait un jean et un T-shirt sous une veste, ainsi qu'un ordinateur portable en bandoulière. Grand, blond, sportif, il était assez séduisant, mais… elle préférait les cheveux bruns, décida-t-elle. Surtout avec les yeux bleus…

Le feu passa au vert et Abby s'avança sur le passage pour piétons. À sa grande consternation, l'homme leva une main pour faire la circulation, comme si les conducteurs envisageaient de démarrer avant leur tour et de renverser une pauvre personne handicapée sans défense. Évidemment, il voulait l'aider et, même si elle avait dû apprendre dès son plus jeune âge à refuser cette aide non désirée, cela lui était toujours aussi pénible. L'un de ses premiers souvenirs était d'avoir essayé de grimper sur une balançoire en repoussant les mains secourables de sa sœur.

Elle accéléra et traversa la route, impatiente de disparaître dans le flot régulier de personnes qui se dirigeaient déjà vers ce qui était un grand hôpital régional très fréquenté, mais l'homme blond suivit son rythme.

— Hé… Je peux vous offrir un café ?

— Non.

Elle avait répondu avec brusquerie et elle se fendit d'un mince sourire, un peu honteuse de s'être montrée aussi grossière.

— Merci, mais non merci, ajouta-t-elle. Je ne crois pas que mon petit ami serait d'accord.

— Oh… J'aurais dû m'en douter. À plus tard.

*J'espère que non !* songea Abby, en laissant échapper un soupir comme elle s'engageait dans le couloir qui menait à la clinique de la main et, plus loin, au service des urgences. Elle n'avait pas de petit ami – c'était juste l'une des façons les plus polies qu'elle avait de se défaire de l'intérêt que les hommes lui portaient. Surtout ceux qui voyaient son handicap avant de la voir, elle.

Elle n'avait pas repoussé ce Noah, n'est-ce pas ? Non seulement elle lui avait donné son numéro de téléphone, mais l'idée qu'il puisse l'appeler faisait naître en elle une myriade de sensations inconnues… et très agréables.

Assez, en tout cas, pour qu'elle plonge la main dans son sac à bandoulière et récupère son téléphone dès qu'elle entra dans le hall de l'hôpital… Et soit déçue de constater qu'elle n'avait raté aucun appel et n'avait reçu aucun message et que, non, elle n'était pas en mode silencieux.

Cela faisait très, très longtemps qu'elle n'avait pas ressenti cette anxiété d'attendre un appel, mais il n'avait fallu que quelques instants à Abby pour comprendre pourquoi elle voulait tant entendre l'homme qui avait embouti l'arrière de sa voiture, ce matin. Il n'avait pas remarqué son handicap, n'est-ce pas ? Il avait été choqué de voir son fauteuil roulant, ce qui signifiait que lors du tout premier contact, il n'avait pas été influencé par des clichés ou des préjugés personnels sur les personnes handicapées.

Il n'avait vu qu'elle. Abby Phillips. Une thérapeute spécialiste de la main, ce dont elle était très fière, bien qu'il ne le sût pas encore. Ce dont elle était beaucoup moins fière, c'est d'être encore vierge à vingt-six ans, mais Dieu merci, elle était la seule à le savoir !

Et pourquoi diable pensait-elle à ça en ce moment précis ?

Abby ouvrit son casier pour prendre sa blouse blanche sur la patère, puis se plaça face au miroir et coiffa ses cheveux en queue-de-cheval. C'était plus pratique pour travailler. En lui rappelant les sensations que l'inconnu avait suscitées en elle, le contact de ses propres pouces sur sa nuque lui fournit la réponse à la question qu'elle venait de se poser. Oui, elle voulait que Noah appelle, parce qu'il l'attirait. Plus peut-être qu'aucun autre homme avant lui.

Se pouvait-il qu'il s'agisse… d'un coup de foudre ?

Alors qu'elle se détournait du miroir, Abby se rendit compte qu'elle souriait.

Il fallait qu'il se jette à l'eau.

C'était le premier jour de travail du chirurgien spécialiste de la main Noah Baxter à l'hôpital St. John's et son tout premier cas lui fut assigné par le service des urgences. Il s'agissait d'une blessure grave à la main. Il avait déjà rencontré plusieurs membres de son équipe, mais c'était sa première visite aux urgences. La première personne qu'il croisa était une infirmière qui, de toute évidence, était très avancée dans sa grossesse. Elle l'accueillit avec un sourire amical.

— Puis-je vous aider ?

— On m'a bipé pour une consultation. Puis-je voir Hugh Patterson ?

Le sourire de l'infirmière s'élargit.

— Je le connais bien. Je vais lui dire que vous êtes là, dit-elle en se dirigeant vers l'une des salles de réanimation fermées.

Une tension dont Noah n'était pas conscient commença à s'estomper dès qu'elle lui tourna le dos. Cela n'avait rien à voir avec le fait de rencontrer de nouveaux collègues ou de ne pas savoir exactement ce qui l'attendait. Il n'arrivait tout simplement pas à voir une femme enceinte sans éprouver un immense sentiment de perte. De sorte qu'il était passé maître dans l'art de se distraire en se concentrant délibérément sur autre chose.

En même temps que son ventre, ce sont les cheveux de l'infirmière qui avaient retenu son attention. Roux, assez foncés, ils étaient différents des cheveux de feu de la conductrice de la voiture qu'il avait emboutie la première fois qu'il s'était rendu au St. John's.

Il n'arrivait pas à oublier cette jeune femme et pourtant il n'avait pas encore appelé le numéro qu'il lui avait demandé. Bien sûr, il avait eu l'intention de le faire plus d'une fois au cours des derniers jours, mais lorsqu'il s'apprêtait à appuyer sur le bouton d'appel, il n'y était tout simplement pas parvenu.

Parce qu'il en avait vraiment envie…

Ce qui était tout à fait ridicule. Il était un homme célibataire dans la trentaine et, s'il était attiré par une femme, il n'aurait pas dû manquer à ce point de confiance en lui. Mais c'était bien là le problème, n'est-ce pas ?

Il *était* attiré par quelqu'un. Pour la première fois depuis des années. Et il ne voulait pas l'être, pas plus qu'il ne voulait être ému à la vue d'une femme enceinte. Il ne voulait plus jamais être attiré par qui que ce soit parce qu'il savait trop bien où cela pouvait mener.

Pourtant, il était inexcusable de n'avoir pas encore pris contact, pour lui donner au moins les coordonnées de sa compagnie d'assurances. Il n'avait pas besoin d'appeler pour ça, mais simplement de lui envoyer les détails par texto. Il le ferait dès qu'il aurait un moment de libre, plus tard dans la journée, décida-t-il.

L'un des médecins du service sortit de la salle de réanimation et se dirigea vers lui pour se présenter.

— Hugh Patterson. Et vous êtes Noah Baxter, n'est-ce pas ?

— En effet.

Il serra la main que Hugh lui tendait.

— Nous sommes ravis de vous accueillir à St. John's. On dit que vous êtes le meilleur dans votre domaine. Je pense que c'est ce dont notre patient a besoin aujourd'hui.

Noah leva un sourcil.

— Pas de pression, alors ?

Hugh eut un sourire étrange.

— Jugez vous-même. Ce n'est pas beau à voir. Le patient est un homme de trente-huit ans qui s'est fait prendre la main dans une machine de traitement des aliments il y a quelques heures. Plusieurs doigts écrasés et une amputation partielle du pouce. Il a fallu beaucoup de temps pour le libérer. Et c'est sa main dominante.

En effet, ce que Noah découvrit en soulevant les pansements sur la main de l'homme n'était pas beau à voir. Ses doigts et, plus important encore, son pouce étaient suffisamment mutilés pour qu'il soit impossible de dire exactement ce qui était ou n'était pas récupérable, malgré l'aide des radios affichées sur un écran, près de la tête du lit. Même si les os pouvaient être ressoudés, il était possible que les tendons et les nerfs soient trop endommagés pour permettre une reconstruction.

— Je ne peux pas regarder ça !

Le patient, Steve, avait détourné la tête et posé sa main indemne sur ses yeux. Il murmura dans un sanglot :

— N'y touchez pas…

Noah jeta un coup d'œil à Hugh.

— Nous lui avons administré 10 milligrammes de morphine et son niveau de sédation est bon. Je devrai peut-être injecter une nouvelle dose ?

— Je serai aussi précautionneux que possible, Steve, dit Noah. Pour le moment, je dois juste évaluer l'état des vaisseaux et des nerfs. Je vais juste toucher votre poignet, ici, et la paume de votre main, d'accord ? Je veux voir ce qui se passe avec l'irrigation sanguine.

— Je ne peux pas perdre ma main, doc ! gémit Steve, désespéré. Je ne peux pas perdre mon emploi. J'ai trois enfants et c'est déjà assez dur comme ça…

— Je sais, le rassura Noah avec douceur. Essayez de ne pas paniquer, Steve. On va faire tout ce qu'on peut pour sauver votre main, d'accord ?

Il posa ses doigts sur le poignet de Steve pour occlure les artères radiales et cubitales en même temps qu'il serrait doucement la paume de la main blessée. Puis il libéra chaque artère pour évaluer la perméabilité des vaisseaux, tout en recueillant d'autres indices. La couleur et la température de cette main indiquaient une évolution défavorable, ce qui signifiait qu'il fallait opérer au plus vite. Un mauvais afflux sanguin pourrait entraîner des complications sous forme de retard de cicatrisation, de fibrose et d'infection.

Après avoir entouré la main blessée de pansements stériles, demandé une salle d'opération et le personnel orthopédique, vasculaire et neurochirurgical requis, Noah eut quelques minutes pour se présenter correctement à la femme de Steve accourue avec son bébé.

— Nous ferons de notre mieux pour sauver tout ce que nous pourrons, assura-t-il. Surtout le pouce, car c'est très important pour obtenir une fonction utile de la main, mais je ne peux pas en dire plus avant d'avoir mesuré exactement les dommages. Et il y a des risques, comme je l'ai expliqué. Êtes-vous prête à signer le formulaire de consentement ou avez-vous d'autres questions ?

La femme de Steve, Pauline, avait toujours l'air terrifié.

— On m'a dit à mon arrivée que vous étiez le meilleur chirurgien de la main du pays, monsieur Baxter, et aussi l'un des meilleurs au monde Je vous fais confiance.

Steve se couvrit les yeux de sa main indemne et dit d'une voix étouffée :

— J'ai besoin de ma main. Comment vais-je pouvoir travailler, sinon ? Ou prendre soin de ma famille ?

Pauline cala son bébé sur sa hanche et s'avança pour toucher l'épaule de Steve.

— Nous nous débrouillerons, mon chéri, lui dit-elle. Je suis sûre que M. Baxter va pouvoir sauver ta main mais, quoi qu'il arrive, on va s'en sortir. Je t'aime…

— Tu vas devoir signer le formulaire à ma place, dit Steve, les larmes aux yeux. Tu sais à quel point je suis malhabile de la main gauche…

Il avait confiance en lui, c'était certain, mais cela allait de pair avec la reconnaissance dont il jouissait parmi ses confrères et collègues.

Sur le point de pratiquer sa première intervention chirurgicale dans un nouvel hôpital où il venait d'être nommé à la tête d'une grande équipe, M. Baxter faisait une entrée remarquée. La nouvelle s'était répandue comme une traînée de poudre, bien sûr, mais le personnel de la clinique de la main était sa priorité, et Abby était ravie de pouvoir assister à l'événement. Ses prochains rendez-vous étaient avec des patients hospitalisés et pouvaient attendre. Elle était plus qu'heureuse de sauter sa pause déjeuner, si nécessaire, pour compenser.

Les escaliers menant à la salle d'opération étaient plutôt raides et cela aurait pu lui poser problème, mais Alex, l'un des orthopédistes, avait promis de l'aider.

— Allons-y tôt, avait-il suggéré. Et prenons les bonnes places, à l'avant.

C'est ainsi qu'elle s'était retrouvée aux premières loges, avec une vue parfaite sur la salle d'opération, où une douzaine de personnes se préparaient pour ce qui serait sans aucun doute une opération longue et complexe. De plus, un écran de télévision lui permettait de voir de près la microchirurgie nécessaire pour réparer les tendons, les vaisseaux sanguins et les nerfs.

Le patient avait été anesthésié et était allongé, le bras et la main posés sur une aile latérale de la table d'opération. Les infirmières s'assuraient que tout était prêt pour l'entrée en scène des vedettes du spectacle, les chirurgiens. On vérifiait des plateaux d'instruments, on positionnait des lumières et on préparait des casques équipés de caméras grossissantes.

Il ne manquait plus maintenant que le chirurgien en chef, et il sortit de la salle de lavage, habillé et masqué, ses mains gantées croisées devant lui pour éviter de toucher quoi que ce soit de non stérile.

Il hocha la tête pour saluer l'équipe qui attendait de travailler avec lui, puis leva les yeux vers la galerie. Seuls ses yeux étaient visibles, mais son regard parut familier à Abby, qui fronça les sourcils tandis qu'elle essayait de se remémorer où elle l'avait croisé.

— Qui est-ce ? demanda-t-elle à Alex. M. Baxter ou un des orthopédistes ?

— C'est Noah Baxter. Espérons qu'il soit aussi bon qu'on le dit.

Alex jeta un coup d'œil à l'écran au-dessus d'eux, qui montrait en gros plan les doigts mutilés.

— Cette main est sévèrement blessée.

Soudain, Abby sentit le sang battre à ses tempes, et il lui fallut plusieurs respirations pour se ressaisir. Son enthousiasme à l'idée de pouvoir observer une opération aussi importante s'était évanoui, remplacé par quelque chose qui aurait dû être de la colère mais qui, hélas, ressemblait beaucoup plus à une forte déception.

Noah… Bien sûr, c'était lui ! Comment aurait-elle pu oublier ces yeux ?

Il ne l'avait pas appelée. Il n'avait probablement jamais eu l'intention de le faire.

# 2.

Il était certain d'avoir reconnu sa chevelure. Comment aurait-il pu ne pas la remarquer, alors qu'elle était assise au premier rang de la galerie de cette salle d'opération ?

Quand il avait accepté qu'on le regarde opérer, cela ne lui avait pas paru important. Noah avait l'habitude que des collègues ou des étudiants en médecine observent son travail, mais la dernière personne qu'il s'attendait à voir était la femme qu'il avait rencontrée lorsqu'il avait heurté sa voiture, l'autre jour.

La femme qui l'avait fait rire…

Abby.

Non qu'il se demande ce qu'elle faisait ici ou que sa présence l'empêche de se concentrer sur son travail, mais… l'espace d'un instant, Noah ressentit une certaine gêne. Il ne l'avait pas appelée après l'accident pour lui donner les coordonnées de la compagnie d'assurances et vérifier qu'elle ne présentait aucun symptôme de traumatisme.

Il ne pouvait rien y faire pour l'instant, alors Noah chassa ces pensées importunes. Il disposait d'un microphone, d'une loupe et d'une caméra intégrés à son casque qui transmettaient les images aux écrans. Abby n'était pas la seule à écouter tout ce qu'il disait, et Noah aimait à la fois enseigner et expliquer ce qu'il faisait aux non-professionnels parmi son public.

— Cet homme de trente-huit ans a eu la main prise dans une machine il y a environ deux heures. Nous savons qu'il n'y avait pas de lames tranchantes, ni de courroies ou de chaînes, ni d'exposition à la chaleur extrême, au froid ou aux produits chimiques, et que l'extraction a pris beaucoup de temps, heureusement sans hémorragie, de sorte que notre patient est hémodynamiquement stable. Nous allons transformer une plaie sale et contaminée en champ opératoire propre. Pour ce faire, nous utiliserons d'abord une solution de sérum physiologique, d'iodopovidone et de péroxyde d'hydrogène. Je suis également partisan d'un brossage minutieux, car notre but est de nettoyer les plaies en causant le moins de dommages possible aux tissus.

Comme des infirmières l'aidaient à décontaminer le champ opératoire, Noah prit conscience qu'il n'avait pas tout à fait oublié la présence de cette jeune femme, là-haut. Mais cela ne durerait pas. Il était capable de se concentrer sur son travail à tel point que plus rien d'autre n'existait, et cela lui avait bien souvent sauvé la mise dans sa vie personnelle. Rien ne pourrait lui retirer cela…

Il ferma un instant les yeux et poursuivit :

— La deuxième étape consiste à éliminer méticuleusement et complètement tous tissus non viables, corps étrangers, morceaux de tendons déchiquetés ou nerfs avulsés, ainsi que tout fragment osseux qui n'est plus fixé au tendon ou au muscle. Les tendons fléchisseurs ont été abîmés, et les fractures de l'index et de l'auriculaire sont tellement fragmentées que je vais devoir utiliser des minifixateurs externes. Nous les retirerons dans six semaines environ… Mais c'est le pouce qui est notre principale préoccupation. L'objectif premier du traitement de toute blessure à la main est que notre patient puisse retrouver une main fonctionnelle. Or, comme vous le savez tous, les mécanismes d'opposition et de préhension sont essentiels. Heureusement, le patient n'est ni diabétique ni fumeur, ce qui facilitera sa guérison.

Le pouce était, malheureusement, la partie la plus gravement blessée de cette main et nécessiterait peut-être d'autres interventions, y compris des transferts tendineux. Les réparations des vaisseaux sanguins et des nerfs étaient également délicates, et Noah était heureux de travailler avec les spécialistes du St. John's.

Après un long et fatigant passage au bloc, Noah avait beaucoup de gens à remercier. Il avait conscience qu'ils allaient passer le reste de la journée à rattraper le temps passé à le regarder pratiquer cette chirurgie d'urgence.

Il tint cependant à superviser la pose de l'attelle sur la main et le bras de Steve. Il savait que la galerie se vidait au-dessus d'eux, très lentement car les gens discutaient en se dirigeant vers les portes. Maintenant que l'opération était terminée, les questions l'assaillaient de nouveau.

Pourquoi Abby était-elle là ? Et comment avait-elle réussi à franchir ces escaliers pour s'asseoir au premier rang ?

Il obtint la réponse à cette question en suivant son patient vers la salle de soins intensifs. Comme il ôtait ses gants et son masque, il leva les yeux et vit un jeune homme soulever Abby pour la déposer dans son fauteuil roulant. À peine eut-elle croisé son regard qu'elle redressa le menton, fit pivoter sa chaise et disparut.

Noah ne put retenir un léger soupir.

— Qui est cette jeune femme en fauteuil roulant ? demanda-t-il à un infirmier.

— Abby Phillips, l'une des kinés de la clinique de la main. Ne vous laissez pas berner, cette chaise ne l'empêche pas de faire quoi que ce soit. C'est l'une des meilleures.

Noah se contenta de hocher la tête en guise de remerciement, trop occupé à réfléchir pour parler. En tant que thérapeute spécialiste des mains, Abby allait jouer un rôle important dans l'équipe avec laquelle il allait travailler. Si le travail du chirurgien était essentiel, le suivi et surtout la thérapie que recevaient ses patients en garantissaient le succès.

D'ici peu, il devrait travailler en étroite collaboration avec Abby, et il aurait sans aucun doute besoin de lui parler dans un avenir très proche. Quel dommage qu'elle ne soit manifestement pas heureuse de le revoir ! Et même s'il s'excusait d'avoir égaré le morceau de papier où elle avait noté son numéro de téléphone, cela n'y changerait rien, n'est-ce pas ?

Des fleurs, peut-être ?

Noah se rendit dans la salle de réveil où son patient serait suivi jusqu'à ce que les effets de l'anesthésie aient complètement disparu. Bientôt, il donnerait à Steve et à sa femme une bonne nouvelle : il n'avait pas eu à amputer un seul de ses doigts. Mais il devrait également leur annoncer que seul le temps dirait si le pouce pouvait guérir…

Avant de se recentrer de nouveau sur la main de Steve, il songea une dernière fois à Abby. Les fleurs n'étaient pas une bonne idée, et même sans connaître la jeune femme, il était certain qu'elle n'était pas du genre à être impressionnée par un joli bouquet ou des chocolats. Elle était… différente et, s'il voulait faire amende honorable, il devait trouver quelque chose de beaucoup plus original.

Exactement ce dont Abby avait besoin ! Elle sentait la sueur couler entre ses omoplates, les muscles de ses bras la torturaient et elle était à bout de souffle, mais elle n'était pas près de ralentir, surtout quand elle comprit à quelle vitesse ses adversaires se rapprochaient d'elle.

L'effort nécessaire pour propulser un fauteuil roulant d'une main tout en dribblant avec un ballon de basket de l'autre était énorme. C'est pourquoi Abby avait tant besoin de cette activité après sa journée de travail. Elle avait subi un choc en découvrant que l'homme qui avait embouti sa voiture n'était autre que le chirurgien des people que tout le monde était ravi d'avoir réussi à attirer au St. John's.

Non. Cette rencontre fortuite avait été dévastatrice, voilà la vérité. Et cela n'avait rien à voir avec la profession de Noah. Au cours des derniers jours, à chaque fois qu'elle vérifiait son téléphone et constatait que Noah n'avait pas appelé, elle se sentait sombrer. Avait-elle vraiment cru être attirée par cet homme au point de parler de coup de foudre ?

Abby mit le ballon sur ses genoux et utilisa ses deux mains pour changer de direction et dribbler de nouveau, avant de le passer à un autre membre de son équipe. Elle sentait monter la tension et les décibels autour d'elle. Quand on saisit l'anneau de poussée de la roue de son fauteuil de sport, Abby mit toute l'énergie qu'il lui restait pour tenter de marquer un panier.

Les encouragements des remplaçants, sur le banc de touche, étaient les bruits les plus délicieux qu'Abby ait entendus de toute la journée. Elle avait réussi ! Elle avait marqué un but à trois points. Cela signifiait que dans les dernières secondes de la quatrième et dernière période de dix minutes du match, elle avait mené son équipe à la victoire.

— Bravo, Abby !

Elle reconnut une voix parmi les cris du public. Lisa était venue voir le match, ce soir. Dès qu'Abby serait douchée et changée, elle ramènerait Lisa chez elle, s'arrêtant pour prendre un repas à emporter en chemin. Depuis qu'Abby avait quitté la maison qu'elle avait partagée avec Lisa après le décès de leur grand-mère, ce repas hebdomadaire entre sœurs était devenu une tradition. Elles le partageaient tantôt chez l'une, tantôt chez l'autre, et choisissaient tour à tour le menu.

— C'est à moi de choisir, annonça Lisa comme Abby sortait des vestiaires, tout en passant les doigts dans ses cheveux pour les sécher. J'ai envie de manger thaïlandais. Ou peut-être une pizza.

— Non, c'est à moi, affirma Abby. Et je veux du poisson et des frites.

Lisa éclata de rire.

— Non, pas du tout ! Il n'y a que les frites, la purée de pois cassés et la sauce qui t'intéressent.

Abby hocha la tête.

— C'est vrai, mais je le mérite. J'ai eu une mauvaise journée.

— Ah bon, pourquoi ?

— C'est une longue histoire et j'ai besoin d'un plat bien consistant. Peut-être de vin, aussi. C'est vendredi soir, après tout.

— J'imagine que cela fait pencher la balance en faveur du *fish & chips*. Il y a un caviste juste à côté de la boutique, et aussi une pizzeria au cas où nous aurions besoin de compléter le repas. Je viens de recevoir un texto de Hugh disant qu'il avait invité un collègue pour prendre un verre après le travail. Ça ne te dérange pas qu'il n'y ait pas que nous, n'est-ce pas ?

— Bien sûr que non ! Mais allons-y, je meurs de faim.

— Où est ta chaise de sport ?

— L'entraîneur me l'apporte.

Elle s'était installée au volant, son fauteuil plié et rangé, lorsque l'entraîneur sortit avec son fauteuil de sport, qu'il mit dans le coffre.

— C'était un super match, Abby. J'aimerais que tu intègres l'équipe paralympique.

Abby secoua la tête. Ils avaient déjà eu cette conversation auparavant.

— Tu sais combien mon travail compte pour moi. Je n'ai pas le temps pour me former ni pour voyager.

Elle reprit cette conversation avec Lisa et lui confia que, même si elle aimait son sport, elle aimait encore plus son travail et qu'elle n'allait pas mettre en péril sa carrière dans un aussi bon hôpital. Comme elle empruntait la rampe que Lisa et Hugh avaient installée près des marches de leur magnifique maison de campagne, sa sœur insista :

— Mais tu pourrais sûrement faire les deux, non ?

— Je ne veux pas faire les deux !

— Salut…

Hugh sortit de la cuisine pour venir à leur rencontre et prit les boîtes de pizza sur les genoux d'Abby.

— Pourquoi vous vous disputez ?

— L'entraîneur d'Abby veut qu'elle fasse partie de l'équipe paralympique, expliqua Lisa.

Hugh se retourna, mais déjà, Abby roulait rapidement vers l'immense cuisine de cette vieille maison, où ils prenaient généralement leurs repas.

Là, devant un ancien buffet gallois dont les étagères étaient chargées de porcelaine bleue et blanche et décorées de photos, se tenait Noah Baxter, une bière à la main. Il avait l'air très à l'aise.

*Oh non ! Pas lui…*

— Vous vous connaissez ? demanda Hugh, juste derrière Abby.

— En effet, nous nous sommes rencontrés, répondit prudemment Noah.

— Et on peut dire que la rencontre a été un peu… directe, ironisa Abby.

Elle vit une lueur d'amusement dans le regard de Noah, pareille à celle qui avait illuminé son visage, l'autre jour, et elle se rappela le trouble qu'elle avait ressenti à ce moment précis.

— Ne me dis pas que c'est avec Noah que tu as eu ton accident ? souffla Lisa.

Si, hélas ! Et le seul avantage de cette situation incroyablement gênante, c'est qu'Abby n'avait pas parlé à sa sœur du coup de foudre instantané qu'elle avait ressenti.

Hugh éclata de rire le premier.

— Je n'étais pas du tout au courant, dit-il. Mais c'est peut-être une bonne chose que j'aie invité Noah ce soir. Vous allez pouvoir pouvez vous embrasser et vous réconcilier avant de travailler ensemble !

Abby détourna rapidement le regard. L'idée même de l'embrasser la troublait au plus haut point, et elle n'avait pas envie d'y songer.

Hugh posa les plats sur la grande table en bois et déplaça une chaise pour Abby.

— Installe-toi et sers-toi tant que c'est encore chaud. Tu veux un verre de vin ?

— Comment ça, travailler ensemble ? s'enquit Lisa en fixant Noah. On vous a appelé pour une consultation ce matin, n'est-ce pas ? Pour ce patient qui souffre de graves blessures à la main ?

— Je te présente Noah Baxter, dit Hugh à sa femme, le nouveau chirurgien spécialiste de la main de St. John's. Nous avons été tellement occupés que je n'ai pas eu l'occasion de le faire.

Abby prit le verre que Hugh lui avait servi et dit d'un air songeur :

— Le célèbre M. Baxter ! Je n'arrivais pas à croire que c'était vous quand je vous ai vu entrer au bloc.

— Et moi, je n'arrivais pas à croire que c'était vous quand je vous ai vue, dans la galerie, au premier rang.

— Tu as assisté à l'opération ? demanda Hugh d'un air envieux. Quelle chance !

Mais Abby ne répondit pas, trop occupée à empiler

des frites dans son assiette, où elle ajouta un peu de purée de pois cassés et de la sauce.

Fasciné, Noah la regardait. Il lança d'un air taquin :

— Je vois que vous aimez la nourriture saine…

— C'est vous qui dites cela, alors que vous venez de vous servir une grosse part de pizza aux trois fromages ! riposta Abby.

— Je vais brûler toutes ces calories. Juste le temps de trouver les bonnes pistes de course.

— Où habitez-vous ? demanda Lisa.

— On m'a attribué une chambre dans l'aile réservée au personnel, mais ce n'est que temporaire. J'aimerais me familiariser avec mon nouveau poste avant d'entreprendre des démarches immobilières.

Lisa se tourna vers Hugh pour lancer :

— Il doit s'agir d'une caractéristique commune aux spécialistes de la main, tu ne crois pas ?

— Quoi ?

— Le fait de refuser de s'absenter du travail pour s'occuper de choses importantes, comme trouver une maison, ou exploiter un talent sportif qui vous permettrait de participer à une compétition au niveau mondial.

— Oh… ne recommence pas ! gémit Abby. Je ne veux pas faire partie de l'équipe paralympique. Je suis bien là où je suis, et je fais exactement ce que j'ai envie de faire. Le basket-ball n'est qu'un moyen pour moi de me défouler et d'éliminer le stress.

— Oh… c'est vrai. Tu m'as dit que tu avais eu une mauvaise journée. Que s'est-il passé ?

Abby fixa la purée de pois cassés dans son assiette.

— J'ai été débordée cet après-midi, murmura-t-elle. Mais c'est ce qui arrive quand on s'éclipse pour regarder une opération complexe.

Si Noah avait deviné qu'il était – même indirectement – responsable de ce désagrément, il n'en laissa rien paraître. Il lui offrit même son soutien.

— Le métier de chirurgien de la main est passionnant, dit-il. C'est un domaine extraordinaire, et je ne m'imagine pas consacrer du temps à autre chose.

— Vraiment ? dit Hugh, intrigué. J'adore la variété du métier d'urgentiste et le fait de ne jamais savoir quelle partie du corps on va traiter. Peut-être que je m'ennuie vite.

— Avec les mains, on ne s'ennuie jamais, affirma Noah. Je n'aime pas tellement les devises et autres dictons, mais j'ai encadré une citation que j'ai accrochée au mur de mon bureau. D'un philosophe allemand, Emmanuel Kant.

Abby écarquilla les yeux

— Je crois que je la connais, murmura-t-elle, avant de réciter en même temps que Noah : *La* main est la partie visible du cerveau.

Ce sentiment soudain de communion parfaite la stupéfia. Noah la comprenait, car il partageait sa passion.

Hugh et Lisa échangèrent un regard.

— Nous allons encore entendre parler de la magie du pouce opposable, n'est-ce pas ?

Les lèvres de Noah se mirent à trembler.

— Le pouce est indispensable dans plus de la moitié des fonctions de la main, expliqua-t-il.

— Et à part le cerveau, quelle autre partie du corps peut en faire autant ? ajouta Abby. Et accomplir des tâches aussi complexes ? Grâce à nos mains, nous pouvons créer des œuvres d'art et jouer de la musique, lire le braille ou parler le langage des signes. Les mains et les bras sont bien plus importants que les jambes et les pieds. Ils garantissent l'autonomie d'une personne…

Elle sentit l'intensité du regard de Noah sans même lever les yeux vers lui.

— Je ne suis pas surpris d'entendre que vous êtes si bonne dans votre travail, dit-il d'un ton tranquille.

Avec une telle passion, vous devez inciter vos patients à s'investir complètement dans leur rétablissement.

Abby ignora le compliment.

— J'ai aussi entendu quelques bonnes choses à propos de vous, dit-elle. C'était fascinant de vous voir opérer, aujourd'hui. J'espère que j'aurai bientôt l'occasion de travailler avec ce patient.

— Il devra commencer une thérapie douce dans quelques jours, répondit Noah. Nous aurons une réunion d'équipe lundi matin, à laquelle participera votre chef de service. Peut-être pourrez-vous y assister aussi ?

— Je ne choisis pas mes patients, mais je croise les doigts pour qu'on me confie celui-ci !

— Cela me fait penser qu'il faut que je rentre, dit Noah en se levant. J'ai promis de repasser à la clinique plus tard dans la soirée pour vérifier les progrès postopératoires. Merci beaucoup pour votre invitation, Hugh, et à vous aussi, Lisa. Je suis sûr que vous aviez hâte de rentrer à la maison pour une soirée tranquille qui n'incluait pas de divertir un nouveau collègue.

Noah se tourna vers Lisa.

— Combien de temps avant l'arrivée du bébé ?

— Un peu plus d'un mois, répondit Lisa. Mais je n'arrêterai pas le travail avant d'y être obligée.

Noah sourit, mais son sourire étrangement triste n'atteignit pas ses yeux.

— Je suis sûr qu'on se reverra bientôt, dit-il à Abby. Passez un bon week-end.

Hugh l'accompagna jusqu'à la porte d'entrée, tandis que Lisa et Abby échangeaient un regard.

— Que s'est-il passé ? murmura Lisa. Il avait l'air de bien s'amuser et soudain il a paru impatient de s'enfuir.

— Je suppose que le fait de parler de son travail l'a fait penser à son patient, suggéra Abby.

Hugh vint se rasseoir à table, avant de dire :

— Franchement, après avoir entendu les ragots, j'ai été surpris qu'il accepte mon invitation.

— Quels ragots ?

— Je suis allé dans le service avant de rentrer, pour voir comment s'était déroulée l'opération de Steve. J'étais dans le couloir et je cherchais ses notes dans le chariot, quand j'ai surpris la conversation des infirmières, dans le bureau. D'habitude, je ne fais pas attention à ce genre de choses, mais…

Hugh soupira.

— C'est pour ça que je l'ai invité chez moi pour prendre une bière. J'ai pensé qu'il avait besoin d'un ami.

Dévorée de curiosité, Abby buvait chaque parole que prononçait Hugh.

— Et alors ? demanda-t-elle. Tu ne peux pas t'arrêter là…

— Je n'aime pas les ragots. Même si l'histoire est vraie.

— Quelle histoire ? insista Lisa, aussi intéressée qu'Abby. Allez, chéri. Tu ne peux pas garder ça pour toi ! Abby va travailler avec lui, et j'ai même eu l'impression qu'il l'appréciait, malgré leur accrochage, en voiture…

Mais Hugh secoua la tête.

— Justement ! L'une de ces infirmières a dit à quel point elle le trouvait séduisant, et une autre, qui avait déjà travaillé avec lui dans un autre hôpital, a déclaré que même s'il était célibataire, aucun espoir n'était permis…

— Il est gay ? lança Lisa.

Hugh secoua la tête.

— Sa femme est morte il y a quelques années dans un tragique accident. Une chute de quelques marches, avec une blessure à la tête si grave qu'elle était en arrêt cardiaque au moment de son arrivée aux urgences. Apparemment, c'était l'amour de sa vie.

— Oh ! non ! Quelle tragédie !

— Le pire, c'est qu'elle était enceinte et assez loin

dans sa grossesse pour qu'on réalise une césarienne post-mortem en urgence. Le bébé n'a vécu qu'un jour ou deux.

Abby et Lisa échangèrent un regard. Pas étonnant que Noah n'ait que brièvement évoqué la grossesse de Lisa... La gorge serrée, Abby avait du mal à respirer.

— Il s'est jeté à corps perdu dans son travail. Sa vie personnelle est un sanctuaire et il ne fréquente personne. Alors...

Hugh tendit la main et toucha la main de Lisa en lui souriant.

— Je suis heureux qu'il ait accepté de venir boire un verre chez nous. Et je pense que tu as raison. Il aime bien Abby et je le comprends. Ils sont tous les deux passionnés par leur travail.

C'était vrai. Cette passion leur avait permis de vivre un véritable moment de communion. Mais peut-être partageaient-ils aussi autre chose, songea Abby : un handicap qui affectait tous les aspects de leur vie. Le sien était certes évident, mais son fauteuil roulant n'était que la partie visible de l'iceberg. Le handicap de Noah, purement émotionnel, était invisible, mais Abby avait conscience de son ampleur et sentit son cœur se serrer.

Elle avait toujours pu compter sur le soutien de sa sœur pour affronter toutes les difficultés de sa vie, mais Noah, lui, n'avait personne. Surtout maintenant qu'il avait déménagé pour prendre un nouveau poste. Voulait-il avoir de vrais amis dans sa vie ou se cantonnait-il à des relations strictement professionnelles ?

Abby relâcha lentement le souffle qu'elle avait finalement réussi à reprendre. Même s'il avait de la famille ou des amis proches et croyait ne pas avoir besoin de plus, lui arrivait-il de se sentir seul, parfois ?

Comme elle ?

# 3.

Un lourd silence régnait dans la pièce.

Les quatre personnes qui se trouvaient derrière cette porte fermée avaient toutes conscience de la gravité de la situation. L'homme alité, sa main blessée surélevée et glissée dans une écharpe. Sa femme, assise près de lui, tenant sa main indemne entre les siennes. Le chirurgien chargé de son traitement. Et… Abby.

— J'ai demandé à Abby de m'accompagner pour que vous puissiez vous parler, annonça Noah à Steve. Je sais qu'elle a commencé à travailler avec vous après votre première opération et qu'elle espèrait – comme nous tous – que la deuxième opération rétablirait un apport sanguin suffisant dans votre pouce.

Steve hocha lentement la tête et réussit à sourire à Abby. Ils s'étaient bien entendus dès la première thérapie passive très douce qu'elle avait commencée avec lui. Mais Abby avait été la première à remarquer les signes d'échec de la deuxième opération. La décoloration du pouce, survenue près de deux semaines après l'intervention initiale, avait été le premier signe de nécrose. Elle soupçonnait ce dernier d'avoir quelque chose à voir avec sa désignation comme thérapeute de Steve, et elle était bien décidée à faire du mieux qu'elle pouvait. Hélas, les résultats étaient plus que décevants.

— Comme vous le savez, vos doigts guérissent très bien, poursuivit Noah. Nous avons fait de notre mieux pour rétablir un apport sanguin maximal à votre pouce, mais je suis vraiment désolé de constater que cela n'a pas suffi.

— Mais vous pouvez pratiquer une autre opération pour réparer cela, n'est-ce pas ? demanda Pauline d'un ton hésitant.

Il n'était pas étonnant qu'elle ait l'air de plus en plus fatiguée, songea Abby. Elle devait faire garder ses trois jeunes enfants afin de pouvoir se rendre quotidiennement à l'hôpital. La relation d'Abby avec son patient et son épouse était encore nouvelle, mais elle avait constaté que cette consultation supplémentaire avait fait monter leur niveau de stress et elle avait pitié du jeune couple.

— Un apport sanguin adéquat est vital pour n'importe quelle partie du corps, expliqua Noah. Le sang transporte l'oxygène, les nutriments et les anticorps nécessaires pour combattre les infections. Sans lui, les cellules ne peuvent pas survivre et les tissus commencent à se nécroser. C'est ce qui se passe avec votre pouce, Steve.

Même si cela ne faisait que quelques jours qu'Abby avait remarqué le changement et demandé une batterie de tests pour Steve, le bout de son pouce était déjà presque noir.

— Il est risqué de laisser des tissus morts car ils peuvent s'infecter, et si cette infection se propage au reste du corps, elle peut causer une septicémie très grave.

— Je vais perdre mon pouce, alors, et je ne pourrai plus jamais travailler, murmura Steve d'une voix blanche.

— Oh ! non ! protesta Pauline. Il y a plein de travaux qui ne sollicitent pas autant le pouce.

— Ce n'est pas le genre d'activité que j'aime, dit calmement Steve. Dans mon travail, je fabrique quelque chose de mes mains et je suis entouré du meilleur groupe de collègues que j'aie jamais connu. Je deviendrais fou si je devais travailler dans un bureau.

Steve travaillait dans une ferme hydroponique où l'on cultivait des légumes. Alors qu'il surveillait habituellement les serres, il avait voulu aider au service d'emballage pendant une matinée, et c'est à ce moment-là qu'il avait eu ce terrible accident. Elle savait aussi que Pauline avait abandonné son travail à temps partiel après l'arrivée de leur troisième bébé et que leur situation financière était difficile.

— Vous allez certainement perdre ce pouce, affirma Noah, mais ça ne veut pas dire que vous n'avez plus de pouce.

Devant l'air déconcerté de Steve et Pauline, Abby décida d'intervenir.

— Si M. Baxter m'a demandé de venir avec lui pour vous parler aujourd'hui, c'est parce que j'ai déjà travaillé sur un cas similaire, expliqua-t-elle. Mon patient était beaucoup plus avancé dans sa rééducation quand nous avons commencé le traitement, mais il avait perdu son pouce, pris dans une corde alors qu'il essayait d'attraper un taureau récalcitrant. Quand je l'ai rencontré, il avait déjà repris le travail et il était très fier de ses progrès.

Abby ouvrit un dossier posé sur ses genoux.

— Voici une photo de son pouce, six mois après sa transplantation.

— Oh ! non…, gémit Pauline, l'air horrifié. Il a le pouce de quelqu'un d'autre ? Comme une greffe de rein ?

Abby leur montra une autre photo, celle des deux mains de l'homme, côte à côte.

— Voyez-vous une différence ?

— Le pouce avec la cicatrice est un peu plus gros, dit Steve. Et l'ongle a l'air différent.

— Nous lui avons greffé son gros orteil, révéla Abby. Ou plutôt, transplanté.

— C'est une chirurgie qui existe depuis longtemps,

ajouta Noah. Mais nos techniques s'améliorent sans cesse et les résultats peuvent être très, très bons.

Steve secoua la tête.

— Mais à quoi ressemble son pied, désormais ? demanda-t-il. Je n'aime pas cette idée. Mes pieds aussi sont importants. Je suis debout toute la journée. Je veux pouvoir jouer au football, ou emmener ma famille faire une promenade sur la plage.

— Avec la thérapie et l'entraînement à la marche, vous ne serez pas très gêné, assura Abby.

Elle aurait voulu lui dire que les mains étaient plus importantes que les pieds, mais elle se contenta d'un sourire.

— Le pied gauche est généralement le meilleur choix, dit Noah, simplement parce que vous pouvez perdre un peu de puissance de poussée sans le gros orteil. Cela signifie qu'avec une voiture automatique, votre conduite ne sera pas affectée quand vous devrez freiner en urgence, par exemple.

Au fur et à mesure qu'elle présentait d'autres photos à Steve et Pauline et que Noah expliquait les bénéfices et les risques de l'intervention, Abby se remémora l'accrochage qui lui avait permis de rencontrer le beau chirurgien et se surprit à le considérer comme un événement heureux.

Certes, elle avait été déçue qu'il ne l'appelle pas par la suite, mais maintenant qu'elle savait la tragédie qu'avait été pour lui la perte de sa femme et de son bébé, elle ne pouvait plus lui en vouloir.

Elle se sentait protégée, bien à l'abri dans un espace sûr : elle n'avait pas à penser à des choses auxquelles elle refusait de penser depuis si longtemps.

Comme le sexe, par exemple…

Ou la difficulté d'affronter et de surmonter un obstacle qu'elle avait elle-même mis en place depuis plusieurs années afin d'éviter tout contact intime.

Car comment attendre d'un partenaire – quel qu'il soit – habitué à faire l'amour avec des femmes valides qu'il accepte sa différence sans en être profondément déçu ? Ses jambes paralysées l'obligeaient à une passivité qui n'avait rien d'excitant ni de satisfaisant. Quel homme pourrait être attiré par une telle expérience ?

Non, c'était mieux ainsi. Il fallait oublier l'élan qui la poussait vers Noah et profiter de leur relation professionnelle pour se perfectionner, et développer une amitié riche et sincère. Ils riaient beaucoup ensemble, et cela suffisait à briser les barrières qui l'avaient jusque-là empêchée de nouer une relation significative avec un homme…

— Donc, utiliser le second orteil déforme moins le pied, mais le gros orteil ressemble beaucoup plus à un pouce – comme vous pouvez le voir sur les photos qu'Abby vous a montrées.

— Et l'opération ? demanda Pauline. Effectuez-vous la transplantation en même temps que l'ablation du pouce ?

— Oui, c'est préférable, car cela permet d'attacher les nerfs et les vaisseaux sanguins avec plus de précision. L'opération elle-même est longue et peut prendre entre huit et douze heures.

— La rééducation est longue aussi, prévint Abby. Pour obtenir un bon résultat, il faut être prêt à s'astreindre à une thérapie assez rigoureuse. Six semaines sont nécessaires pour permettre aux os de guérir. Nous ferons de la thérapie pendant cette période, bien sûr, pour que tout reste mobile, mais le travail vraiment intense commencera après cela.

— Combien de temps cet homme a-t-il dû attendre avant de retourner travailler à la ferme ? s'enquit Steve.

— Six mois, répondit Abby. Et il avait une très bonne sensation dans le pouce, ainsi qu'une amplitude de mouvement et une force suffisantes pour effectuer la plupart des tâches nécessaires à son travail.

Steve ferma les yeux et s'adossa à son oreiller.

— Je ne sais pas, murmura-t-il. Cela me paraît… vraiment bizarre. Je ne suis pas sûr de penser clairement en ce moment

— Je comprends, dit Noah en se levant. Nous vous laissons y réfléchir. Si vous avez des inquiétudes ou des questions, notez-les et nous en reparlerons plus tard. Je viendrai vous voir demain matin, avant la visite de mon service.

— Je serai disponible aussi, promit Abby, mais je suis sûre que M. Baxter pourra répondre à beaucoup plus de questions que moi.

Elle sentit que Steve l'observait tandis qu'elle faisait pivoter sa chaise pour se diriger vers la porte. Regardait-il son pouce ?

— N'oubliez pas que le pouce est le doigt le plus important d'un point de vue fonctionnel, dit-il avec douceur. Et que les avantages d'un transfert d'orteil l'emportent largement sur les risques.

Noah accompagna Abby jusqu'à son bureau.

— Je commence ma tournée dans quinze minutes dit-il. Je peux prendre un café dans votre salle de repos ?

— Bien sûr que oui ! Vous faites partie du personnel de la clinique de la main.

Elle montra où se trouvaient les tasses et la boîte à biscuits, puis demanda :

— Pensez-vous que Steve acceptera l'opération ?

— Je l'espère bien…

Comme Noah poussait un sac sur la table basse pour pouvoir y poser sa tasse, il remarqua la pointe émoussée d'une grosse aiguille.

— J'apprends à tricoter, expliqua Abby.

Comme Noah souriait sans rien dire, elle demanda :

— Qu'est-ce qui est drôle ?

— L'idée que vous vous mettiez au tricot. C'est un peu comme si… je jouais au basket en fauteuil roulant, dit-il.

— Je suis sur le point de devenir tante. J'ai pensé que je devrais peut-être apprendre à tricoter une paire de chaussons. Je sais, cela ne me ressemble pas et j'ai toujours l'impression que le tricot est un truc de vieille dame. Quant à vous, je crois que le basket en fauteuil roulant vous plairait beaucoup.

— Mais je ne suis pas en fauteuil roulant.

— Les personnes valides sont tolérées.

— Vraiment ?

— Pourquoi pas ? répliqua Abby en haussant les épaules. Le fauteuil roulant n'est qu'un outil, comme les patins à glace ou le vélo, par exemple.

— Mais cela ne semble pas juste. Les personnes valides ne sont-elles pas avantagées ?

Abby sourit.

— Non, mais c'est ce qu'elles croient jusqu'à ce qu'elles se retrouvent sur le terrain. Les joueurs sont classés en fonction de leur niveau de handicap, expliqua-t-elle. Le nombre total de points permis, tous joueurs confondus, est de quatorze. C'est une question de contrôle du mouvement du tronc. Si vous avez peu ou pas de contrôle, vous marquez un point. Si vous avez un contrôle total dans toutes les directions, vous marquez quatre points et demi. En tant que personne valide, ce serait votre score.

— Et vous, combien marquez-vous ?

— Quatre points et demi, dit Abby. J'ai été blessée au niveau des lombaires basses, ce qui signifie que j'ai eu de la chance dans mon malheur. J'ai échappé à l'absence totale de contrôle de la vessie et des intestins à laquelle la plupart des paraplégiques doivent faire face.

Elle se mordit la lèvre.

— Désolée… Trop d'informations ?

— Non… pas du tout, répondit Noah dans un sourire. Je me disais que j'aimerais peut-être essayer le basket-ball, car il fait trop humide pour sortir courir.

— Alors, venez ! Les débutants sont toujours les bienvenus, et c'est très relax. Je vous enverrai l'adresse du gymnase et vous pourrez utiliser une des chaises de sport supplémentaires. L'entraînement a lieu demain.

— Vous m'aviez dit que c'était relax ! gémit Noah.

Sa chemise trempée collait à son dos et il savait que les muscles de ses bras lui feraient mal le lendemain.

— J'ai dit relax, pas *relaxant*.

Abby attendit qu'il perde le contrôle du ballon alors qu'il essayait de le faire rebondir tout en déplaçant son fauteuil, puis elle roula sur presque toute la longueur du terrain avant de viser et de marquer un panier.

Noah faisait avancer son fauteuil avec ses deux mains, et cet effort physique était beaucoup plus intéressant que de courir sur ses deux jambes, car il réclamait un effort cérébral important. C'était exactement ce dont il avait besoin après cette fin de journée difficile. Steve avait refusé l'opération et n'était pas non plus prêt à signer un formulaire de consentement pour une amputation. Bouleversé, il refusait de parler à qui que ce soit, y compris à sa femme. Quand Abby était arrivée pour sa séance de thérapie, il l'avait grossièrement congédiée.

Elle ne s'était pas formalisée, elle était allée parler à Pauline afin de voir comment, à elles deux, elles allaient pouvoir le convaincre.

Noah se sentait beaucoup plus optimiste maintenant, gagné par la détermination et la confiance d'Abby. Comme ses coéquipières, celle-ci s'était montrée patiente avec lui, qui s'essayait pour la première fois à ce sport où elles excellaient. Et les rires sur le terrain avaient été contagieux.

Il y avait longtemps qu'il ne s'était pas senti aussi bien, songea Noah en se levant de son fauteuil.

Abby le rejoignit.

— Alors, votre verdict ?

— C'était une super expérience, en bonne compagnie, qui m'a apporté beaucoup de plaisir. Mais je suis épuisé et j'ai hâte de rentrer chez moi.

Comme elle le regardait, un étrange sourire aux lèvres, il demanda :

— Quoi ? Il y a un problème ?

— Le temps, peut-être ?

Abby dut élever la voix pour couvrir le bruit de la grêle sur le toit du gymnase. Quelques secondes plus tard, un coup de tonnerre retentit.

— J'espère que ça s'arrêtera avant qu'on arrive au parking. C'est dans ces moments-là que j'envie ceux qui peuvent tenir un parapluie, courir et sauter dans leur voiture le plus vite possible !

— J'ai un grand parapluie dans ma voiture. Je peux vous aider, si vous voulez ?

— Ce serait formidable, mais avant ça je serais ravie de vous offrir une bière au pub du coin. C'est la tradition du club.

La tempête ne s'était pas encore calmée quand Abby retrouva Noah près des portes principales du gymnase, et elle entendit à peine son téléphone sonner à cause du bruit. Quand elle vit le numéro de son beau-frère s'afficher, elle décrocha, mais ne reconnut pas sa voix.

— Qui est-ce ? demanda-t-elle d'un ton anxieux, et pourquoi avez-vous le téléphone de Hugh ?

— Je suis Greg, du service des urgences, et je vous appelle de la part de Hugh. Il vient de monter à la maternité avec Lisa.

— Oh ! mon Dieu ! Que s'est-il passé ? Est-ce qu'elle va bien ? Et le bébé ?

— Ils vont très bien. Le bébé a décidé d'arriver un peu plus tôt que prévu, c'est tout.

Sans attendre que Noah lui tienne son parapluie, Abby se précipita dehors.

— C'est Lisa ! cria-t-elle par-dessus son épaule. Elle est en travail. Je dois aller à l'hôpital.

— Et… Votre fauteuil ? demanda Noah, en s'élançant à sa suite.

— L'entraîneur s'en occupera. Il y a beaucoup de place pour le ranger.

Abby s'était garée tout près, mais elle sentit sa gorge se serrer en apercevant sa voiture. Son pneu arrière était à plat !

— Prenons mon 4x4, proposa Noah, très calme. Vous n'aurez même pas besoin de plier votre fauteuil pour le faire entrer dans le coffre. On s'occupera de votre voiture plus tard.

Noah conduisit aussi vite que les conditions épouvantables le permettaient, puis ils gagnèrent à la hâte l'entrée de l'hôpital. Même à l'intérieur de l'immense bâtiment, le grondement du tonnerre se faisait entendre et ils remarquèrent que les lumières des ascenseurs s'allumaient, puis s'éteignaient au hasard.

Elles clignotèrent de nouveau quand Abby appuya sur le bouton du deuxième étage, où se trouvait la maternité.

— Il vaut mieux renoncer, dit Noah. Il y a un groupe électrogène qui se déclenche en cas d'urgence, mais il alimente en priorité les zones critiques, comme les salles d'opération et les soins intensifs.

Comme pour confirmer ses propos, un agent de sécurité leur lança :

— N'utilisez pas les ascenseurs. Nous ne voulons pas que quelqu'un soit piégé si le courant s'éteint complètement.

Abby secoua la tête. Il ne restait plus qu'une seule solution : prendre les escaliers.

Noah, qui avait perçu le regard découragé d'Abby, appela le garde de sécurité.

— Pourriez-vous trouver un espace sûr pour ranger un fauteuil roulant ? Nous devons emprunter les escaliers.

— Ne vous inquiétez pas. Je vais le laisser à la réception des urgences.

Le plus naturellement du monde, Noah souleva Abby dans ses bras et le porta vers la cage d'escalier.

— Vous allez le regretter, dit Abby d'un ton faussement détaché. Je ne suis pas vraiment un poids plume.

Mais Noah ne songeait pas à son poids, tout à l'émotion que suscitaient ses bras enroulés autour de son cou et la douceur de sa poitrine contre son bras. Ou cette odeur de… Fleur de pommier ? Était-ce possible de sentir aussi bon naturellement ?

À la réception, une infirmière les interpella.

— Abby ? On m'a demandé de m'occuper de vous. Suivez-moi, s'il vous plaît…

Noah n'eut même pas le temps de demander s'ils avaient un fauteuil roulant disponible. Très vite, il se retrouva là où il n'avait pas sa place – avec une jeune mère assise sur un lit, son mari penché vers elle, le bras autour de ses épaules et admirant leur nouveau-né qu'elle berçait tendrement.

Soudain, son passé resurgit à sa mémoire avec une douloureuse acuité. Doucement, il déposa Abby dans un fauteuil et prit du recul, prêt à s'excuser pour laisser la famille partager ce moment privilégié. On n'avait plus besoin de lui. Hugh pourrait récupérer le fauteuil roulant d'Abby et l'aider à réparer le pneu de sa voiture.

En voyant Hugh prendre le bébé des bras de Lisa pour le déposer dans ceux d'Abby, il ressentit une émotion si forte que son souffle se bloqua dans sa gorge. Il fallait qu'il sorte. Maintenant. Avant d'être aspiré par ce vertigineux sentiment de perte, ce vide insondable. D'être confronté à ce qu'il avait tant désiré, mais ne connaîtrait jamais : le bonheur d'avoir une famille.

# 4.

— Hé ! Vous savez quoi ?

Abby leva les yeux et vit Noah sur le seuil de la salle de soins. Sa patiente regardait toujours sa main comme si elle voulait qu'elle bouge toute seule. Abby hocha la tête et leva l'index pour indiquer à Noah qu'elle pourrait lui parler dans une minute.

— Essayez encore une fois, Audrey. Relâchez vos doigts et votre pouce, et formez un « O » avec votre pouce et votre index. Relevez vos doigts et faites la même chose avec votre majeur, puis répétez l'opération pour chaque doigt. Je reviens dans une seconde.

Abby fit pivoter son fauteuil et rejoignit Noah, heureuse d'interrompre cette séance. Elle ne l'avait pas vu depuis deux jours et n'avait pas eu l'occasion de le remercier pour son aide pendant la fameuse nuit où sa nièce était venue au monde.

Deux souvenirs se distinguaient du chaos qu'avait été cette soirée : la surprise de ressentir autant d'amour pour ce petit être qu'elle tenait dans ses bras pour la première fois, et la certitude absolue de vouloir devenir un jour mère à son tour.

À la vérité, elle se rappelait également la force des bras de Noah lorsqu'il avait grimpé les escaliers, malgré le rude entraînement de basket qu'il venait de faire. Accrochée à son cou, elle avait senti ses muscles travailler sous ses doigts, et capté l'expression sur son visage juste avant qu'il ne s'échappe.

En réalité, elle n'arrivait pas à oublier ce regard hanté sur le visage de Noah quand il avait quitté la chambre de Lisa, à la maternité. Cette scène de bonheur familial avait dû lui rappeler une autre naissance, tragique celle-là, qui avait bouleversé son existence à jamais. Pas étonnant qu'il l'ait évitée, ces deux derniers jours, et se soit réfugié derrière sa blouse blanche.

— Il a dit oui ! Steve a accepté l'opération, annonça-t-il, ravi.

Abby lui sourit en retour.

— La dernière fois qu'on m'a dit une chose pareille, il s'agissait d'une amie étudiante venue m'apprendre au milieu de la nuit que son petit ami avait accepté sa demande en mariage…

Comme Noah clignait des yeux, Abby se reprocha sa maladresse. Noah voulait probablement éviter aussi ce genre de souvenirs…

Mais il continuait de sourire.

— Steve a signé tous les formulaires de consentement. J'ai pensé que vous aimeriez venir à la réunion de l'équipe cet après-midi pour commencer à planifier l'opération.

— Oh… C'est une merveilleuse nouvelle ! Je vais proposer un plan thérapeutique postopératoire. Si je suis toujours sa thérapeute, bien sûr…

— Steve l'a exigé, dit Noah. Il a assuré que c'est la conversation qu'il avait eue avec vous et Pauline ce matin, qui l'avait fait changer d'avis. Vous avez parlé de… bébés ?

— Je lui ai parlé du plaisir de tenir un bébé dans ses bras, et nous lui avons rappelé toutes les choses qu'il pourrait faire plus facilement avec sa propre fille s'il avait un nouveau pouce. Comme lui donner un bain ou l'accompagner à l'école ou encore…

Abby s'interrompit, craignant de retourner une fois

de plus le couteau dans la plaie en rappelant à Noah sa propre perte. Celui-ci saisit l'occasion pour lancer :

— 17 heures, alors ? Dans la salle de conférences ?

Puis il disparut comme il était venu, sans qu'elle ait eu le temps de le remercier pour l'autre soir.

Derrière elle, sa patiente avait l'air frustré.

— Je n'arrive pas à faire se toucher mon annulaire et mon pouce, qui est à des kilomètres de mon auriculaire !

Abby se tourna vers Audrey.

— Ça viendra, ne vous inquiétez pas. Pensez à tout le chemin parcouru depuis que nous avons retiré votre plâtre. Vous pourrez recommencer cet exercice chez vous, mais pour l'instant essayons autre chose…

Les places à la longue table ovale de la salle de conférences étaient toutes occupées au moment où Noah brancha son ordinateur portable au rétroprojecteur. Il se tourna vers le groupe et les conversations s'estompèrent aussitôt. Pour bon nombre des praticiens ici présents – qui avaient participé aux chirurgies antérieures de Steve –, la procédure dont il allait discuter était une première, et tous étaient impatients d'en savoir plus.

— Pour ce patient qui a subi une perte traumatique, la transplantation d'un gros orteil apparaît comme la solution idéale de reconstruction du pouce, commença-t-il. Comme le pouce, l'orteil possède une seule articulation interphalangienne et, pour la plupart des gens, sa longueur et son apparence ne sont pas différentes.

Il afficha la photo qu'il avait montrée à Steve lorsqu'il avait évoqué cette intervention chirurgicale, avec Abby.

— Comme vous le savez tous, poursuivit-il, Steve est père de trois enfants, dont le plus jeune n'est qu'un bébé. Il a la chance d'avoir un mariage solide et de nombreuses années devant lui pour subvenir aux besoins de sa famille.

Il est extrêmement motivé à travailler fort pour réussir et, de préférence, à retrouver un emploi qu'il aime et qui exige un bon niveau de fonction manuelle.

Cette procédure serait longue et techniquement exigeante, mais les résultats seraient très profitables au patient et à sa famille, c'était évident.

Pendant que Noah cliquait et montrait les tendons, les nerfs et les vaisseaux sanguins qui devraient être disséqués en vue de la chirurgie implantaire, il se rappela la raison pour laquelle ils étaient tous ici et tous aussi passionnés par leur travail : le sens de la famille.

Il appuya sur la touche fléchée de son clavier pour faire apparaître un nouveau diagramme : la photo d'un pied avec des lignes tracées à l'aide d'un marqueur. Il n'avait fallu qu'une fraction de seconde pour appuyer sur ce bouton, mais c'était suffisant pour déclencher ces flash-back qui l'assaillaient sans relâche : le petit visage de son enfant nouveau-né, Ellen, couchée sur un brancard aux urgences, le médecin réanimateur qui regardait l'horloge pour enregistrer l'heure du décès…

Et puis, comme toujours, les images indésirables disparurent comme elles étaient venues, et tout se passa si vite que personne ne remarqua rien.

— Ces lignes marquent l'incision initiale, reprit-il en retournant vers l'écran. Nous devons laisser une longueur de lambeau suffisante pour nous permettre de fermer avec un raccourcissement minimal du premier métatarsien. Les photos suivantes montreront la dissection nécessaire pour identifier les branches artérielles, le tendon extenseur et une veine dorsale…

— Deux équipes travailleront au bloc, l'une pour prélever l'orteil et réparer le pied, l'autre pour préparer le champ opératoire de la main. Une fois que l'équipe d'implantation sera prête, nous ligaturerons et couperons l'artère et la veine dominante de l'orteil, avant d'implanter os, tendon extenseur, tendon fléchisseur, nerfs, artère, veine et enfin la peau…

Noah répondit ensuite à toutes les questions que l'équipe lui posa.

— Combien de temps pensez-vous qu'il va devoir rester dans le service ? demanda le responsable des soins intensifs.

— Trois à cinq jours. Nous devrons surveiller de près les lignes de base des membres à l'aide d'un signal Doppler et d'un oxymètre. Il nous faudra plusieurs jours pour nous coordonner en vue de cette intervention chirurgicale majeure, alors nous avons tout le temps de nous réunir pour mettre en place un plan plus complet. Je vais essayer d'impliquer tout le monde afin que nous puissions discuter des détails que cette vue d'ensemble n'aura pas permis d'évoquer.

Un brouhaha se fit autour de la table, et chacun commença à rassembler ses notes. La réunion était presque terminée.

— Juste pour finir, enchaîna Noah, j'aimerais accueillir Abby Phillips au sein de l'équipe. Dans un cas comme celui-ci, la rééducation est d'une importance capitale si l'on veut obtenir de bons résultats. Avez-vous des commentaires à faire, Abby ? Ou des questions à poser ?

— Si je comprends bien, la mobilisation douce pourra commencer dès trois ou quatre jours après l'intervention, si la fixation osseuse est stable. Le début des exercices actifs dépendra de la qualité des réparations tendineuses. Le vrai travail de renforcement et d'ergothérapie commencera deux mois après l'intervention, n'est-ce pas ?

Noah acquiesça.

— Discutons-en en amont. Ceci est valable pour tout le monde, et mon planning est à votre disposition. Je vous remercie d'avoir pris le temps de venir à cette réunion et j'ai hâte de travailler de nouveau avec vous tous.

Abby semblait ravie d'attendre pendant qu'il discutait plus en détail du cas avec les différents spécialistes présents et, pour sa part, Noah se sentait curieusement heureux qu'elle soit là. Ses nouveaux collègues étaient des gens formidables, mais Abby se démarquait des autres. Elle se démarquait de tous les êtres qu'il avait rencontrés dans sa vie, pour être honnête.

Finalement, ils se retrouvèrent seuls dans la salle de conférences, et Noah se détendit. L'opération de Steve nécessitait une préparation minutieuse et de longues heures au bloc, et il savait qu'il devait profiter de chaque instant de répit avant la chirurgie.

— Comment se présente votre agenda pour les réunions ? demanda-t-il à Abby.

— Beaucoup plus vide que le vôtre, j'imagine. C'est un grand défi, n'est-ce pas ?

— J'aime les défis. Et je vous soupçonne de les aimer aussi.

— En effet. Sans défis, je m'ennuierais sans doute très vite.

Le ton d'Abby était léger, mais il y avait quelque chose de sérieux dans son regard.

— Cela dit, certaines difficultés me donnent l'impression d'être très vulnérable et j'en ai rencontré plusieurs l'autre soir, avec ce pneu crevé et ces coupures de courant. Je voulais vous remercier de m'avoir aidée.

Noah tenta d'ignorer ces remerciements. Déjà, il cherchait la parade, mais Abby poursuivit :

— De plus, vous avez réussi à le faire avec délicatesse, sans me rappeler mes limites. Rares sont ceux qui sont capables de laisser à quelqu'un comme moi sa dignité.

— Je pense que vous garderiez votre dignité dans n'importe quelle situation ! rétorqua Noah. D'après ce que j'ai vu, vous surmontez toutes les épreuves.

Ce fut au tour d'Abby de hausser les épaules. Peut-être qu'elle n'aimait pas les compliments ?

— J'ai cherché un moyen de vous remercier, mais je doutais que des fleurs ou des chocolats fassent l'affaire, reprit-elle dans un sourire.

— Encore un point commun entre nous, répliqua Noah.

— C'est alors que j'ai eu l'idée de vous inviter à dîner. Ce n'est pas de notoriété publique, mais il se trouve que je suis une cuisinière de talent. J'ai même pensé à participer à un concours culinaire à la télévision.

— Oh ! dit Noah, impressionné.

Y avait-il quelque chose qu'Abby ne savait pas faire ?

— Je suis complètement nul en cuisine. Je finis toujours par acheter des plats préparés au supermarché. Certains sont étonnamment bons, vous savez !

Abby agita la main d'un air dédaigneux.

— Rien à voir avec du fait maison ! Alors, vous acceptez ? Nous pourrions faire d'une pierre deux coups et parler de la rééducation de Steve. Ainsi, vous pourriez dégager du temps pour toutes les réunions supplémentaires. Ce soir, ça vous convient ?

Elle posa sur lui un regard où brillait une lueur espiègle.

— À quoi bon remettre à demain ? Quand on se donne trop de temps pour réfléchir à quelque chose, on trouve une foule de prétextes pour y renoncer. À moins que vous n'ayez d'autres projets ?

Comment avait-elle deviné qu'il cherchait une façon polie de refuser de dîner avec elle ce soir ? Elle semblait également avoir compris qu'il n'avait rien de prévu pour la soirée, si ce n'est d'avancer dans la préparation de l'opération de Steve ? Elle savait probablement aussi pourquoi il tentait d'échapper à l'invitation à dîner d'une femme célibataire. Cependant, cela ne serait pas un obstacle à leur amitié qui lui apparaissait comme une relation simple. Différente.

— Je n'ai pas d'autres plans, s'entendit-il dire à haute voix. Et un repas fait maison me tente énormément. Donnez-moi votre adresse et j'y serai.

Quand on sonna à sa porte, Abby jeta précipitamment l'emballage des plats cuisinés à la poubelle, puis se précipita pour ouvrir.

— Je ne savais pas que vous habitiez si près des quartiers du personnel, dit Noah. C'est à quelques pas.

— C'est un endroit génial, répondit Abby en hochant la tête, mais j'aime aussi ce bâtiment pour son caractère. Des plafonds hauts comme celui-ci donnent une sensation d'espace.

Tout comme le fait d'avoir peu de meubles, bien sûr, des planchers cirés partout, sans tapis, et des portes plus larges que la normale pour laisser passer son fauteuil roulant.

— C'est très joli.

Noah se rappela soudain qu'il avait une bouteille sous le bras.

— J'espère que vous aimez le vin rouge ?

— Ce sera parfait avec notre dîner, mais je dois avouer que j'adore les bulles. Puis-je vous offrir un verre de prosecco pour commencer ?

Noah sourit.

— Cela ne me surprend pas.

— J'ai pris goût au champagne français mais, hélas, il est un peu hors budget pour moi.

Abby passa devant les portes menant à sa chambre à coucher et à la salle de bains, et entra dans sa vaste cuisine à l'américaine où elle avait aménagé un coin salon.

Elle ouvrit le réfrigérateur et sortit la bouteille de vin mousseux.

— Je sais que c'est une soirée de travail, mais nous ne sommes pas obligés de tout boire.

— J'ai pour habitude de me détendre avant chaque grosse opération. Si l'on ne recharge pas ses batteries à l'avance, il peut s'avérer difficile de rester concentré pendant de longues heures.

— J'imagine… Pouvez-vous nous servir ? Je vais vérifier le four.

— Ça sent délicieusement bon.

— Bœuf Wellington, annonça Abby en évitant son regard.

— Je suis impressionné, dit Noah en apercevant le plan de travail immaculé. Si j'essayais de préparer quelque chose d'aussi compliqué, ma cuisine serait un vrai champ de bataille…

— Eh bien, je dois avouer que j'ai tout préparé très à l'avance.

Abby désigna le canapé et la table basse du salon.

— Asseyons-nous pour trinquer. J'ai imprimé les grandes lignes d'un plan de rééducation pour Steve avant de quitter le travail.

— Vraiment ? C'était il y a à peine une heure ! Vous avez eu le temps de rentrer chez vous, de vous changer, et de préparer un bon dîner, et vous n'avez même pas l'air essoufflé.

Il leva son verre.

— Prodigieux…

Était-ce son imagination ou y avait-il une note d'ironie dans sa voix ?

Abby poussa une mince liasse de feuilles vers Noah.

— Pour l'instant, ce n'est qu'une esquisse, expliqua-t-elle. Je me suis concentrée sur la rééducation sensorielle parce qu'elle peut accélérer la régénération axonale.

— En effet, et c'est un élément essentiel. Pas seulement pour réparer les axones, mais parce qu'il aide à déterminer les impulsions sensorielles altérées qui atteignent le système nerveux central.

Étrangement, cette discussion professionnelle était tout à fait ce dont Noah avait besoin pour se détendre en dehors des heures de travail.

Abby prit une gorgée de son vin en le regardant parcourir ses notes. Il posa quelques questions, fit d'excellentes suggestions et des éloges sincères.

— J'ai lu récemment un excellent article dans une revue de neurologie sur les facteurs sensoriels, émotionnels et cognitifs et leur interaction dans la perception de la douleur. C'était directement lié à la rééducation sensorielle. Je peux vous l'envoyer si vous voulez.

— Je veux bien. Mais passons d'abord à table ! Ne bougez pas, je m'en occupe. J'espère que vous avez faim.

Elle posa assiettes et couverts sur la table, puis elle tendit à Noah la bouteille de vin rouge et un tire-bouchon, avant de sortir les aliments du four et de les transférer dans un joli plat de service.

Ils dégustèrent en silence les premières bouchées.

— C'est délicieux, dit Noah. Parfait.

— Je suis heureuse que ça vous plaise.

— J'adore ça.

Noah termina son feuilleté farci de filet bœuf, de champignons et de foie de poulet.

— En fait, c'est l'un de mes plats préférés du rayon gourmet.

Abby baissa les yeux et murmura :

— Je suis grillée, n'est-ce pas ?

— J'aime bien aussi la tarte aux poireaux.

— Oh ! moi aussi. Et avez-vous goûté le chili con carne ?

— Délicieux. Mais pas aussi bon que les spaghettis carbonara…

Ils éclatèrent de rire.

— Et moi qui vous prenais pour un parfait cordon-bleu ! dit Noah, déçu.

Abby se mordit la lèvre.

— J'ai *pensé à* improviser un dîner, avoua-t-elle, mais cela aurait été cruel. Mes talents culinaires sont à la mesure de mon habileté pour le tricot. Désolée… Mais je voulais vraiment faire quelque chose pour vous remercier.

— Ce n'était pas nécessaire, dit Noah. Je serais venu même pour partager une omelette. Je vous aime bien, Abby Phillips.

— Moi aussi, répondit Abby d'un ton léger. Et, pour être tout à fait franche, je dois avouer que je n'ai pas non plus fait la crème glacée caramel beurre salé que nous mangerons au dessert. Voulez-vous venir vous asseoir près du feu ?

— Parfait ! Un autre verre de prosecco ? Je ne conduis pas.

— J'aime votre façon de penser, monsieur Baxter !

Alors qu'elle sortait la glace du congélateur et des coupelles d'un placard, Abby regarda Noah poser la bouteille de prosecco et les verres sur la table basse du salon. Il semblait tout à fait à l'aise ici. Il était détendu et… aussi séduisant que dans ses fantasmes les plus fous.

Ce qui était très bien, car ce n'étaient que des fantasmes, justement. Quel soulagement de savoir que Noah ne voulait pas être davantage qu'un ami, lui évitant d'avoir à faire face à une anxiété enfouie depuis des années ? Elle doutait que quiconque la trouve un jour aussi attirante qu'une personne non handicapée et, pire encore, que sa peur de ne pas pouvoir se protéger suffisamment resurgisse et l'empêche d'entretenir une quelconque relation amoureuse.

Jusque-là, avec Noah, elle avait réussi sans grande difficulté à demeurer sur un terrain strictement professionnel, en parlant de l'opération et de la réadaptation de Steve. Mais au coin de ce feu chaleureux, bien calée contre ses coussins moelleux, un verre de prosecco à portée de main, eh bien… c'était une autre affaire, songea-t-elle en rejoignant son invité.

C'est en dégustant sa dernière bouchée de glace que Noah prit sa décision.

— J'ai vraiment besoin de trouver un endroit où vivre qui ne soit pas seulement une pièce qui ressemble à mon lieu de travail, confia-t-il à Abby. J'ai oublié à quel point il est important de pouvoir décrocher complètement, parfois.

Il posa sa coupelle sur la table, prit son verre et s'adossa de nouveau à ce canapé confortable avec un soupir de satisfaction.

— Un endroit comme celui-ci serait parfait…

— J'adore cet appartement, dit Abby. J'ai dû emménager chez Lisa et Hugh pendant les rénovations, mais c'était un tel soulagement de m'y installer ! Cela m'a pris vingt-six ans, mais j'ai l'impression de vivre enfin en toute indépendance et j'adore ça. La seule chose qui manque, c'est… un chat, peut-être. Si je peux en trouver un roux, bien sûr.

— Pourquoi roux ? Ah oui, je sais… C'est la couleur de cheveux de toute la famille, n'est-ce pas ?

— Vous êtes un fin observateur, Noah Baxter !

— Au fait, comment s'appelle le bébé de Lisa ? Est-ce un garçon ou une fille ?

— Une fille. Et elle s'appelle Amy, comme ma grand-mère. Mais comme elle est presque complètement chauve, on ne peut pas être sûr qu'elle sera rousse.

Abby prit une gorgée de vin, puis reposa son verre.

— Je suis désolée de vous avoir mis dans cette situation, l'autre soir, dans la salle d'accouchement. Je sais que ça n'a pas dû être facile pour vous…

Donc, elle connaissait son histoire ? S'il s'en doutait, il était surpris de ne lire aucune trace de pitié dans ses yeux, cependant. Juste de la bienveillance.

— Ça va, dit-il pudiquement. La vie continue, et l'on trouve le moyen de rebondir. Je n'étais pas du tout contrarié, mais je ne voulais pas m'imposer.

C'était une raison tout à fait valable pour s'être éclipsé si rapidement, ce jour-là, mais Noah devinait qu'Abby avait compris qu'il cherchait à lui cacher quelque chose. Elle soutenait toujours intensément son regard, le troublant au plus haut point.

Il sentit une tristesse soudaine l'envahir. Ce repas partagé, cette soirée, cette chaleur étaient ce qui manquait à sa vie, et manquerait toujours, car il n'était pas du tout prêt à se battre pour l'obtenir. Il n'avait même aucun désir d'y parvenir. Pour l'instant, tout cela était trop compliqué pour lui.

Heureux de rompre le charme de cet instant, il ironisa :

— Vous voyez trop clair, murmura-t-il. J'espère que vous n'allez pas m'annoncer que vous êtes télépathe, en plus !

— Je ne l'ai jamais cru, répliqua Abby. Jusqu'à maintenant…

Il ne pouvait toujours pas détourner le regard. Entre eux, l'alchimie était réelle, comprit-il. Si elle voulait un chat dans son appartement, c'est parce qu'elle se sentait seule. Elle avait le même vide dans sa vie que lui et, alors qu'il avait accepté depuis longtemps de vivre avec, Abby, elle, ne s'y résignait pas.

C'était une jeune femme absolument époustouflante et… la façon dont elle le regardait, lui donnant l'impression qu'elle voyait au plus profond de son âme, l'attirait irrésistiblement.

Alors, comme mû par une force implacable, il se pencha vers elle et l'embrassa.

# 5.

Seigneur ! Cet homme embrassait divinement bien !

Abby n'avait jamais été embrassée comme ça auparavant. En ce moment, elle avait l'impression qu'aucune femme sur terre n'avait jamais été embrassée comme ça.

Elle se fondit dans ce baiser, dans la sensation, le goût et la chaleur des lèvres et de la bouche de Noah, si merveilleusement *vivantes*, à tel point qu'elle perdit la notion du temps. Ce n'est que lorsqu'elle s'entendit gémir sous la caresse de Noah, dont la main avait glissé sous son chemisier pour se poser sur ses seins, qu'elle se tendit.

À son tour, Noah se redressa vivement, comme au sortir d'un rêve, et ils se dévisagèrent. Abby tenta de reprendre son souffle, tandis que Noah posait son doigt sur ses lèvres, comme pour y imprimer le merveilleux baiser qu'ils venaient d'échanger – ou peut-être pour se retenir de l'embrasser à nouveau ?

— Désolé, murmura-t-il enfin, Je ne voulais pas…

— Tu n'as pas à être désolé, dit Abby. Et cela n'a pas forcément de sens, mais…

Elle marqua une pause, puis ajouta dans un souffle :

— Mais ça m'a plu.

Un silence se fit entre eux, qu'ils n'osèrent pas briser, comme s'il s'agissait d'un instant capital, où tout pouvait basculer.

— Et c'est bon signe, dit-elle enfin.

— Pourquoi ?

— Parce que j'ai le sentiment que tu es comme moi. Que ta solitude n'est pas de celles qu'un ami ou une famille peut rompre et… ce serait triste de ressentir ça jusqu'à la fin de nos vies, n'est-ce pas ?

Il planta son regard dans le sien, puis déclara :

— Je ne comprends pas. Tu es magnifique. Drôle. Intelligente. Tu possèdes une énergie contagieuse, sur un terrain de basket-ball et en dehors. Si tu es célibataire, c'est que tu as choisi de l'être, non ?

Abby baissa les yeux.

— Oui… et non, chuchota-t-elle. C'est une longue histoire que je n'ai pas très envie de te raconter ce soir. Je préfère parler de toi. Si quelqu'un a l'embarras du choix en matière de partenaires, c'est bien toi, non ?

Noah se tut un instant, puis répondit :

— Cela ne m'intéresse pas, avoua-t-il. Je ne suis pas prêt. Et comme cela dure, je me dis que je ne le serai peut-être jamais.

— Oui, la première fois peut faire très peur, j'en sais quelque chose, moi qui, à vingt-six ans, n'ai jamais…

Elle se cacha le visage dans les mains. Elle n'avait pas bu *autant* que cela, n'est-ce pas ? Pourtant, elle venait de lui avouer ce qu'elle n'avait jamais confié à personne, pas même à sa sœur…

— J'ai l'impression de pouvoir te faire confiance, reprit-elle à mi-voix. Et… J'ai vraiment apprécié ce baiser.

Quand elle leva les yeux vers Noah, il la regardait attentivement. Il soutint son regard et lui effleura la joue si doucement qu'elle sentit des larmes lui monter aux yeux.

— Moi aussi, murmura-t-il.

Son doigt glissa de sa joue jusqu'à son cou puis, doucement, il pencha la tête pour poser de nouveau ses lèvres sur les siennes. Mais, cette fois, c'était un baiser plus contrôlé, presque amical. Hélas, Abby voulait plus. Beaucoup plus, même. Pour la toute première fois, et malgré ses craintes, elle avait vraiment envie de se donner tout entière à un homme. À cet homme…

Noah sentit qu'Abby retenait son souffle, dans l'attente d'un geste de sa part, et cela lui brisa le cœur.

Le fait qu'elle soit encore vierge avait peut-être à voir avec son handicap, mais il en doutait. Il avait perçu quelque chose de sombre en elle, comme un secret trop longtemps gardé. Si Abby avait peur du sexe, c'est parce qu'elle avait vécu un événement traumatisant, et l'idée que quelqu'un ait pu la maltraiter le rendait fou de rage.

Il s'écarta d'elle et, alors qu'elle posait la tête au creux de son épaule, il murmura :

— Ne crains rien, Abby. Je ne connais pas ton histoire et tu n'as pas à me la raconter, mais faire l'amour peut être merveilleux, tu sais. Tu ne devrais pas renoncer à toute relation.

— J'ai peur de ne pas être à la hauteur, chuchota Abby. Comme pour faire la cuisine. Ou tricoter.

Noah sourit.

— Ce n'est pas tout à fait la même chose. Quand on a trouvé la bonne personne, tout se passe bien.

— C'est un peu… différent pour moi, cependant. Je veux dire… C'est sans doute… *ennuyeux* de coucher avec quelqu'un qui ne peut pas bouger la moitié de son corps, tu ne crois pas ?

— Le sexe n'est pas une affaire de gymnastique, dit Noah en souriant, c'est beaucoup plus que cela.

Il se toucha le front de l'index.

— Ça se passe avant tout là… Et, si tu as de la chance et que tu tombes amoureuse de quelqu'un, *ici*.

Cette fois, il désigna son cœur.

— Il va falloir que j'essaye, pour le savoir. Pour

ma première fois, je choisirai quelqu'un en qui je peux vraiment avoir confiance. Comme toi.

Noah dut fermer les yeux pour dissimuler l'émotion qui s'emparait de lui. Il leva la main et lui caressa les cheveux.

— Je n'ai jamais vraiment pensé à entamer une relation depuis la mort d'Ellen, murmura-t-il. Au début, le chagrin était si fort que je me suis réfugié dans mon travail. Comme je te l'ai dit, ça fait longtemps, et en ce moment je ne suis pas sûr que je pourrais…

Il la sentait tendue, comme si elle rassemblait son courage.

— Nous sommes dans la même situation, tous les deux, dit-elle enfin. Et… Tu n'es pas curieux de savoir si ça pourrait marcher ? Pour… plus tard ?

— Tu veux dire… Faire un essai ?

— Exactement. Nous pourrions nous entraider, comme le font les amis.

C'était une mauvaise idée. Une très mauvaise idée. Alors pourquoi son corps lui envoyait-il un message différent ? Pour la première fois depuis longtemps, les choses se mettaient en place, comme les pièces d'un puzzle. Abby l'attirait beaucoup, et il appréciait sa compagnie. Sa bouche était incroyablement douce et délicieuse. Et il avait tellement envie d'elle qu'il en avait presque mal.

— Je ne suis pas sûr que ce soit une bonne idée. Non seulement parce que nous devons travailler ensemble, mais parce que pour ta première fois il faudra choisir quelqu'un pour qui tu éprouves des sentiments, et qui éprouve des sentiments pour toi. Pour que cela soit de l'amour, et pas seulement du sexe.

— Ça n'arrivera jamais.

— Tu te trompes.

Abby secoua la tête.

— J'ai bien trop peur.

Noah pouvait lire l'angoisse dans son regard.

— Que s'est-il passé, Abby ? Quelqu'un t'a fait du mal ?

— Il a essayé. Un homme que j'avais fait l'erreur de laisser entrer dans la maison après un premier rendez-vous. Il a commencé à se montrer trop pressant, puis il s'est mis à rire en disant que je ne pourrais pas m'enfuir. Si Lisa n'était pas passée à ce moment-là, il aurait…

Sa voix tremblait. Noah posa doucement le doigt sur ses lèvres.

— J'ai compris.

Il n'avait pas besoin de connaître les détails. Il en avait assez entendu pour savoir à quel point elle avait eu peur et il pouvait comprendre pourquoi elle n'avait plus jamais osé tenter l'expérience.

Elle avait déclaré qu'elle lui faisait confiance pour exorciser ces fantômes du passé. Abby méritait ce que la vie avait de mieux à offrir, mais encore fallait-il qu'elle soit capable d'accepter ce cadeau… Et elle comptait sur lui pour l'y aider.

Et, aussi improbable que cela puisse paraître, il sentait, lui aussi, qu'il lui manquait quelque chose d'essentiel. Même s'il n'avait nulle envie de tomber amoureux ou de se remarier, eh bien… Le sexe faisait partie de la vie, n'est-ce pas ? Il mourait d'envie d'embrasser de nouveau Abby. De la toucher. Ce qu'il ressentait pour elle était très différent de ce qu'il avait connu jusqu'alors.

Doucement, il se pencha vers elle et déposa un baiser sur ses lèvres.

— Je reviens tout de suite, murmura-t-il.

— Alors… Comment ça s'est passé ?

Abby détacha le regard du bébé endormi dans ses bras et croisa le regard de sa sœur.

— Désolée… Quoi ?

Pourvu que Lisa ne lise pas dans ses pensées ! Ce serait très gênant qu'elle ait deviné à quoi Abby pensait à ce moment-là – que la nuit dernière avait été bien meilleure que la première qu'elle avait passée avec Noah.

Non que leur première fois, sur le canapé, ne lui ait pas plu, mais ils appréhendaient tous deux et s'étaient montrés très maladroits. Tandis que la veille… Ivres de désir, ils s'étaient laissés tomber sur le lit, puis s'étaient livrés à de longs et délicieux préliminaires, suivis d'une étreinte à la fois tendre et passionnée qui leur avait procuré un plaisir fou…

Lisa secoua la tête, surprise par l'expression ahurie de sa sœur.

— C'est moi qui manque de sommeil et qui devrais être un peu ailleurs… Je veux parler de cette opération dont tout le monde discute à St. John's en ce moment. Cet orteil greffé à la place du pouce. Comment ça s'est passé, hier ?

— Oh…

Abby laissa échapper un soupir. Elle parlerait sans doute bientôt à sa sœur de ce changement dans sa vie personnelle, mais elle n'était pas encore prête à le faire. C'était trop nouveau. Trop… précieux ?

Non, ce n'était pas le bon mot. Noah et elle n'entretenaient pas une relation à proprement parler. C'était de l'amitié, et le sexe n'était qu'un échange ponctuel entre eux, une sorte de marché qu'ils avaient conclu. La veille, ils avaient recommencé, juste pour voir…

— L'opération est une réussite. *Noah* a été incroyable, dit Abby, sans pouvoir réprimer la note de fierté dans sa voix. Je n'ai pu en regarder qu'une partie, mais c'était impressionnant. Il y avait une équipe importante au bloc – je n'ai jamais vu autant de personnes impliquées dans une seule opération, mais elles ont toutes travaillé ensemble de façon très harmonieuse. Ils ont réussi à connecter des nerfs et des vaisseaux sanguins minuscules, ce qui est tout simplement époustouflant. C'est si délicat, si minutieux qu'on dirait de l'art, vraiment…

— Hum…, marmonna Lisa. Noah Baxter t'a réellement éblouie, n'est-ce pas ?

— Il est très bon dans ce qu'il fait, répondit-elle en haussant les épaules. Tout le monde le sait.

Mais tout le monde ne connaissait pas ses autres talents. Elle était la première femme avec qui Noah faisait l'amour depuis qu'il avait perdu son épouse. Cela voulait dire quelque chose, n'est-ce pas ?

Non… Il ne fallait pas penser à cela, même si elle avait du mal à résister. La veille, ils avaient bu, ri, parlé, fait l'amour, et elle avait eu l'impression que sa vie était en train de changer.

Le bébé gémit dans ses bras et aussitôt, les deux sœurs se concentrèrent sur le nourrisson. Abby le berça doucement, et Amy s'endormit, sa petite bouche formant une adorable moue.

— Regarde… Elle sourit !

— C'est trop tôt, affirma Lisa en secouant la tête. Les bébés ne sourient pas avant l'âge de six semaines. Ça doit être le vent.

Mais la petite Amy étira de nouveau les lèvres, comme pour prouver à sa mère qu'elle avait tort. Cette fois, Lisa prit son téléphone.

— Hugh ne va pas en revenir, dit-elle. Berce la encore le temps que je fasse une vidéo…

Doucement, Abby embrassa sa nièce.

— Elle est trop mignonne, souffla-t-elle. Je crois que j'en veux une aussi.

— Méfie-toi, avertit Lisa. Je n'ai jamais été aussi fatiguée de toute ma vie. En ce moment, elle a l'air d'un ange, mais à 3 heures du matin c'est une autre histoire, crois-moi !

Comme le bébé se mettait à pleurer, Abby alla chercher son biberon pour le nourrir. Songer à sa future maternité lui donnait des ailes, mais elle était bien décidée à suivre l'exemple de sa sœur et à trouver l'homme idéal pour avoir un enfant. Et elle était convaincue que cela pouvait arriver… bientôt. Après tout, elle avait trouvé un amant parfait, n'est-ce pas ? Quel dommage que Noah ne soit pas prêt à s'engager dans une relation au long cours… Hélas, c'était ainsi et Abby respectait totalement son choix.

— Fantastique… C'est exactement ce que j'espérais à ce stade de la thérapie intensive, Steve !

— Un peu plus de dix semaines se sont écoulées depuis mon opération, et je marche sans boiter, maintenant, précisa Steve.

— Montrez-moi…

Steve était assis à la table d'une salle de soins de la clinique de la main, Abby à ses côtés. Sa femme Pauline se tenait dans un coin de la pièce, le bébé sur ses genoux et un tout-petit jouant à ses pieds. À travers la porte vitrée, Noah vit Steve se lever pour marcher le long de la pièce et faire demi-tour, soutenant instinctivement sa main blessée avec son autre bras pour la protéger pendant qu'il se déplaçait.

Noah lut la satisfaction dans les yeux d'Abby, émerveillée par les progrès de son patient. Il vit aussi le plaisir que sa visite surprise lui procurait, et la force de leur amitié.

Il n'avait jamais rencontré quelqu'un avec qui il pouvait communiquer d'un simple regard, le temps d'un battement de cœur, et cela le surprenait toujours, même après deux mois. À chaque fois qu'ils faisaient l'amour aussi, il découvrait quelque chose de nouveau, et c'était… merveilleux.

Ils ne se voyaient pas très souvent – une fois par

semaine au maximum, généralement après une séance d'entraînement de handi-basket –, et personne n'aurait pu deviner qu'il y avait autre chose que de l'amitié entre eux en les voyant ensemble au travail.

Conscient du regard de Pauline sur lui, Noah tourna la tête. Avait-elle deviné que sa relation avec Abby n'était pas strictement professionnelle ? Steve n'avait certainement rien remarqué, trop occupé à montrer à ses deux principaux thérapeutes ses récents progrès. Il avait des sangles de soutien et une chaussure à décharge de l'avant-pied, là où l'orteil avait été enlevé, mais son travail avec une kinésithérapeute lui permettait d'ajuster suffisamment sa démarche pour rendre tout changement presque indiscernable.

— C'est excellent, lui dit Noah. Vous vous investissez à fond dans votre rééducation.

— Il le faut, dit Steve, et je continuerai jusqu'à ce que je puisse retourner travailler, le plus tôt possible, j'espère. Je ne suis pas au bout de mes peines.

— Tu te débrouilles très bien, intervint Pauline. Ce n'est pas facile, mais on va y arriver.

Steve hocha la tête.

— Ça aide d'être de retour à la maison, et la présence de mes enfants me motive beaucoup.

— Comment se passe la rééducation sensorielle ?

Steve et Abby échangèrent un regard.

— Pas si bien que ça, dit Steve. Les yeux fermés, je ne peux pas faire la différence entre du papier de verre et de la ouate.

Abby désigna un plateau chargé de petits objets : une bille, une pièce de monnaie, une bande velcro et du tissu doux.

— Nous sommes en train d'imaginer un jeu, expliqua-t-elle. Il s'agit de se concentrer sur la sensation que l'on éprouve en touchant ces objets, puis de fermer les yeux pour essayer ensuite de les reconnaître. Vous pourrez jouer avec votre fille aînée… N'est-ce pas, Lucy ?

Au sourire dont Pauline gratifia Abby, Noah comprit que des liens plus étroits se formaient entre le patient et sa thérapeute. Il avait toujours su qu'Abby était bonne dans son travail, mais cela lui rappelait à quel point elle s'y investissait.

— Essayons de mettre tous ces objets dans un sac, proposa Abby. Ce sera un bon exercice pour votre main. D'accord ?

Quand il vit Pauline sourire en les regardant, Abby et lui, Noah songea qu'elle soupçonnait quelque chose, et décida de dissiper toute idée susceptible faire naître une rumeur fâcheuse.

— Je vous laisse travailler, dit-il plus brusquement qu'il ne l'aurait souhaité. J'attends avec impatience de voir vos nouveaux progrès, lorsque vous viendrez en consultation externe. Continuez comme ça !

Sur ces paroles, il quitta la salle de soins.

— Quoi de neuf, Abby ? demanda Lisa d'un air inquiet. Tu n'as pas l'air en forme.

— J'en ai peut-être trop fait à l'entraînement, hier soir.

— Est-ce que le reste va bien ? Avec… tu sais qui ?

Lisa baissa la voix en regardant par-dessus son épaule Hugh, qui cherchait dans le réfrigérateur une bière pour accompagner son curry.

Abby fronça les sourcils. Elle avait avoué depuis quelque temps entretenir une « amitié amoureuse » avec Noah, mais avait fait jurer à sa sœur de garder le silence, même auprès de son mari. Elle était malgré tout soulagée que Hugh n'ait pas invité Noah à leur soirée familiale hebdomadaire. À l'hôpital, un seul regard appuyé au mauvais moment pouvait donner lieu à des commérages, et c'était la dernière chose que souhaitait Abby. Et, à en juger par la façon dont il s'était éclipsé quand Pauline les avait observés d'un peu trop près, Noah partageait son avis. Ou peut-être réagissait-elle ainsi parce qu'elle n'était toujours pas prête à assumer leur intimité ? Au cours des dernières semaines, même si elle était bien décidée à garder la maîtrise de cette relation, elle n'avait pas pu s'empêcher de rêver qu'elle tombait amoureuse de Noah Baxter, ce qui ajoutait encore à ses tracas.

— Nous n'avons plus rien à boire, dit Hugh, déçu. Et c'est la première nuit qu'Amy s'endort assez tôt pour qu'on dîne ensemble.

— Il y a une épicerie à cinq minutes d'ici, dit Lisa. Va chercher quelque chose, nous garderons la nourriture au chaud. C'est vendredi soir et Abby a l'air d'avoir besoin d'un verre de vin.

Mais Abby secoua la tête.

— Pas pour moi, merci.

— Pas même des bulles ? demanda Hugh en tendant la main pour toucher le front d'Abby. Tu es sûre que tu ne couves pas quelque chose ?

— Ne te donne pas la peine de garder la purée de pois cassés au chaud, murmura Abby alors que Lisa s'apprêtait à mettre les plats au four, je n'ai pas faim. Je crois que je vais rentrer chez moi et te laisser passer une soirée romantique avec Hugh…

Comme elle se tournait vers Lisa, elle vit que celle-ci l'observait avec attention, l'air mi-inquiet mi-soupçonneux.

— Tu n'es pas enceinte, n'est-ce pas ? s'enquit soudain sa sœur. Cela expliquerait ton dégoût soudain pour certains aliments.

— Bien sûr que non ! Ne sois pas stupide !

— Eh bien… Ce n'est pas comme si ce n'était pas possible. Tu m'as bien dit qu'entre Noah et toi, il s'agissait de plus que d'une simple amitié, n'est-ce pas ?

Abby lança à sa sœur un regard courroucé.

— Je ne suis pas stupide, Lisa. Nous avons toujours utilisé des préservatifs.

— Pas ceux du placard de ta salle de bains, j'espère !

De quoi Lisa parlait-elle, au juste ? Ils n'avaient utilisé ses préservatifs que la première fois, de toute façon…

Lisa haussa les épaules.

— Ce n'est pas ma faute s'ils sont tombés de l'étagère quand j'ai eu besoin de fil dentaire. Et je suis infirmière, souviens-toi. J'ai appris à regarder les dates d'expiration… J'ai des kits de test de grossesse quelque part dans le placard de *ma* salle de bains. Tu devrais peut-être en emporter un, au cas où. Et ne t'inquiète pas, je ne dirai rien à Hugh.

Une fois de retour à son appartement, plus tard dans la soirée, Abby fixait, incrédule, la languette de plastique, dans sa main. Dans une minuscule fenêtre, une double ligne apparut, surmontée d'un seul mot : « Enceinte ».

Un mot à la fois obsédant et menaçant qui résonnait comme mille tambours dans sa tête. Elle resta longtemps sans bouger, sous le choc.

Elle savait que perdre sa virginité changerait sa vie. Mais elle n'avait pas songé une seconde qu'elle s'exposait à une grossesse…

Un rire ironique s'échappa de ses lèvres lorsqu'elle atteignit la cuisine. Lisa ne s'était pas trompée en la mettant en garde, le jour où elle lui avait confié son désir de maternité.

Quant à annoncer la nouvelle à Noah…

Abby n'avait pas envie d'y songer maintenant. Elle avait tout le week-end pour y réfléchir, peut-être même davantage, si elle s'arrangeait pour ne pas le croiser, au travail. Mais comment lui dire que ce qui n'était qu'un arrangement « temporaire » risquait de se transformer en un engagement à vie ? Après tout, Noah et elle étaient convenus de s'entraider jusqu'à ce que chacun d'eux soit prêt à aborder une nouvelle étape de leur vie.

Or ce moment n'était pas encore venu. Pas pour elle, et encore moins pour lui.

# 6.

Plus on cherchait des prétextes pour échapper à une tâche pénible, plus il devenait facile d'en trouver, mais il arrivait un moment où l'inévitable se produisait. Par conséquent, il ne servait à rien de chercher à gagner du temps…

Cette semaine, Abby pourrait sans problème éviter Noah. Elle prétendrait être trop occupée pour aller à l'entraînement de basket-ball, ce qui était en partie vrai, car elle avait été chargée de réactualiser tous les prospectus que la clinique de la main mettait à la disposition de leurs patients. Actuellement, elle travaillait sur une liste d'activités réservées aux personnes ayant subi ou s'apprêtant à subir une chirurgie de la main afin de les informer sur les activités légères ou modérées qu'elles pouvaient pratiquer.

Abby s'était convaincue qu'il n'y avait pas d'urgence à informer Noah de sa grossesse. Elle n'avait effectué qu'un test à domicile, et même Lisa avait dit qu'elle devrait non seulement le refaire, mais aussi le compléter par un test sanguin plus fiable.

Elle avait aussi besoin d'informations avant de pouvoir répondre aux questions que Noah ne manquerait pas de lui poser, comme l'état d'avancement de sa grossesse. La nouvelle affecterait évidemment leur amitié, à laquelle Abby tenait beaucoup.

Pour l'instant, elle refusait d'envisager la possibilité

de renoncer à avoir un enfant en raison de son âge, de sa carrière, de son handicap ou du fait qu'elle n'avait pas de partenaire stable et n'était pas prête à devenir parent. Mais il faudrait y réfléchir très bientôt et le temps jouait en sa défaveur.

Elle décida de prétendre qu'elle était trop occupée avec ses patients pour s'arrêter et parler à Noah si elle le croisait avant son rendez-vous chez la gynécologue. Après tout, elle était suivie depuis toujours par plusieurs médecins et elle n'avait pas l'intention de lui donner des détails…

Aussi fut-elle plus que déconcertée, cet après-midi-là, de découvrir Noah à la porte de son bureau, une expression inquiète sur le visage. Comme elle le regardait fixement, incapable de sourire, il entra et referma la porte derrière lui.

— Je suis juste venu vérifier que tu vas bien, dit-il. Tu as manqué la réunion d'équipe.

— Je vais bien, assura Abby.

Ce qui était vrai. La grossesse n'était pas une maladie, après tout !

— Tu n'avais pas rendez-vous chez le médecin, aujourd'hui ?

— Simple contrôle, marmonna Abby en se tournant pour réarranger des papiers sur son bureau.

Elle serait bientôt à court d'arguments, et Noah devait connaître la vérité, même si elle avait encore du mal à assimiler elle-même cette nouvelle bouleversante.

— J'ai quelque chose pour toi, dit-il soudain.

Abby tenta de sourire en levant les yeux vers lui. Elle avait aussi quelque chose pour lui, mais elle n'arrivait pas à trouver les mots ni le courage nécessaire pour lâcher sa bombe et lui annoncer que sa vie allait changer pour toujours. Le lieu était-il mal choisi ?

Soulagée, elle saisit le dossier qu'il lui tendait et lança :

— Oh oui ! Ce sont les photos dont nous avons parlé il y a quelques semaines.

Il y a quelques semaines, tout était pour le mieux dans le meilleur des mondes, songea-t-elle. Elle avait tout : un travail et un appartement merveilleux. Un sport exigeant pour garder la forme. Une nièce à chérir et une nouvelle amitié chaque jour plus précieuse…

— Nous avons effectué une chirurgie du canal carpien, ce matin. J'ai demandé au photographe d'une revue médicale de venir prendre des clichés de l'intervention endoscopique, une technique qui sera bientôt généralisée à l'ensemble des patients. Je n'envisagerai la chirurgie ouverte que s'il y a une tumeur ou une autre excroissance à traiter. Ou en présence de tissu cicatriciel résultant d'une intervention antérieure, peut-être.

Abby hocha la tête, tout en cherchant sur son bureau la brochure qu'elle avait révisée.

— As-tu une minute pour vérifier le texte que j'ai modifié ? Oh… Et je me demandais si je devais utiliser un autre schéma anatomique pour montrer le ligament en question…

— Ce diagramme est parfait, dit Noah en s'asseyant près d'Abby. Mais, en légende, je mettrais « ligament » plutôt que « rétinaculum des fléchisseurs ». Cette information est destinée aux profanes, n'est-ce pas ?

Le mot « information » rappela à Abby ce qu'elle devait partager, et elle se mordit la lèvre inférieure en regardant Noah parcourir le texte de la brochure mise à jour. Ce n'était pas le bon moment. Non qu'il y ait jamais de *bon* moment, mais Noah tenait à séparer sa vie professionnelle de sa vie personnelle. Non, décidément, elle ne pouvait rien dire. Pas ici. Pas maintenant.

— La chirurgie endoscopique est bien expliquée, avec

la petite caméra utilisée pour guider l'instrument qui sectionne le ligament. Une des photos prises aujourd'hui sera idéale pour accompagner ce paragraphe. J'ajouterais que cette procédure ne requiert qu'une anesthésie locale et une seule journée d'hospitalisation.

— Et les risques ?

— Je peux te fournir quelques chiffres. Les risques de lésions nerveuses sont plus élevés avec une intervention endoscopique qu'avec une chirurgie ouverte, mais celles-ci sont presque toujours temporaires et le temps de récupération est moindre. En moyenne, les gens retournent au travail environ neuf jours plus tôt. Et la cicatrisation est plus facile.

— N'entrons pas dans les détails. Les patients peuvent en discuter avec leurs chirurgiens. Cela varie tellement d'un cas à l'autre : le congé peut durer de une à huit semaines selon qu'il s'agit d'une main dominante ou non.

Abby s'apprêtait à lui parler du paragraphe consacré au traitement non chirurgical du syndrome du canal carpien, comme les injections de stéroïdes, les attelles et les ultrasons, indiqués en première intention, quand elle se rendit compte que Noah l'observait.

— Tu es sûre que ça va, Abby ? Tu as l'air un peu pâle.

— Ah bon ?

— Je peux me tromper, mais j'ai l'impression que tu m'évites, ces derniers temps. J'ai dit quelque chose qui t'a contrarié ?

— Non. Pas du tout !

— Alors que se passe-t-il ? Tu peux t'exprimer sans crainte, tu sais. Nous sommes amis, n'est-ce pas ?

Sous le regard intense de ces yeux sombres, Abby se sentit mal à l'aise. À moins qu'il ne s'agisse – déjà ! – de nausées, fréquentes en début de grossesse… Tout à coup, les mots qu'elle se croyait incapable de prononcer franchirent ses lèvres, avec une telle force qu'elle en fut abasourdie.

— Je suis enceinte…

Ils étaient si proches qu'elle eut l'impression de capter le moment où l'information parvenait au cerveau de Noah. Il eut une réaction de choc, suivie presque aussitôt par une expression de douleur. Se souvenait-il de la dernière fois qu'on lui avait annoncé qu'il allait devenir père ? De la joie qui s'était muée en une tragédie insupportable, quelques mois plus tard ?

C'était sa faute s'il souffrait, et Abby se détesta pour ça. Cependant, elle refréna son envie d'enrouler ses bras autour de lui pour absorber cette souffrance, pour le protéger.

C'est à cet instant précis qu'Abby réalisa à quel point elle aimait Noah. Il ne s'agissait pas d'un coup de foudre passager, ni même d'une amitié qui aurait grandi jusqu'à la passion ? Non, c'était un amour absolu, comme celui qu'on jure à la personne avec qui l'on désire passer le reste de ses jours…

Oui, c'était bien cela : elle était amoureuse de lui.

Et c'était déchirant parce qu'elle savait depuis le début qu'il n'y avait aucune chance que Noah partage jamais ses sentiments.

— Mais… Nous avons été prudents, murmura-t-il.

— Cela s'est passé… la première fois, chez moi.

— La *première* fois ? s'étonna Noah. Mais… C'était il y a plus de deux mois !

— J'ai fait une échographie cet après-midi, expliqua Abby. J'en suis à près de treize semaines. Mes règles ne sont pas très régulières et…

Blanc comme un linge, Noah la regardait comme si elle venait de débarquer d'une autre planète. La brochure qu'il tenait dans la main glissa au sol.

Un coup frappé à sa porte brisa le silence qui s'était

installé entre eux. Abby se retourna précipitamment pour cacher son visage, tandis que Noah prenait une profonde inspiration pour se ressaisir.

— Ah… Je suis si contente que tu sois encore là, Noah ! lança Alex, l'orthopédiste. J'ai besoin d'un second avis au sujet d'un patient qui fait face à des complications post-chirurgicales. Une blessure qui ne me plaît pas du tout…

Comme elle se redressait, Abby vit Noah fournir un effort surhumain pour chasser l'expression de douleur de son visage et afficher un sourire professionnel.

— Bien sûr, Alex, dit-il enfin en se tournant vers la porte. Le timing est parfait, en fait. Abby et moi en avons terminé pour le moment, n'est-ce pas ?

Sans même attendre de réponse, ni la gratifier d'un dernier regard, il rejoignit son confrère à la porte et disparut dans le couloir. Il avait raison, bien sûr. Ils auraient beaucoup de temps pour discuter dans les semaines et les mois à venir.

De toute évidence, Noah en avait déjà entendu beaucoup plus qu'il ne le souhaitait pour l'instant. Abby ne se rendit compte qu'elle avait retenu son souffle que lorsqu'elle l'entendit s'échapper de sa bouche en un long soupir. Au moins, elle avait fait le plus difficile en lui annonçant la nouvelle. Elle savait que cela lui rappellerait de terribles souvenirs et cela n'avait pas manqué de se produire, mais une fois le choc passé il pourrait s'exprimer, n'est-ce pas ? En attendant, Abby avait besoin de parler à quelqu'un.

Sa grande sœur… Âgée de six ans à la naissance d'Abby, Lisa était comme une mère pour elle, et sa tutrice légale. Après son accident, Lisa avait centré sa vie autour d'elle. Il était temps de tout lui révéler parce qu'elle avait vraiment besoin d'une alliée. De quelqu'un qui l'aimait et qu'elle aimait inconditionnellement.

Abby rassembla les photographies que Noah avait

apportées et les glissa dans la housse de son ordinateur portable. Non qu'elle eût l'intention de travailler ce soir, mais le laisser croire lui fournissait un prétexte pour quitter son bureau un peu plus tôt. De cette façon, elle n'aurait pas à affronter Noah encore une fois. Le moins qu'elle puisse faire pour lui, en ce moment, était de lui donner un peu de temps pour prendre la mesure des bouleversements qui l'attendaient.

Si seulement c'était un mauvais rêve et qu'il pouvait bientôt se réveiller…

Pour échapper à la nouvelle qu'il venait d'apprendre, Noah s'était tellement concentré sur le patient d'Alex qu'il lui avait fallu un certain temps avant de pouvoir reprendre le cours de ses pensées. Une échographie et d'autres tests effectués sur le jeune homme ayant subi une chirurgie orthopédique au bras et à la main à la suite d'un accident de moto révélèrent des caillots sanguins susceptibles de perturber l'afflux sanguin et de causer la rupture de la plaie. De plus, un traitement antibiotique s'imposait pour éviter les infections et la perte de fonctions importantes. Noah resta travailler avec l'équipe orthopédique du bloc pour retirer les caillots et réparer les plaies.

Il était déjà tard lorsqu'il quitta l'hôpital pour regagner sa chambre, dans les quartiers du personnel. Il s'agissait d'une petite chambre, très austère comparée à l'appartement spacieux d'Abby, mais Noah n'avait pas trouvé le temps ni l'envie de chercher un logement permanent.

Peut-être qu'au fond de lui il savait qu'il ne resterait pas ici très longtemps. Comment le pourrait-il, maintenant qu'il était confronté à la seule chose qu'il était déterminé à ne plus jamais subir ? Ce n'était pas nouveau pour lui. Il avait même l'impression que l'histoire se répétait de la pire façon possible. La perspective de la paternité, avec toutes les responsabilités que cela impliquerait à l'avenir, lui était douloureusement familière.

Mais d'un autre côté, comment pourrait-il *ne pas* rester ici ? C'était son bébé qu'Abby portait. Son enfant. Quelle que soit son envie de fuir, il n'était pas question de nier cette réalité.

Mais l'idée même de devenir père lui déchirait le cœur. Il se souvenait de cette joie folle qui l'avait envahi, balayant un instant son chagrin, quand on lui avait permis de tenir sa toute petite fille dans ses bras avant de le conduire à l'unité de soins intensifs du service de néonatalité. Il se rappelait aussi sa douleur d'avoir été autorisé à la toucher de nouveau alors qu'on avait décidé de lui retirer tous ces fils et ces perfusions impuissants à la garder en vie.

Il ne pouvait pas rester enfermé ici, avec ces pensées qui menaçaient de l'accabler plus qu'elles ne l'avaient fait depuis des années. Une séance complète d'entraînement de basket-ball en fauteuil roulant aurait été idéale pour effacer ces souvenirs insupportables et chasser les émotions que Noah ne voulait pas avoir à gérer, mais ce n'était pas possible, ce soir. En fait, cela ne le serait plus jamais, parce qu'il avait l'impression que son amitié avec Abby venait d'exploser dans un terrible accident qu'il n'avait pas vu venir.

Dans le passé, pour soulager le stress, il avait pris l'habitude de courir. Très vite, et aussi longtemps qu'il le pouvait avant que l'épuisement ne l'oblige à s'arrêter. En quelques minutes, Noah se changea et s'élança dans les allées d'un parc tout proche, puis essaya – en vain – de chasser les pensées qui tournaient dans sa tête.

Cette douleur n'allait jamais disparaître, n'est-ce pas ? Les crises étaient beaucoup moins fréquentes, bien sûr, et moins sévères, mais c'était quelque chose qu'il n'oublierait jamais. Quelque chose qu'il n'aurait jamais,

jamais voulu revivre. Hélas, la vie et le hasard en avaient décidé autrement.

Il se souvenait de tout, dans un ordre inversé. Les funérailles d'Ellen, enterrée avec son petit bébé dans les bras. Ces heures terribles à l'unité de soins intensifs du service de néonatalité. Le traumatisme de la mort de sa femme et la violence avec laquelle leur enfant avait été mis au monde. La joie dans les yeux d'Ellen quand elle lui avait annoncé qu'elle était enceinte. Pourtant, cette grossesse n'était pas planifiée, et elle s'était demandé s'il en était aussi heureux qu'elle. Si c'était le bon moment.

Aujourd'hui, il avait lu plus qu'une question dans les yeux d'Abby. Elle redoutait sa réaction, c'était évident, et elle savait pertinemment que cette annonce serait douloureuse pour lui. Mais il avait perçu autre chose… Il avait eu le sentiment qu'elle souffrait avec lui. Parce qu'elle tenait à lui ? Parce qu'elle… l'aimait ?

Lui aussi tenait à elle. Pas comme il avait tenu à Ellen, bien sûr – il ne pourrait plus jamais aimer quelqu'un comme ça –, mais Abby était l'amie la plus proche qu'il ait jamais eue. Peut-être parce qu'il n'avait jamais couché avec une amie auparavant avant ? Pourtant, c'était clairement une erreur, non ? !

Sauf qu'il n'en avait pas l'impression. Il se sentait tellement bien avec Abby, à laquelle l'unissait un lien qui ne ressemblait à rien de ce qu'il avait connu jusque-là. Leur confiance réciproque s'était muée en un désir ardent de lui apprendre tout ce qu'il pouvait sur son corps et sur le plaisir qu'il pouvait lui donner – leur donner à tous les deux. Amy donnait autant qu'elle recevait, et cela avec humour et tendresse, ce qu'il trouvait irrésistible.

Il ne lui avait même pas demandé comment elle vivait ce début de grossesse, ou si elle allait bien physiquement. Ni quelles pouvaient être les conséquences de l'accouchement pour une femme paraplégique. Tout en continuant à courir, Noah essayait de se rappeler si Ellen avait connu un quelconque embarras physique pendant sa grossesse, mais cette période de sa vie était bizarrement floue, maintenant. Quand il tentait de se souvenir d'Ellen, c'est l'image d'Abby qui lui venait à l'esprit. L'image d'une femme vivante et non celle d'un fantôme...

Et il s'était détourné d'elle. Comme s'il était le seul dont la vie allait être changée pour toujours. C'était égoïste, non ? C'était Abby, et non lui, qui allait devoir faire face à plus de défis que les autres futures mamans.

Noah n'avait pas seulement une responsabilité envers ce futur bébé, mais aussi envers sa mère... Alors qu'il achevait son troisième tour de parc, il sut ce qu'il devait faire. S'il voulait chasser son chagrin, il n'était pas prêt à oublier sa culpabilité. Rien ne pouvait changer ce passé qui lui avait causé tant de chagrin, mais au moins il avait le pouvoir d'influencer l'avenir. Il retourna dans sa chambre pour se doucher et se changer, puis parcourut la courte distance qui le séparait de l'appartement d'Abby et sonna à sa porte.

Comme elle ne répondait pas, il appela, mais n'obtint pas de réponse. Il n'y avait pas de lumière dans son appartement.

Tandis que Noah se demandait où se trouvait Abby et dans combien de temps elle rentrerait, il entendit son estomac gronder et se rappela qu'il n'avait pas pris la peine de manger, ce soir. Il aurait dû aller chercher de la nourriture, mais il n'irait nulle part tant qu'il n'aurait pas parlé à Abby. Qu'il ne lui aurait pas assuré qu'il désirait s'impliquer autant qu'elle dans la vie de leur bébé et ferait tout ce qu'il pourrait pour la soutenir elle aussi.

Noah s'assit sur la marche, près de la rampe pour fauteuils roulants. Il allait attendre qu'Abby rentre parce qu'il ne voulait pas qu'elle passe la nuit à penser qu'il l'avait simplement abandonnée et refusait de faire face à ses responsabilités.

Quelles que soient les difficultés qui l'attendaient, il avait décidé de les affronter et il ne se déroberait pas.

Il avait toujours l'air sous le choc.

Mais quelque chose dans l'inclinaison de sa tête et la façon dont il se leva indiqua à Abby qu'il avait repris le contrôle de ses émotions et affronterait tout ce qui l'attendait avec la dignité et l'humour dont il était coutumier. Elle se sentait si fière de lui en ce moment qu'elle eut envie de pleurer. Comment ne pas tomber amoureuse d'un homme aussi courageux ?

— Tu ferais mieux de rentrer, lui lança-t-elle. Je suis vraiment désolée. Je ne savais pas que tu serais là. Je suis allée voir Lisa et Hugh. J'ai pensé que tu aurais besoin de temps pour réfléchir.

— C'est ce que j'ai fait, dit Noah. Et je le fais toujours. Je suis sûr que toi aussi. Mais nous sommes dans le même bateau, Abby, et je voulais t'assurer que je ne te laissais pas tomber.

Il n'y avait pas de vin, ce soir. Pas de feu de cheminée. Ils s'assirent de chaque côté de la table de la cuisine.

— Comment vas-tu ? s'enquit Noah. Je suis désolé de ne pas l'avoir demandé plus tôt. C'est la première chose que j'aurais dû vérifier. Et comment va le… bébé ?

— Bien. Tout a l'air normal. Nous ferons une nouvelle échographie dans six semaines. Tu pourras m'accompagner, si tu veux.

Noah s'éclaircit la gorge

— Bien sûr que je viendrai. Y a-t-il des problèmes particuliers dus à ton…

— Handicap ? acheva Abby avec un sourire. Ce n'est pas un gros mot, tu sais.

Il avait toujours l'air aussi pâle, nota-t-elle. Et les rides autour de ses yeux s'étaient creusées. Elle aurait voulu le toucher, le réconforter, mais il était encore trop tôt. Elle serra les poings sur la roue de son fauteuil pour refréner son élan.

— Il y a certaines choses qui peuvent poser problème, expliqua-t-elle. Au fur et à mesure que le bébé grandit, il exerce une pression sur ma vessie, ce qui peut altérer ma mobilité et déclencher un travail précoce.

Noah hocha la tête. Il était plus facile de parler des aspects médicaux de cette situation, aussi délicats soient-ils, que d'aborder les aspects émotionnels.

— Je pourrais ressentir une pression accrue sur le retour veineux de mes jambes, ce qui m'expose à un risque aggravé de thrombose. Je vais peut-être devoir porter des bas de compression très sexy.

Sa tentative d'humour tomba à plat, comme lors de leur première rencontre, juste après l'accident, quand elle lui avait lancé qu'elle ne remarcherait sans doute jamais. À ce souvenir, elle sentit son cœur se serrer. Oui, dès cet instant, elle était tombée amoureuse de lui.

— À part ça, reprit-elle après un silence tendu, je devrai m'habituer, comme les autres, et j'ai du temps pour ça.

— Tu auras besoin d'aide, dit Noah. Peut-être que je pourrais embaucher une femme de ménage, ou… une auxiliaire de vie ?

— Je suis toujours parfaitement indépendante, lui dit Abby, et j'ai bien l'intention de le rester.

Pour la première fois, elle eut l'impression que Noah voyait son handicap comme un obstacle – ce qui n'avait pas été le cas jusqu'ici. Certes, il avait peut-être dû s'habituer à une vie sexuelle un peu différente, mais cela n'avait pas semblé diminuer le plaisir qu'il prenait à sa compagnie.

Oh… Si seulement il pouvait la toucher maintenant ! Ou, mieux encore, la prendre dans ses bras et la conduire jusqu'à son lit ! Pas nécessairement pour faire l'amour, mais pour parler, blottis l'un contre l'autre, comme deux personnes qui se souciaient profondément l'une de l'autre et voulaient rester ensemble à l'avenir.

Soudain, elle perçut l'intonation aiguë de sa voix, qui se manifestait toujours lorsqu'elle était sur la défensive et faisait fuir les hommes.

— Si j'ai besoin d'aide, je peux l'organiser moi-même, merci. J'ai aussi une famille qui me soutient avec Lisa et Hugh. Je ne serai pas la première femme handicapée à avoir un bébé, tu sais.

Gêné, Noah bredouilla :

— Je n'insinuais pas que tu n'y arriverais pas, Abby. Je… Je voulais juste aider…

— Parce que je suis *handicapée*.

— Parce que je me soucie de toi…

Pas assez, hélas…

Abby tenta de réprimer les paroles qui lui brûlaient les lèvres. Cherchait-elle un moyen de repousser Noah ? De se convaincre que le fait qu'il ne soit pas amoureux d'elle et ne le serait jamais n'avait pas d'importance ? Pour protéger son cœur autant que possible ?

— Je suis fatiguée, dit-elle. Je crois qu'il vaudrait mieux que tu partes. Je te verrai au travail, évidemment, mais nous avons tous les deux besoin de temps pour nous habituer à cette situation. Nous pourrons évoquer les autres questions plus tard. Je te tiendrai au courant de tous les rendez-vous médicaux et, si tu veux m'y accompagner, ce sera très bien.

Noah se leva lentement.

— Je serai là.

— Je n'irai plus aux entraînements de basket-ball, ajouta Abby tandis qu'elle l'accompagnait jusqu'à la porte. Pas avant la naissance, en tout cas, mais il n'y a aucune raison pour que tu cesses d'y aller.

— Je n'irai pas non plus.

Noah s'arrêta sur le seuil. Quand il se retourna, l'expression froide qu'elle lut dans ses yeux sombres la fit frémir. Pour la première fois depuis le début de leur relation, elle eut l'impression qu'il voulait la tenir à distance, ériger des barrières entre eux. Et cela lui brisa le cœur.

Que restait-il de leur belle amitié, désormais ?

Quand Noah s'arrêta de nouveau, une fois dans la rue, pour lui faire signe de la main, il esquissa un sourire qui redonna espoir à Abby. Peut-être leur amitié n'était-elle pas tout à fait gâchée ? Peut-être continuerait-il à pratiquer ce sport qu'il aimait tant, même sans elle ?

Une chose était sûre, en tout cas : ils seraient désormais liés pour le reste de leur vie.

Aucun d'eux ne l'avait vraiment choisi, et ce lien était ténu. Mais il était là, et il ne tenait qu'à eux de le tisser, jour après jour.

# 7.

— Voulez-vous savoir si c'est une fille ou un garçon ?

Noah sentit son souffle se bloquer dans sa poitrine. Non. Il ne voulait pas savoir. C'était déjà assez difficile comme ça de rester assis dans cette pièce sombre, près de la table où Abby était allongée. Il scrutait l'écran d'un œil professionnel, clinique, tentant d'interpréter les images qui apparaissaient et disparaissaient du cadre. La tête, bien sûr… Puis les minuscules vertèbres qui composaient la colonne…

— Moi, je veux le savoir, dit Abby. Et toi, Noah ?

Peu importe ce qu'il pensait. Seul le choix d'Abby était important, et il voulait la soutenir de toutes les manières possibles.

— C'est à toi de voir, dit-il. Ça pourrait être plus facile pour… chercher des prénoms ou choisir des vêtements.

Avec Ellen, ils savaient qu'ils allaient avoir une fille. Quand il avait vidé leur maison et déménagé, il avait donné un énorme carton de petits vêtements roses.

Abby tourna la tête vers la gynécologue.

— Pouvez-vous nous le dire ? demanda-t-elle.

— Parfois, c'est facile. Si c'est plus délicat, c'est souvent parce que bébé a les jambes croisées, mais quand ce n'est pas le cas…

— Alors c'est un garçon ?

— Oui.

Le regard rivé à l'écran, Abby ne vit pas Noah fermer les yeux pour assimiler cette nouvelle.

*Un garçon…*

Son fils…

Il les rouvrit quand la gynécologue déplaça la sonde pour se concentrer sur le cœur du bébé.

— Voici la vue en coupe du cœur. Je vais mettre le son pour que vous puissiez l'entendre aussi.

Abby sursauta tandis que les battements emplissaient la petite pièce, puis elle sourit. Et, quand son regard s'éloigna de l'écran et croisa le sien, Noah y lut une profonde émotion.

Il savait exactement ce qui avait mené Abby au bord des larmes, car il l'avait ressenti lui-même, la première fois : la magie absolue d'une nouvelle vie en train de se former. Un nouvel être. Leur *enfant…*

Noah s'était préparé à revivre ce qu'il avait déjà connu, mais quelque chose d'autre se passait, dans sa tête comme dans son cœur. Pas seulement parce qu'il s'agissait d'Abby ou parce que le bébé était un garçon et non une fille. Peut-être avait-il pris du recul… Et s'il était prêt à prendre un nouveau départ, contre toute attente ?

— Grâce au doppler, nous pouvons observer l'afflux sanguin vers le cœur, dit la gynécologue. Tout a l'air normal et rassurant.

*Normal…*

Et s'il fondait une famille normale… avec Abby ?

Tout à ses pensées, il quitta le service d'échographie du St. John's.

Le matin même, il avait cliqué au hasard sur les offres d'un site immobilier alors qu'il prenait son petit déjeuner et avait découvert une maison proche de l'endroit où vivaient Lisa et Hugh. La famille élargie d'Abby. Une vraie maison, pas un appartement. Avec un jardin assez grand pour qu'un petit enfant puisse y vivre des aventures. Il pourrait prendre rendez-vous pour la visiter, et emmener Abby avec lui pour voir quels changements il faudrait apporter afin de la rendre accessible en fauteuil roulant…

Soudain, les portes de l'ascenseur se refermèrent, et quand ils se retrouvèrent seuls, Noah prit une grande respiration et dit sans préambule :

— Je crois que nous devrions nous marier, Abby.

— Oh ! mon Dieu… Il t'a demandé de l'épouser ? Noah t'a demandée en mariage ? s'écria Lisa.

— Pas exactement. Il a dit qu'il pensait que nous devrions nous marier, car il avait trouvé une maison pas loin d'ici où nous pourrions vivre heureux et avoir beaucoup d'enfants.

Le ton ironique de la voix d'Abby fit battre le cœur de Lisa.

— Et toi, qu'est-ce que tu as répondu ?

— Eh bien… Rien du tout. Quelqu'un est entré dans l'ascenseur, alors nous sommes sortis faire un tour derrière l'hôpital, près du petit ruisseau. Je n'y ai jamais passé beaucoup de temps parce que les allées ne sont pas très carrossables, mais c'est vraiment très joli. Il y a des jonquilles en ce moment.

Lisa leva vers elle un regard impatient.

— Merci de me parler du paysage, mais… Est-ce que je dois me préparer à accueillir un nouveau membre dans la famille ?

— Non… Bien sûr que non !

— Dis-moi, ma chérie, reprit doucement Lisa, tu trouves que c'est une mauvaise idée d'épouser quelqu'un dont on est amoureux ?

Abby la regarda avec stupéfaction.

— Je n'ai jamais dit que j'étais amoureuse de lui.

— Pas la peine…

Lisa tenait dans ses bras la petite Amy, qui s'endormait.

— Je suis passée par là, tu te souviens ? J'étais amoureuse de Hugh, puis nous nous sommes séparés et j'ai vécu la pire période de ma vie. J'ai essayé de me convaincre que j'allais m'en remettre, que la vie redeviendrait normale un jour ou l'autre… jusqu'à ce que tu décides de t'en mêler.

Abby secoua la tête.

— Tu étais si malheureuse qu'il fallait faire quelque chose. Et Hugh ressentait la même chose que toi, alors j'ai échafaudé un plan…

— Peut-être que Noah est dans la même situation, mais n'est pas prêt à l'admettre, suggéra Lisa. Hugh a mis du temps à réaliser à quel point je lui manquais.

Abby secoua la tête.

— Nous en avons parlé. J'ai dit qu'avoir un bébé ensemble n'était pas une raison suffisante pour se marier. Que je ne pouvais pas épouser quelqu'un qui n'était pas amoureux de moi. Il m'a répondu qu'il ne pouvait pas me donner ce que je souhaitais, qu'il ne le pourrait jamais, mais qu'il ferait de son mieux pour être un bon mari et un bon père.

— Oh… Abby ! murmura Lisa, visiblement peinée. Ça ne te suffit pas, n'est-ce pas ?

— Non, en effet. Et cela risquerait de détruire ce qu'il reste de notre amitié. Nous finirions par nous détester.

— Tu mérites mieux que ça. Tu as besoin de quelqu'un qui t'aime et que tu aimes en retour, et qui ait envie de vivre avec toi.

Abby hocha la tête, tandis qu'une larme roulait sur sa joue.

— Comme toi et Hugh, souffla-t-elle. Mais ça n'arrivera jamais.

— Tu n'en sais rien.

— Assez pleurniché ! lança Abby en se redressant. Je ne t'ai pas dit le plus important : Amy va avoir un cousin ! J'espère qu'elle ne le commandera pas autant que tu me commandais, quand nous étions petites !

— Je ne t'ai jamais commandée. Je n'aurais pas osé !

— Ça aurait été mieux si je t'avais laissée diriger, n'est-ce pas ?

C'est en lâchant la main de sa sœur pour traverser une rue qu'Abby avait été heurtée par une voiture, et l'évocation de cet accident qui avait causé son handicap fit resurgir à sa mémoire une foule de souvenirs…

Lisa s'était longtemps sentie coupable, et par la suite les deux sœurs avaient eu du mal à prendre la distance nécessaire pour grandir et entrer dans l'âge adulte.

Mais cela avait changé au cours des deux dernières années. Lisa avait rencontré Hugh et en était tombée amoureuse. Quant à Abby, elle avait pris son indépendance en apprenant à vivre avec son handicap. Et voici qu'elle se retrouvait maintenant face à un avenir de mère célibataire ! Quelles étaient les chances que son avenir soit aussi heureux que celui de Lisa ?

Elle regarda sa sœur, penchée sur son enfant, et s'imagina dans quelques mois, tenant son propre bébé contre elle. Pour elle, ce serait encore plus merveilleux, car ce serait la toute première fois, et elle espérait que cette naissance permettrait à Noah de vaincre enfin ses démons, l'autorisant à être heureux – enfin…

Parce que les cœurs brisés pouvaient guérir. C'était généralement le destin qui en décidait, mais on ne se rendait pas toujours compte que ses blessures avaient cicatrisé… Oui, même ceux qui avaient été blessés et malmenés par la vie pouvaient tomber amoureux.

Un bébé pouvait-il accomplir un tel miracle ?

Les choses avançaient.

Lentement mais sûrement.

Tout comme l'intervention que Noah était en train d'achever, les muscles endoloris et les yeux fatigués de regarder à travers la loupe chirurgicale. Le rattachement précis et minutieux des nerfs, des vaisseaux et des tendons de la petite main s'était bien passé, et il s'apprêtait à réparer les extrémités des deux doigts de sa petite patiente.

La pauvre mère n'avait pas vu que sa fillette de trois ans avait glissé ses doigts dans la fissure, et avait causé d'horribles dégâts en ouvrant grand la porte. Noah pouvait l'aider à supporter sa culpabilité en aidant l'enfant à guérir. Il y aurait des cicatrices, bien sûr, mais il était persuadé que, dans les années à venir, la fonction de ces petits doigts serait tout aussi bonne que si l'accident n'avait jamais eu lieu.

Ce n'est que lorsqu'il eut ôté sa loupe qu'il réalisa à quel point cette petite fille était belle, avec ses boucles dorées et ses cils foncés qui reposaient sur des joues roses et bien rebondies.

Elle avait trois ans…

L'âge que sa propre fille aurait eu si elle avait vécu.

Mais il chassa bien vite ces sombres pensées et se concentra sur autre chose. Quelque chose d'immédiat et de réel.

— Il faut laisser le bout des doigts complètement exposé, dit-il à son assistant. Nous devons pouvoir vérifier la couleur, la température et la circulation dans les capillaires. Augmentons aussi la durée du bloc nerveux périphérique de la main. Je ne veux pas qu'elle souffre trop quand elle se réveillera. Je vais aller parler aux parents.

Noah consulta l'horloge murale en quittant le bloc. Il avait encore le temps de se rendre à son rendez-vous et de dîner avec Abby. Il ne s'agissait pas d'un dîner galant, bien sûr. Ils ne s'étaient même pas embrassés depuis la nouvelle de la grossesse…

Il avait fallu des mois pour que leur amitié atteigne un point d'équilibre, sans malaise entre eux. Mais cela se produisait enfin et Noah s'en félicitait. Il avait un objectif réel. Palpable, comme l'énorme projet entrepris ces dernières semaines, lorsqu'il avait finalement pris possession de la maison qu'il avait achetée après qu'Abby avait refusé sa demande en mariage.

« Tu n'es pas obligée d'y vivre, lui avait-il dit. Mais nous allons être coparents et je veux que tu t'y sentes à l'aise. J'ai besoin de tes commentaires sur les changements qui doivent être apportés et du nom de l'architecte auquel tu as fait appel pour rénover ton appartement. Tu es ici chez toi, tu sais… »

Il avait justement rendez-vous avec l'architecte qui devait lui montrer ses plans, puis c'était à son tour d'apporter le dîner chez Abby. Il aimait accomplir des tâches concrètes, pratiques, qui lui évitaient d'avoir à s'impliquer affectivement. Aller de l'avant lui permettait de mettre une plus grande distance entre lui et un passé qui le hantait.

Abby était très pâle, quand il l'avait croisée à la clinique, il y a quelques jours, et elle lui avait paru fatiguée. Il avait attendu que Steve lui montre les progrès qu'il avait faits avec son nouveau pouce pour lui annoncer qu'il pourrait recommencer à travailler la semaine suivante, puis avait suivi Abby dans son bureau. Mais elle avait balayé ses inquiétudes en lui disant qu'elle allait bien. Elle disait toujours ça, n'est-ce pas ? Mieux que lui, elle savait se montrer positive et faire face à toutes les épreuves avec un courage exemplaire. C'était l'une des choses qu'il admirait tant chez elle, mais cela pouvait aussi constituer un obstacle.

Il avait l'impression qu'il se passait des choses dont

elle ne voulait tout simplement pas parler, mais comment s'attendre à ce qu'elle partage quoi que ce soit avec lui, alors que leur relation était si fragile ? Ils étaient encore en train de trouver leurs marques dans cette « amitié » dont le sexe ne faisait désormais plus partie. Alors qu'ils faisaient tous deux face à de grands bouleversements dans leur vie personnelle, ils allaient bientôt être parents et ils n'avaient pas le droit à l'erreur.

Malgré tout, il avait l'impression que les choses allaient enfin s'arranger. Ce soir, peut-être, ils réussiraient à entamer un véritable dialogue et parler de sujets importants. Évoquer, par exemple, le souvenir de cette nuit – qui lui paraissait très lointaine – où ils s'étaient crus incapables de faire l'amour…

C'était assez ironique pour le faire sourire, mais d'un sourire teinté de tristesse. La vie pouvait changer en un clin d'œil, n'est-ce pas ? Alors qu'on grimpait un simple escalier. Ou qu'un baiser se prolongeait un peu trop, vous donnant un aperçu de tout ce que vous aviez toujours voulu, mais aviez cessé d'espérer…

D'un pas assuré, il rejoignit les parents de sa petite patiente, qui l'attendaient dans une salle attenante au bloc. Ils semblaient très nerveux.

— Bonnes nouvelles ! lança-t-il avec un sourire. Tout s'est passé au mieux et l'opération a été un succès…

Il avait pensé à tout.

Le sourire de Noah était assez éclatant pour attirer son attention, mais Abby ne pouvait pas le lui rendre avec autant d'enthousiasme. Elle s'était habituée à faire comme si tout allait bien et savait que la mine réjouie de Noah n'avait sans doute rien à voir avec le bébé.

— Regarde, les plans de travail ont été abaissés dans la cuisine et la buanderie.

— Tu fais plus d'un mètre quatre-vingts, Noah. Tes espaces de travail devraient être relevés, pas abaissés. J'espère que tu comprends que je n'ai pas l'intention de venir faire ta lessive de sitôt !

Oh ! mon Dieu… Abby savait qu'elle avait l'air agacé et, en effet, elle se sentait très nerveuse, ce soir.

— Excuse-moi un instant…

C'était la deuxième fois qu'elle se réfugiait dans la salle de bains depuis l'arrivée de Noah, qui avait mis au four les barquettes achetées chez le dernier traiteur à la mode, puis étalé les plans détaillés de l'architecte partout sur la table de la cuisine.

Le pire, c'est que cette maison pour laquelle Noah dépensait une fortune afin de la rendre accessible en fauteuil roulant, était une version miniature du manoir où vivaient Lisa et Hugh. Une maison de famille parfaite, où Abby aurait rêvé de vivre si les choses avaient été différentes.

Mais elles n'étaient pas différentes. Certes, Noah et elle étaient dans de meilleures dispositions maintenant, car ils avaient eu le temps de s'habituer à l'idée de devenir parents, mais jamais ils ne retrouveraient la complicité qui était la leur au début de leur amitié.

Quand elle revint de la salle de bains, le sourire de Noah avait complètement disparu et elle sentit qu'il était sur ses gardes.

— Je ne m'attends pas à ce que tu fasses ma lessive, lui dit-il. Je suis très heureux d'avoir une femme de ménage, mais je pense à l'avenir. Je ne m'attends pas à ce que tu abandonnes une carrière que tu aimes et je ne veux certainement pas abandonner la mienne.

Elle lui jeta un coup d'œil perplexe.

— Je… ne vois pas le rapport avec la hauteur des plans de travail dans ta maison.

— Et si je dois aller à une conférence, un jour ? Et si c'est à ton tour de garder notre enfant, il sera peut-être plus pratique de loger chez moi parce que c'est plus près de son école, ou parce qu'il a une cabane dans le jardin où il aime jouer. Et si tu veux lui préparer à dîner, il faut que tu puisses le faire, non ?

— Pourquoi dis-tu toujours « il » quand tu parles de notre bébé ?

— Eh bien… Parce que c'est un garçon ?

— Il a besoin d'un nom, tu sais.

Surpris, Noah demeura bouche bée, et Abby vit son regard se voiler. Il avait jusque-là refusé de choisir des noms, arguant que c'était beaucoup trop tôt et que, de toute façon, il serait heureux d'accepter son choix quel qu'il soit, mais qu'il valait parfois mieux attendre la naissance pour prendre une décision.

Pourquoi le fait que le père de son bébé soit suffisamment impliqué pour planifier l'avenir avec une telle rigueur et imaginer tous les scénarios possibles ne lui suffisait-il pas ? Parce que cela révélait la distance affective qu'il tentait de prendre ?

Ils avaient parlé de maisons, de jardins, de jours de garde et d'écoles – tout ce qui pouvait être nécessaire pour assurer l'éducation heureuse d'un enfant, mais ils avaient omis d'évoquer ce dont son bébé aurait le plus besoin : des parents qui s'aimaient et qui l'aimaient. Alors qu'elle aurait dû avoir de moins en moins de mal à s'habituer à cette idée, c'était l'inverse qui se produisait.

Abby se demandait parfois si elle n'avait pas commis une énorme erreur en rejetant l'idée que Noah et elle pourraient se marier et vivre ensemble pour élever leur petit garçon. Ce serait mieux que la situation actuelle, n'est-ce pas ? Ce… désir ardent qu'elle ressentait d'être touchée, choyée, soulignait avec cruauté la distance qui les séparait.

Aimer quelqu'un autant qu'elle aimait Noah, et vivre avec lui au quotidien ne ferait que lui rappeler que jamais elle ne pourrait prendre la place de la femme qu'il avait jadis aimée. Sans compter que la fatigue accumulée durant ces premiers mois de grossesse la rendait irritable, et qu'elle ne voulait certainement pas lui imposer cela.

Noah se racla la gorge, interrompant le fil de ses pensées.

— Désolée, marmonna-t-elle en se redressant. La journée a été longue.

— Tu dois avoir faim. J'ai pensé que tu aimerais ce que j'ai trouvé aujourd'hui chez Gourmet to Go, dit Noah en posant sur la table de jolies papillotes. Filet de poulet bio grillé, sauce curry, servi avec un risotto aux champignons et accompagné de haricots verts vapeur ?

Abby essaya d'avoir l'air reconnaissant, même si elle n'avait pas faim du tout.

Noah la couvait d'un regard intense, comme s'il sentait que quelque chose n'allait pas.

— Si cela ne t'inspire pas, il y a aussi une crème brûlée au caramel salé pour le dessert…

— Désolée, je n'ai pas très faim, c'est tout, s'excusa Abby.

Elle posa la main sur son ventre – une réaction instinctive dès que le bébé bougeait. Elle savait qu'il ne fallait pas proposer à Noah de l'imiter, de crainte de susciter le même rejet que lorsqu'elle lui avait suggéré de chercher des prénoms.

Elle eut tout de suite l'impression qu'il ne s'agissait pas d'un coup de pied, car elle ressentait une curieuse pression, plus forte que d'ordinaire. C'était probablement juste sa vessie qui se rappelait à son bon souvenir. À moins que… ce soit déjà trop tard ?

Noah lui demanda d'un ton alarmé :

— Qu'est-ce qui ne va pas ?

— Je… Euh… Ce n'est rien…

Mais Noah insista et posa la main sur son front.

— Tu es un peu chaude, dit-il. Pas étonnant que tu aies l'air si fatigué…

— C'est probablement juste un virus.

— Ou une infection urinaire. Je t'emmène à l'hôpital, déclara-t-il. Tu as peut-être besoin d'un traitement antibiotique.

— Et de vêtements propres. Je suis…

Alors même qu'elle prononçait ces mots, Abby se rendit compte qu'une petite flaque s'était formée sur le sol.

— J'appelle une ambulance, dit Noah, qui avait suivi son regard. Je crois que tu viens de perdre les eaux.

# 8.

— Où est Noah ?

Lisa se mordit la lèvre.

— Je l'ai vu à son arrivée, répondit-il. Il discutait avec l'un des médecins de garde. J'ai oublié de parler de… Euh… C'était du sulfate de magnésium ?

Hugh hocha la tête.

— Ils ont l'intention d'ajouter ce produit au traitement qu'ils donnent à Abby pour essayer de ralentir le travail. Il a été démontré que cela protégeait le développement du cerveau et réduisait le risque de complications.

Abby ferma les yeux. Ce cauchemar n'allait pas s'arrêter… Les médicaments qu'on lui donnait pour ralentir ses contractions ne semblaient pas fonctionner, et maintenant le bip du moniteur qui enregistrait la fréquence cardiaque du bébé paraissait ralentir lorsque son ventre se contractait pendant de longues périodes.

Hugh avait les yeux rivés sur l'écran.

— Tu as reçu une injection de corticostéroïdes pour aider le développement pulmonaire du bébé, n'est-ce pas ? Cela fait plus de douze heures que tu es arrivée.

Abby hocha la tête.

— Pourquoi ?

Elle scruta son beau-frère.

— Tu crois que je vais accoucher, n'est-ce pas ?

— Il faut t'y préparer.

— Mais c'est trop tôt ! Je ne suis qu'à vingt-neuf

semaines de grossesse ! gémit Abby en retenant ses larmes. C'est ma faute. J'aurais dû reconnaître les signes d'une infection urinaire. Si j'avais commencé les antibiotiques plus tôt, cela ne serait peut-être pas arrivé.

— Non, ce n'est pas ta faute, Abby, protesta Lisa en prenant sa main. Et tu es au meilleur endroit possible. Le service de néonatalité du St. John's est sans égal et… et les bébés survivent bien avant vingt-neuf semaines, maintenant.

— Elle a raison, renchérit Hugh d'une voix douce. Les chances sont de ton côté. Ton bébé a plus de 90 % de chances de s'en sortir s'il naît maintenant.

Mais Abby éclata en sanglots.

— Mais ce n'est pas seulement mon bébé ! C'est aussi le bébé de Noah et… Et comment lui demander de me soutenir alors qu'il a déjà perdu un enfant prématurément ? Pourtant j'ai vraiment, vraiment besoin qu'il soit là…

— Tu n'as pas besoin de demander. Je suis là, Abby.

Tous se tournèrent vers une porte qu'ils n'avaient pas entendue s'ouvrir. Derrière Noah se tenait l'obstétricien responsable de l'équipe qui l'avait admise, accompagné de plusieurs médecins et infirmières. Est-ce parce que l'information des moniteurs avait été transmise au bureau central au moment où les alarmes avaient commencé à retentir qu'ils venaient en renfort ?

Lisa et Hugh échangèrent un regard inquiet.

— Tu veux que je reste ? demanda Lisa.

Abby secoua lentement la tête, le regard rivé à celui de Noah, qui s'avançait vers son lit. C'était la seule personne dont elle avait besoin auprès d'elle… Lui seul pouvait comprendre, trop bien même, à quel point elle avait peur en ce moment. Peut-être même avait-il encore plus peur qu'elle et pourtant il n'en laissait rien paraître.

Il était là pour elle, et Abby avait du mal à croire qu'il

l'aimait assez pour avoir le courage de revivre une telle épreuve.

Et elle l'aimait, elle, parce qu'il lui tendait la main à un moment où tout s'agitait autour d'elle et où elle n'avait plus d'autre choix que de s'en remettre à des spécialistes… Certes, elle avait confiance dans ses collègues, mais rien ne valait le soutien d'un ami sincère…

Comme d'autres personnes arrivaient, poussant un incubateur et plusieurs chariots chargés de divers appareils, Lisa et Hugh s'éclipsèrent, et bientôt Abby et Noah se retrouvèrent seuls face à une armée de médecins.

Ému aux larmes, Noah contemplait le petit être qui venait tout juste de quitter le ventre de sa mère.

Ses membres semblaient aussi fragiles que des brindilles, et il les agitait comme pour protester contre les médecins qui se préparaient à canuler ses vaisseaux ombilicaux et à lui introduire un minuscule tube dans la gorge. Sa cage thoracique était si petite que l'électrode qu'on y avait collée la couvrait presque entièrement. Il luttait visiblement à chaque respiration, et il fallait brancher le respirateur au plus vite. Son bonnet de laine avait l'air trois fois trop grand et glissait sur ses yeux fermés.

Soudain, Noah eut la sensation qu'un poignard lui transperçait le cœur. Ce petit humain faisait partie de lui. C'était *son fils*. Et sa peur de le perdre était la même que celle qu'il avait connue jadis. Et savoir à quel point les prochaines heures et les prochains jours pourraient se révéler décisifs pour cette nouvelle vie si fragile n'arrangeait rien. C'était une peur qu'il fallait à tout prix qu'il apprivoise s'il voulait rester fort, ou du moins paraître fort, devant Abby.

Cependant, la situation n'était pas tout à fait la même que par le passé, songea-t-il avec soulagement.

Il pouvait se raccrocher au fait que la mère de son enfant n'avait pas déjà perdu son combat pour la vie. Abby était bien vivante et serrait toujours sa main, comme une bouée de sauvetage sur une mer déchaînée. Elle avait les larmes aux yeux, mais… il y lisait de l'espoir, aussi, et un amour qui les faisait briller comme jamais auparavant. Bien sûr, elle aimait déjà le bébé qu'elle venait de mettre au monde, mais, quand elle leva les yeux pour capter son regard, il eut l'impression qu'elle l'aimait aussi, *lui*. Ou plutôt, qu'elle pourrait l'aimer, s'il la laissait faire…

Ce dont il n'avait pas l'intention. En effet, comment laisser Abby exprimer des sentiments qu'il ne pouvait pas partager ? Être aimé pourrait devenir un fardeau si les sentiments n'étaient pas réciproques, or il semblait peu probable que cela arrive jamais.

Cela le tourmentait mais, en même temps, cela lui permettait de faire face à la situation, de prendre un peu de recul. Si le pire arrivait, il ne serait pas totalement anéanti, cette fois.

— Je vais l'accompagner en salle de néonatalité, dit-il à Abby, sans lâcher sa main.

Elle hocha la tête et murmura :

— Il faut que l'un d'entre nous soit près de lui, au cas où…

Sa voix se brisa dans un sanglot.

Noah s'arracha à grand-peine à l'étreinte d'Abby, mais curieusement il avait l'impression qu'elle lui tenait toujours la main pendant qu'il suivait l'équipe médicale dans les couloirs. Et, franchement, il en avait besoin car l'histoire se répétait de la pire façon possible.

Les quarante-huit premières heures auraient dû être les plus difficiles.

Abby savait qu'à chaque fois que Noah venait au service

de néonatalité où elle restait assise, heure après heure, au chevet de leur bébé, il devait se remémorer d'horribles souvenirs. Lorsque deux jours en devinrent trois, puis quatre et enfin une semaine, que certains des fils et des tubes disparurent et qu'elle dut commencer à tirer son lait pour nourrir son bébé, Abby s'attendait à ce que la tension diminue un peu mais, hélas, elle se trompait…

Ce soir-là, elle avait tourné son fauteuil roulant de façon à être au plus près de son enfant. Elle n'était pas encore autorisée à le tenir dans ses bras, mais elle pouvait glisser le bras par le hublot de l'incubateur et effleurer du bout du doigt la minuscule main qui se refermait alors avec une force étonnante. Elle l'aimait de plus en plus chaque jour qu'ils passaient ensemble.

Abby ne vit pas Noah entrer, car elle se tenait à l'écart du reste de l'unité, dans un endroit très calme et sans éclairage intense pour protéger ces bébés vulnérables. Mais elle perçut sa présence. Elle était habituée à ce qu'il vienne à cette heure de la journée, une fois qu'il s'était acquitté de ses obligations – à moins qu'il se sente plus en sécurité quand il était là, comme si leur bébé pouvait avoir plus de force avec ses deux parents à proximité ?

Abby ne bougea pas, le regard fixé sur cette petite main qui serrait encore son doigt, pour demander :

— As-tu vu les résultats des tests ? L'échocardiogramme ?

Noah prit place sur une chaise, à côté d'elle.

— Oui.

Il posa une main sur le dessus de l'incubateur et se pencha plus près pour mieux voir leur bébé à travers le fouillis de fils, de tubes et de pansements.

— La persistance du canal artériel n'est pas une anomalie cardiaque rare chez les prématurés. Cela ne devient problématique que si le volume de sang augmente dans la circulation, ce qui peut endommager d'autres organes comme les intestins et les reins. Si les médicaments échouent à refermer ce canal, il aura besoin d'une opération.

— Je sais…

Noah se tut un moment, puis reprit :

— Mais c'est une procédure qui peut être réalisée par cathéter maintenant, même chez les nouveau-nés. Ce ne serait pas aussi traumatisant qu'une opération à cœur ouvert.

Abby sourit. Dans la couveuse, le bébé étirait les jambes et remuait ses petits pieds. Il leva aussi la main qui serrait toujours le doigt d'Abby.

— Regarde, dit Noah doucement. Il ne lâche pas prise, n'est-ce pas ?

— C'est un petit combattant, chuchota Abby.

Elle cligna des yeux pour chasser une larme, puis fixa le lion en peluche, dans un coin de l'incubateur.

— Leo, souffla-t-elle, ce serait un prénom parfait pour lui, tu ne trouves pas ?

Il y avait une semaine qu'il était né, mais l'étiquette murale, derrière le berceau, portait encore la mention « Phillips/Baxter ». Abby savait que le prénom n'était pas la priorité de Noah, mais maintenant elle le sentait prêt.

— Tu disais qu'il valait mieux parfois attendre un peu, mais…

Noah hocha lentement la tête.

— Leo. Oui… Ça lui va bien, en effet.

Tout à coup, il jeta un coup d'œil à sa montre.

— Je dois passer voir un patient. Je vais devoir y aller.

Abby fut incapable de masquer le tremblement de sa voix, cette fois.

— Moi aussi. Je… Je dois rentrer chez moi ce soir. Apparemment, je suis trop en forme pour avoir un lit à l'hôpital, désormais.

— Oh…

— Tu vas t'installer chez ta sœur ?

— Elle me l'a proposé, mais je préférerais être dans mon appartement, où les choses sont… un peu plus faciles. Lisa a proposé de rester avec moi, mais elle est très occupée avec Amy et je ne veux pas l'épuiser.

À contrecœur, Abby retira sa main de l'incubateur.

— Laisse-moi t'aider, dit Noah. Je pourrais rentrer à la maison avec toi et… et préparer le dîner, au moins.

L'espace d'un battement de cœur, elle crut avoir retrouvé le Noah des débuts. Le Noah d'avant sa grossesse était toujours là, bien présent.

Abby n'avait pas faim, mais la proposition était trop tentante pour qu'elle la refuse. Plus que d'un bon dîner, elle avait besoin de l'homme qu'elle aimait, du père de son bébé. Un bébé qu'ils avaient baptisé ensemble, lui donnant presque l'impression qu'ils formaient une vraie famille.

— D'accord, dit-elle à Noah. Je vais aller ranger mes affaires. Viens me retrouver quand tu seras prêt à partir.

Comme c'était bon de rentrer à la maison ! songea Noah en suivant Abby à l'intérieur de son appartement, un espace confortable et familier dans lequel il aimait se retrouver. Avec elle. C'était bien d'avoir quelque chose à faire, aussi. Entrouvrant le réfrigérateur, il eut la surprise de constater qu'il était plein.

— Quelqu'un a fait les courses et a jeté la nourriture que nous avions laissée dans le four la nuit où… Leo a décidé de nous faire une surprise.

C'était étrange de prononcer à haute voix le nom choisi pour leur bébé. Qui aurait cru qu'un simple prénom avait tant de pouvoir ? Ces trois lettres rendaient plus tangible l'existence de son fils, le rendaient plus *réel*, d'une certaine façon. Une vraie personne dotée d'un nom qui symbolisait son courage.

— Lisa est passée, expliqua Abby. Je lui avais demandé de venir chercher des vêtements propres, et quelque chose à placer dans l'incubateur. J'avais acheté cette peluche il y a longtemps pour la donner à Amy, mais je l'ai gardée parce que je la trouvais trop mignonne. Je l'ai rangée pour le jour où j'aurais à mon tour un bébé.

Mais elle n'avait pas prévu d'en avoir un si tôt, ni dans ces conditions, comprit Noah, tandis qu'elle ajoutait :

— On devrait peut-être choisir le thème du lion pour décorer sa chambre d'enfant ?

— Ce pourrait être une bonne idée. En tout cas, ça ira bien avec la jungle de ton jardin ! ironisa Noah.

Il se promit de faire bientôt appel aux services d'un paysagiste et décida de donner le feu vert pour commencer les travaux de rénovation de sa nouvelle maison dans les jours qui suivaient. Plus vite il passerait à l'action, plus il lui serait facile de faire face au stress de ce que les semaines à venir pourraient leur réserver. Et mieux il s'organiserait, mieux il pourrait aider Abby.

Il lui suffisait de la regarder pour voir à quel point elle avait besoin de lui en ce moment, malgré le courage dont elle faisait preuve pour relever ce nouveau défi. Le plus difficile, c'était de ne pas pouvoir être près de son bébé pour le toucher et se rassurer en écoutant le battement régulier de son cœur. Elle était encore beaucoup trop pâle. Trop stressée. Trop… terrorisée.

Il s'accroupit devant elle.

— Et si on se blottissait sur le canapé un moment ? Je vais voir si je peux trouver quelque chose à grignoter.

Il y avait beaucoup de chaleur dans son beau regard noisette quand elle accepta son offre et le laissa la porter jusqu'au salon, les bras enroulés autour de son cou.

Mais tenir Abby contre lui n'était pas une bonne idée. Sentir son corps si près du sien, la chaleur de sa peau, son parfum unique lui rappelait trop leur intimité perdue, quand ils n'étaient encore que des « amis ». Même s'il faisait de son mieux pour Abby et leur fils en ce moment, il ressentait un douloureux sentiment de frustration et d'échec.

Ils avaient tous les deux besoin de plus qu'il ne pouvait leur donner. Et ce n'était pas juste, ni pour Abby ni pour Leo.

— Je suis désolé, chuchota-t-il en posant doucement Abby sur les coussins moelleux du canapé où ils avaient fait l'amour pour la première fois.

— Pour quelle raison ?

Noah cherchait déjà ses clés de voiture dans sa poche. Il lui jeta un rapide coup d'œil par-dessus son épaule et murmura avant de tourner les talons :

— Pour tout.

# 9.

On s'habitue à tout.

Comme d'avoir à tapoter la plante du pied de votre bébé lorsque l'alarme résonne pour signaler qu'il a cessé de respirer pendant trop longtemps. Ou de changer une couche jetable trop grande, alors qu'elle a l'air d'être conçue pour une poupée miniature…

Abby s'habituait aussi aux bonnes et aux mauvaises nouvelles qui se suivaient parfois de près, car les choses pouvaient changer en l'espace d'un battement de cœur – comme ce jour-là, par exemple, lorsque les épisodes apnéiques de Leo se multiplièrent au point qu'on prit la décision d'avoir recours à la chirurgie pour corriger son défaut cardiaque.

Mais, même dans cette descente aux enfers, il pouvait y avoir des moments de pure joie, songea Abby en prenant pour la première fois Leo dans ses bras, alors qu'on débranchait ses moniteurs pour le conduire au bloc où l'attendait l'équipe de cardiologie néonatale.

L'infirmière l'aida à le placer sur sa peau nue juste au-dessus de ses seins. Il était à plat ventre, les bras et les jambes écartées.

— Il ressemble à une grenouille, chuchota Abby, en effleurant du doigt sa tête. Comme il est petit !

— Il va s'en sortir, la rassura Noah, tout près d'elle. As-tu bien compris tout ce qu'on t'a expliqué concernant la procédure ?

— Pas vraiment, avoua Abby. Ma formation ne comprenait qu'un cours de base en cardiologie, mais… je ne suis pas sûre de vouloir en savoir plus. C'est déjà bien assez angoissant comme ça.

Elle caressa doucement le dos de son bébé, sentit les bosses de sa colonne vertébrale. Elle percevait les battements de son cœur contre sa peau – ce cœur si petit qu'elle avait du mal à imaginer qu'on pouvait le réparer.

Noah était confiant. Il avait l'habitude de la microchirurgie, et c'était sa passion, mais Abby ne comprenait pas pourquoi il voulait parler de la procédure maintenant, au lieu de profiter du bonheur de pouvoir enfin toucher son fils. Compter ces petits doigts et orteils, toucher le bout de son nez et s'émerveiller qu'un être aussi fragile puisse être si parfait…

À moins qu'il ne veuille précisément échapper à ce contact, pour lequel il ne se sentait pas prêt ?

— Mais peut-être que ça m'aiderait si tu me l'expliquais une nouvelle fois, s'entendit-elle dire.

Sans répondre, Noah alla chercher un crayon et un papier, puis fit un rapide croquis qu'il lui montra.

— Voici le cœur, les deux ventricules et les deux oreillettes sur le dessus, puis les artères… Il s'agit de l'artère pulmonaire qui transporte le sang désoxygéné du ventricule droit aux poumons et l'aorte qui transporte le sang oxygéné du ventricule gauche au reste du corps. Tu me suis ?

Abby l'écoutait, mais gardait les yeux fixés sur Leo et caressait doucement sa joue.

— Avant la naissance d'un bébé, les poumons ne fournissent pas d'oxygène parce qu'ils sont pleins de liquide, de sorte que le canal artériel constitue un vaisseau sanguin supplémentaire qui laisse affluer la majeure partie du sang directement dans l'aorte sans passer par les poumons. Après la naissance, il se referme et devient un ligament. C'est un problème courant chez les bébés prématurés, mais si le canal est trop gros, comme c'est le cas chez Leo, cela peut entraîner des difficultés.

Noah s'arrêta pour respirer. Le fait d'avoir utilisé le prénom de son fils rendait tout à coup plus concrète l'intervention imminente.

— Mais ils ne vont pas lui ouvrir la poitrine, n'est-ce pas ? murmura Abby, affolée.

— Non. Et il sera placé sous sédatifs pour qu'il ne ressente pas de douleur. Les chirurgiens pratiqueront une toute petite incision pour insérer un cathéter dans une artère de son aine et s'assurer qu'il arrive exactement au bon endroit dans son cœur en monitorant leur progression grâce à un appareil d'échographie. Ils prendront des mesures avant d'implanter le dispositif de fermeture qui remplit le vaisseau sanguin et l'obture hermétiquement. Ensuite, ils retireront le cathéter, fermeront l'incision et s'assureront qu'il n'y a pas de saignement au site d'entrée. J'ignore combien de temps durera l'opération. Ensuite, il sera étroitement surveillé en salle de soins intensifs. Tu pourras le voir à sa sortie.

L'une des infirmières leva les yeux de l'incubateur, dont elle ajustait les réglages.

— Il est temps de le brancher de nouveau, dit-elle doucement. Sa saturation en oxygène chute un peu. Il va être conduit au bloc très bientôt.

Abby hocha la tête, trop tendue pour prononcer un seul mot. À cet instant, Leo bougea son minuscule bras et Noah, sans réfléchir, leva la main pour le toucher, comme s'il voulait vérifier qu'il était bien réel. Il glissa le bout de son index dans la main de son fils, qui le serra étonnamment fort.

Le temps s'arrêta, et le monde entier cessa de tourner l'espace d'un battement de cœur. Et puis d'un autre, et d'un autre encore…

Cette minuscule main avait atteint son cœur même, songea Noah, abattant les barrières qui en protégeaient l'accès, et il n'en fallut pas plus pour qu'elles se fissurent et commencent à s'effondrer.

Mais, en même temps que la joie qui l'envahissait, Noah sentit une grande peur s'emparer de lui. Perdre cet enfant le détruirait, il le savait. Emporté par ce tsunami, il serait incapable d'aider Abby, qui devrait affronter seule ses propres peurs. C'est à cet instant qu'il croisa son regard anxieux, perdu…

Il ne pouvait pas faire ça.

Il ne pouvait pas ne pas *être là*…

Soudain, son bipeur se mit à sonner, le faisant sursauter. Leo lâcha sa main pendant que l'infirmière le soulevait délicatement pour le remettre dans sa couveuse.

Il sentit le regard d'Abby sur lui quand il se leva et se dirigea vers le poste des infirmières pour passer un appel interne.

— J'arrive tout de suite, dit-il.

À peine avait-il fait quelques pas qu'il entendit l'appel du bloc : Leo allait pouvoir être opéré…

— Quelqu'un s'est coupé la main en deux avec une scie circulaire, dit-il à Abby, je dois y aller, c'est urgent…

— Tout ira bien, répondit-elle avec courage. Vas-y. Cette personne a besoin de toi.

Abby et Leo aussi avaient besoin de lui, mais Noah savait que son engagement de médecin comptait autant, en cet instant, que ses préoccupations personnelles.

Parce qu'il en avait besoin. Parce que cette urgence lui fournissait un prétexte pour s'échapper, pour reprendre le contrôle sur ses émotions en faisant ce qu'il savait le mieux faire – aider ses patients. Il devait s'éloigner, parce que s'il se laissait rattraper par cette vague de tristesse et d'angoisse, il ne pourrait pas aider qui que ce soit. Quelqu'un l'attendait aux urgences, quelqu'un qui espérait qu'il pourrait l'aider à guérir sa blessure et reprendre le cours de son existence.

Il avait le pouvoir de faire cela et, en aidant les autres, il espérait se sauver lui-même.

Abby sentait l'angoisse la gagner. Elle était seule. Lisa et Hugh venaient de lui faire parvenir un message. Ils étaient en route pour l'hôpital, mais ils étaient allés dans le centre de Londres le matin même pour choisir le premier lit d'Amy – à presque sept mois, celle-ci était devenue trop grande pour son berceau – et se retrouvaient pris dans un embouteillage qui ne semblait pas vouloir s'arrêter de sitôt.

Quant à Noah, elle ne savait pas où il était exactement. Probablement en train de se préparer à une opération incroyablement longue et difficile pour sauver son patient et réparer sa main. Quoi qu'il en soit, il n'était pas là, près d'elle, pour la soutenir.

Elle était plus seule qu'elle ne l'avait jamais été de toute sa vie. Elle suivit l'incubateur de Leo aussi loin qu'on l'y avait autorisée. Une fois près de la porte du bloc, elle s'arrêta. C'est là qu'un anesthésiste pédiatrique allait endormir son tout petit bébé pour qu'il puisse subir une intervention qui pourrait lui sauver la vie, mais qui était très invasive, surtout pour un nouveau-né dont les poumons n'étaient pas encore assez développés pour lui permettre de respirer tout seul.

Quand elle s'éloigna du bloc, elle eut l'impression qu'on lui arrachait le cœur. Il ne lui restait plus qu'à s'asseoir dans la salle réservée aux familles, et à attendre…

Un membre du personnel avait été envoyé pour lui tenir compagnie, mais elle lui avait dit qu'elle préférait être seule. Ce n'était pas vrai, bien sûr, mais elle n'avait aucune envie de se retrouver avec un inconnu. Quelqu'un qui ne savait pas qui elle était, qui n'avait jamais approché Leo. Quelqu'un qui ne comprenait pas à quel point cette attente était pénible, chaque minute qui passait rendant les choses plus difficiles.

Pourquoi cela prenait-il autant de temps ?

Quelque chose avait-il mal tourné ?

Pourquoi avait-elle signé ce formulaire de consentement qui leur donnait la permission de faire tout ce qui pourrait être nécessaire en cas de complication, comme d'ouvrir cette petite poitrine pour torturer davantage encore son enfant ?

C'est peut-être ce qui se passait en ce moment. Abby entendit des pas qui s'approchaient de cette salle d'attente, plus lourds que ceux des infirmières. Un médecin appelé en urgence ? Le cœur battant follement, Abby se tourna vers la porte, prête à affronter les mauvaises nouvelles qui s'annonçaient.

Elle éprouva un immense soulagement en découvrant que la personne qui se tenait sur le seuil n'était autre que Noah. Son visage exprimait une vulnérabilité, une sincérité qu'elle ne lui avait jamais vue jusqu'alors. Jamais.

— Je ne peux pas rester longtemps, dit-il en s'approchant pour s'accroupir devant elle. Je dois aller prendre ma douche préopératoire et je vais probablement passer des heures au bloc, mais je devais venir te le dire, sinon, je ne pourrai pas me concentrer sur ce que j'ai à faire et..

Le cœur d'Abby se brisa en mille morceaux. Elle avait l'impression qu'un gouffre venait de s'ouvrir sous ses pieds, et qu'elle ne reverrait jamais la lumière du jour. Elle plongea son regard dans celui de Noah et se rendit compte qu'elle ne pouvait pas le détester. Il cherchait à se protéger, et si elle avait eu le choix, elle les aurait protégés, lui et Leo, de toute cette angoisse, de toute cette tristesse.

— Je sais, dit-elle doucement. Je comprends, Noah.

Perplexe, Noah fronça les sourcils.

— Non… Tu ne comprends pas, Abby, insista Noah en lui prenant les mains. Ce que je ne peux pas faire, c'est ne pas assister à tout cela. Je ne peux pas ne pas ressentir… tout. Je ne peux pas ne pas aimer Leo. Ou toi, Abby. Tout cet amour était là depuis le début, mais je ne pouvais pas y avoir accès.

Ses yeux brillaient de larmes qu'il retenait depuis trop longtemps.

— Mais quelque chose a changé, et… j'ai désormais le sentiment de pouvoir tout vivre, tout affronter. La peur et la douleur, mais surtout… Je comprends ce que signifie aimer si fort qu'il n'y a pas de retour en arrière possible. Je ne peux pas être loin de toi, ni de Leo. C'est impossible…

Soudain, Abby eut l'impression que les morceaux de son cœur se recollaient, comme par magie, comme si quelqu'un avait passé une vidéo en marche arrière et en accéléré. La joie qui la submergeait était si grande qu'elle craignit d'étouffer.

— Je sais ce que tu ressens, murmura-t-elle d'une voix blanche. Je le sais très bien, parce que je ressens la même chose pour toi. Et depuis longtemps, avant même que je sache que Leo allait venir au monde.

Les bras de Noah étaient autour d'elle, maintenant, et la serraient si fort qu'elle avait du mal à respirer. Mais ça n'avait pas d'importance, car c'était le seul endroit où Abby avait besoin d'être, en ce moment. Dans les bras de Noah, la tête nichée au creux de son cou, là où elle pouvait entendre et sentir les battements effrénés de son cœur. Et sentir ses lèvres pressées contre ses cheveux quand il lui murmurait des mots d'amour…

— On va s'en sortir, Abby. Quoi qu'il arrive, aujourd'hui ou demain, on s'en sortira ensemble, d'accord ?

Abby ne put que hocher la tête en silence. La promesse

qu'il venait de lui faire et sa propre foi dans l'avenir rendaient toute parole inutile et, d'ailleurs, aurait-elle voulu parler qu'elle en aurait été bien incapable.

Soudain, elle perçut une voix étrangère. Une voix féminine. Elle leva les yeux et vit une femme en tenue de chirurgienne, son masque pendant sous son menton. Elle arrivait tout droit du bloc où elle venait d'opérer Leo.

Et elle souriait.

— Tout s'est parfaitement bien passé, annonça-t-elle d'un ton rassurant. Votre petit garçon s'en est tiré avec brio et il va très bien. Vous pouvez venir le voir en salle de réveil.

Abby se retourna au même moment que Noah, et son regard se perdit dans le sien. Des larmes coulaient sur leurs joues. Ils avaient traversé cette épreuve ensemble et ils en sortaient plus soudés que jamais. Et il y avait de l'amour entre eux, tellement d'amour qu'Abby était certaine que même si l'avenir leur réservait son lot de malheurs, cette lumière ne pâlirait jamais.

Ils étaient ensemble, maintenant, elle et Noah. Aussi engagés et aussi unis qu'un couple pouvait l'être, plus encore : c'était comme s'ils formaient déjà une famille, une vraie.

Et il était temps d'aller voir leur fils, même si Noah ne pourrait rester qu'une minute ou deux, car il avait un travail important à faire. D'autres avaient autant besoin de lui qu'Abby et Leo. En fait, ils avaient davantage besoin de lui en ce moment même, car Abby, Leo et Noah avaient le reste de leur vie pour être ensemble.

Et, même s'ils n'étaient pas dans la même pièce, leur amour serait toujours là, et Abby savait qu'il lui donnerait la force d'attendre qu'ils soient autorisés à ramener leur bébé à la maison.

# 10.

La vie à deux comportait des risques, car les obstacles étaient nombreux et menaient parfois à la rupture, mais réussir à surmonter ensemble des épreuves difficiles permettait de bâtir une relation assez solide pour résister à tout ce que l'avenir pouvait réserver.

C'est exactement ce que les dix semaines suivantes furent pour Abby et Noah, alors que leur vie tournait autour de l'unité de soins intensifs de néonatalité, où Leo était traité jusqu'à ce qu'il soit assez grand et fort pour rentrer à la maison.

Il y eut des étapes importantes, cruciales, qu'aucun d'eux n'oublierait jamais, même s'ils ne prirent pas de photo pour immortaliser ces instants : le jour où Leo put respirer tout seul après son opération, ou celui où on le sortit brièvement de sa couveuse pour un câlin à ses parents.

C'est Noah qui l'avait tenu dans ses bras, cette fois-là. Assis, la chemise ouverte, il avait pu tisser des liens étroits avec son fils couché à plat ventre sur son torse. Abby avait placé son fauteuil roulant aussi près que possible de Noah pour pouvoir les toucher tous les deux, une main sur la jambe de Noah et l'autre caressant le petit pied de Leo et ses jolis petits orteils.

Leur bébé tenait presque tout entier dans la main de Noah. Les yeux grands ouverts, il semblait non seulement voir tout ce qui se passait autour de lui, mais comprendre à quel point il était aimé.

Pour Abby, ces moments étaient infiniment précieux car, même s'ils étaient toujours à l'hôpital, cette émotion partagée la rapprochait chaque jour un peu plus de Noah. Et, aux larmes qui brillaient dans les yeux de celui-ci, elle savait qu'il ressentait exactement la même chose qu'elle.

C'est après une journée entière passée à opérer un patient, lorsque Noah rentra retrouver Abby, que leur relation bascula. Ce soir-là, quand il la prit dans ses bras, elle comprit que plus rien ne pourrait jamais les séparer.

— Aujourd'hui, j'ai prononcé plusieurs fois le prénom de Leo, confia-t-il. Je progresse…

— Pourquoi ?

— Ellen et moi avions choisi un prénom pour notre fille dès que nous avons appris la grossesse. Mais nous ne l'avions dit à personne, et je ne l'ai pas dit depuis…

— Comment s'appelait votre petite fille ? chuchota-t-elle.

— Grace. Je l'ai perdue quelques minutes après l'avoir vue naître, murmura-t-il, des larmes dans la voix.

— Elle fait toujours partie de toi, tout comme Ellen, ce qui fait d'eux des membres de notre famille. Tu as des photos ?

— Quelque part dans un carton. Avec tant de choses que je possédais avant de te rencontrer.

— Trouvons-les. Dès que nous aurons fini la peinture de la maison, nous installerons un panneau familial quelque part et nous ferons une galerie de portraits. Et…

Abby éleva un peu la voix quand une infirmière passa devant l'incubateur de Leo.

— Jenny, avez-vous un moment pour prendre une photo de nous ? Notre première photo de famille ?

Elle encouragea ensuite Noah à lui parler d'Ellen, et il lui raconta qu'ils s'étaient rencontrés très jeunes et s'étaient aimés à la folie. Il l'assura aussi que c'était parce qu'Ellen l'avait tant aimé qu'elle aurait été heureuse de le savoir heureux avec elle. Elle aurait voulu qu'ils soient ensemble pour élever leur bébé. Émue aux larmes, Abby serra l'homme de sa vie contre son cœur en lui jurant de tout faire pour profiter au mieux de chaque instant passé avec lui.

L'allaitement de Leo, qui commença les jours suivants, ne fut pas une mince affaire. Quand on lui retira le tube nasogastrique utilisé pour lui donner le lait d'Abby pendant ses premières semaines, ses deux parents étaient à ses côtés pour l'aider à passer ce cap difficile.

— Bientôt, tout cela sera un jeu d'enfant pour nous tous, dit Noah en souriant. Tu me réveilleras une nuit sur deux, quand ce sera mon tour de lui donner le biberon…

Ils recueillirent aussi ensemble le premier sourire de Leo, qui les combla de joie, même s'ils n'eurent pas le temps d'immortaliser cet instant dans une photo. Mais il y aurait beaucoup, beaucoup d'autres occasions dans les mois et les années à venir, se promirent-ils…

Quitter l'appartement d'Abby pour emménager dans la maison que Noah avait achetée fut un grand pas en avant dans leur nouvelle vie et, bien que les rénovations ne fussent pas tout à fait achevées, ils voulurent tous deux s'installer avant que Leo sorte de l'hôpital.

— Je crois que nous aurions dû faire refaire ce canapé, lança Abby en se laissant tomber sur les coussins usés. Il est vieux.

— Tu plaisantes ? Ce canapé a une histoire et je ne m'en séparerai jamais, même pour quelques jours !

— Comment oublier cette première fois ? Je n'arrive

pas à croire que je t'aie avoué que j'étais vierge alors que je te connaissais à peine !

— Et moi, je n'arrive toujours pas à croire que c'était vrai ! lança Noah. Que le cœur d'une femme aussi incroyablement belle et intelligente ne soit pas déjà pris.

Il attira Abby dans ses bras et l'embrassa. Un baiser si long, si lent et si tendre que lorsqu'elle reprit son souffle, elle eut l'impression de s'éveiller d'un rêve.

— J'ai eu tellement de chance de rencontrer un homme comme toi ! chuchota-t-elle. Et que tu aies été mon premier amant. Jamais je n'aurai besoin de personne d'autre que toi…

Le regard de Noah, à ce moment-là, lui fit complètement oublier le stress et la fatigue du déménagement.

— J'ai envie d'aller vérifier qu'ils ont bien installé notre lit au bon endroit, et toi ?

— Oh ! oui…

Le lendemain, Abby et Noah furent sollicités par un magazine pour parler du patient à qui on avait greffé un orteil en guise de pouce. Et qui était devenu un véritable héros.

— Ce miracle n'aurait pas pu avoir lieu sans le Dr Baxter et l'excellente kiné Abby Phillips, déclara Steve au journaliste alors que l'équipe de la clinique était rassemblée pour une photo de groupe. Le Dr Baxter, pour l'incroyable opération qu'il a magistralement menée et réussie. Et Abby, bien sûr, qui m'a motivé et soutenu pendant tous ces premiers mois et m'a permis de reprendre le travail que j'aime.

Abby remarqua que la journaliste la regardait avec intérêt – comme si elle voulait tirer un nouveau fil de l'histoire qu'elle était en train d'écrire.

— J'ai entendu parler de votre bébé, dit-elle. On m'a

raconté qu'il était arrivé trop tôt et avait eu besoin d'une opération du cœur. Ça a dû être terrifiant pour vous deux.

Abby ne put s'empêcher de lever les yeux pour attraper le regard de Noah.

— C'était le cas, en effet, mais nous nous en sommes sortis et Leo se débrouille très bien. Les médecins envisagent de le laisser rentrer à la maison dans les jours qui viennent.

— Alors, vous êtes ensemble, le Dr Baxter et vous ? ajouta la journaliste. Mariés ?

Grâce à cette question imprévue, Abby songea que si Noah lui demandait à nouveau, elle lui donnerait une réponse très différente…

— Nous ne sommes pas mariés, mais nous sommes ensemble, intervint Noah.

— Oui, affirma Abby. Ensemble.

— Vous vous êtes rencontrés au travail ? Ou vous vous connaissiez avant que Steve soit votre patient ?

— Oui et non, expliqua Abby. Steve venait d'être admis dans le service quand j'ai appris l'arrivée au St. John's du nouveau chirurgien spécialiste de la main : le Dr Noah Baxter…

Pauline, la femme de Steve, intervint.

— J'ai tout de suite senti qu'il se passait quelque chose entre eux. L'air crépitait quand ils étaient dans la même pièce !

— Mais nous nous étions déjà rencontrés… par accident, ajouta Noah, avec un clin d'œil ironique à Abby.

La journaliste n'obtint pas un mot de plus.

# Épilogue

*Un an plus tard…*

— C'est sûrement l'endroit le plus romantique du monde pour un mariage.

Abigail Phillips sourit à sa sœur.

— Tu devrais le savoir. C'est là que tu as eu ton premier rendez-vous, que tu t'es fiancée et que tu t'es mariée.

Devant le miroir, Lisa Phillips sourit d'un air rêveur en mettant la touche finale à sa coiffure.

— Je suis si heureuse d'être de retour ici ! Et pour la meilleure des raisons.

— Je n'ai jamais eu l'intention de copier sur toi, tu le sais, n'est-ce pas ? lança Abby. J'aurais été plus qu'heureuse de me marier à la mairie la plus proche. Mais Noah avait autre chose en tête.

— Je suis presque sûre que c'est l'idée de Hugh. Tu te souviens du soir où vous êtes venus dîner ? Un article venait de paraître sur le patient qui s'était fait greffer un orteil à la place du pouce, et tu m'avais raconté que la journaliste vous avait crus mariés, Noah et toi ?

— Bien sûr que oui ! Je t'ai dit que ça ne me dérangeait pas du tout d'être mariée ou pas. Que je serais toujours heureuse tant que Noah et moi serions ensemble.

— C'est à ce moment-là que Hugh a montré à Noah la photo de l'endroit où nous nous sommes mariés. Ici même.

— Je sais, je sais. Il en parlait encore quand nous sommes rentrés, ce soir-là. Le sud de la France… Il ne parlait que de ça. De la vue depuis cette terrasse. De ces murs de pierre, de cette vigne…

— Ce n'est pas seulement pour le paysage qu'il a voulu venir ici, avoua Lisa. Hugh m'a confié plus tard avoir dit à Noah que ce restaurant avait quelque chose de magique. Que si j'étais tombée amoureuse de lui, c'est seulement parce qu'il avait été assez malin pour m'amener ici dès notre premier rendez-vous et que depuis nous étions très heureux…

Abby rit et prit une gorgée de champagne alors qu'elle se préparait à épouser l'amour de sa vie.

— C'est peut-être vrai. Tu es heureuse, n'est-ce pas ?

— Je ne pourrais pas l'être davantage. Surtout maintenant que les nausées matinales s'estompent. Je n'en ai pas eu la première fois, avec Amy. Ça veut peut-être dire que ce sera un garçon, cette fois. Ce serait bien pour Leo d'avoir un cousin.

— Au fait, il est temps que nous allions chercher notre garçon et notre demoiselle d'honneur, n'est-ce pas ? Si Hugh et Noah ont joué avec eux, ils ont probablement déjà sali leurs vêtements.

— Allons voir…

Lisa détailla la tenue d'Abby, son fauteuil roulant décoré de minuscules bouquets de gypsophile blanche et de rubans de soie. Sa robe en dentelle était blanche et suffisamment ajustée pour être élégante, et elle portait une ceinture rouge autour de la taille, comme elle-même – un pacte que les deux sœurs avaient conclu quand elles étaient très jeunes. Les longs cheveux roux d'Abby étaient ondulés, piqués de minuscules roses blanches, de fleurs d'oranger parfumées et de brins de gypsophile.

— Oui, déclara-t-elle. Tu es prête. Où sont les paniers de pétales de rose pour les enfants ?

— Là-bas. Je te parie que Léo va essayer de les manger !

Lisa sourit.

— Ils sont comestibles. J'ai vérifié.

— Pensez-vous qu'il va mieux marcher, maintenant ?

Abby ne put s'empêcher de poser cette question en voyant son fils dans les bras de son oncle qui s'avançait vers elle.

— Regarde ! Il aime être porté partout alors qu'il a presque quinze mois !

— N'oubliez pas qu'il est arrivé près de trois mois plus tôt que prévu et qu'il a encore beaucoup de progrès à faire. Et c'est le petit garçon le plus adorable du monde !

Lisa franchit la porte pour permettre à Abby de manœuvrer son fauteuil roulant jusqu'au bout de l'allée qu'on avait aménagée en déplaçant toutes les tables en fer forgé d'un côté de la terrasse, où le déjeuner du mariage serait servi plus tard, et en disposant des chaises décorées elles aussi de rubans de soie et de gypsophile aérien en rangées.

Lisa sourit à son mari, qui devrait jouer son rôle de témoin dès que les enfants auraient été rendus à leur mère.

— Mais je te préviens… Si j'attends un garçon, ce sera lui, le petit garçon le plus adorable du monde !

Amy avait presque deux ans. Elle était ravie de s'occuper des fleurs et elle sourit lorsque Lisa arrangea son bandeau de marguerites blanches et lui tendit le petit panier de pétales de rose doublé de soie.

— Tu devras tenir la main de Leo, ma chérie, dit-elle à sa fille. Tu peux aller rejoindre papa et oncle Noah et jeter les pétales par terre, sur le chemin.

Amy se tourna vers son cousin.

— Allez, Leo. On y va !

Mais Leo, ravissant avec son joli pantalon court, ses bretelles sur une chemise blanche et son nœud papillon rouge, ne bougea pas. Il s'assit par terre et posa sur sa mère ses yeux sombres qui semblaient énormes dans ce petit visage parfait.

— Tu veux que je te dépose ?

Le visage de Leo s'illumina d'un grand sourire et il leva les bras en signe de victoire. Dans un éclat de rire, Abby ajusta la position de son fauteuil roulant pour pouvoir se pencher sur le côté et prendre Leo sur ses genoux.

Hugh se tenait près du marié, devant le mur de pierre de la terrasse, où un arc couvert de fleurs blanches avait été placé pour offrir la meilleure vue possible sur le village médiéval alentour et, au loin, sur la Grande Bleue.

Lisa s'avança devant Abby, aidant Amy à disperser les pétales de rose. Abby avait roulé sur les grosses dalles, assez inégales pour faire rebondir Leo, ravi, sur ses genoux. Il n'était pas du tout contrarié que Lisa ait pris son panier de pétales pour aider Amy. Il tenait son lion en peluche dans une main, juste pour le cas où il aurait besoin de réconfort.

Il avait l'air parfaitement heureux, blotti contre sa mère alors qu'elle s'approchait de l'homme qui les attendait tous les deux.

Noah…

L'homme qu'elle était certaine de ne jamais pouvoir aimer plus qu'elle ne l'aimait en ce moment, tout en découvrant chaque jour qu'elle avait tort.

Son amant.

Son meilleur ami.

Le père de son bébé, qui était sur le point de devenir aussi son mari.

Tout cela lui coupa le souffle, mais qu'importe ! Elle n'avait jamais eu besoin de mots pour communiquer avec cet homme, n'est-ce pas ?

Elle allait pouvoir lui dire maintenant à quel point elle l'aimait. Et elle savait, sans l'ombre d'un doute, qu'il répéterait ses vœux après elle, mot pour mot.

BLANCHE

HARLEQUIN

## Rivalité à Honolulu, de Traci Douglass - N°1503

Médecin à l'hôpital de Honolulu, Leilani convoite le poste de chef de service des urgences. Si elle ne ménage pas ses efforts pour atteindre son but, elle doit faire face à un concurrent sérieux. Le Dr Holden Ross, fraîchement arrivé à Hawaï, est aussi compétent que séduisant. Et ces qualités rendent son rival d'autant plus dangereux : Leilani rêve de lui chaque nuit ! Or c'est bien connu : entre travail et plaisir, il faut choisir…

## Un prince à l'hôpital, d'Amy Ruttan

Le Dr Lev Vanin a un secret : il est prince. Mais pas question pour lui de révéler son identité au Dr Imogen Hayes, avec laquelle il a passé une nuit inoubliable, et sans lendemain. Seulement voilà, quand il la retrouve dans le nouvel hôpital où il travaille, il n'a bientôt plus d'autre choix que de lui avouer toute la vérité… Car Imogen attend son enfant – l'héritier de la couronne !

## Pour l'amour du Dr Robinson, de Dianne Drake - N°1504

Qui aurait cru que son séjour en Toscane aurait de telles conséquences ? Shanna ne s'attendait pas à y faire la connaissance du Dr Ben Robinson… ni à tomber immédiatement amoureuse de lui. Alors aujourd'hui sa décision est prise : elle va postuler comme médecin dans l'hôpital que Ben dirige… en Argentine. Oui, elle ira au bout du monde pour le retrouver, car, elle en est convaincue, il est l'homme de sa vie. Même s'il ne le sait pas encore.

## Des retrouvailles inattendues, de Tina Beckett

Il y a des choses qu'on n'oublie pas… Son premier amour. Sa première fois. Sa première déception amoureuse. Ou, dans le cas de Jessi Spencer, les trois sont réunis en une même personne : le beau et ténébreux Clinton Marks, qui est brusquement sorti de sa vie vingt ans plus tôt. Jessi est donc bouleversée quand elle découvre que Clinton est le nouveau thérapeute de sa fille – et qu'il est encore plus séduisant qu'autrefois !

*Leur mission : sauver des vies.*
*Leur destin : trouver l'amour.*

BLANCHE

HARLEQUIN

## Kate et le chirurgien, d'Alison Roberts - N°1505

Quand un nouveau chirurgien, Connor Matthews, arrive à l'hôpital où elle travaille, Kate le trouve extrêmement séduisant. Le courant passe d'ailleurs très bien entre eux, pourtant Kate s'efforce de le tenir à distance. Car jamais, elle le sait, elle ne pourra le laisser entrer dans sa vie, sous peine de lui laisser entrevoir le secret qu'elle cache depuis si longtemps...

## Dans les bras du Dr Duncan, de Molly Evans

Parce qu'elle craint d'être atteinte d'une maladie rare, Rebel Taylor se refuse à toute relation sérieuse. Comment imaginer être mère ou même se marier si cette ombre plane au-dessus de sa vie ? Elle a heureusement trouvé la profession idéale : son statut d'infirmière itinérante lui évite de trop s'attacher aux gens qu'elle côtoie. Manque de chance, son nouveau collègue, le charmant Dr Duncan McFee, s'intéresse un peu trop à elle...

*Leur mission : sauver des vies.*
*Leur destin : trouver l'amour.*

HARLEQUIN
www.harlequin.fr